纪念我的朋友金枝

新世纪作家文丛 第三辑

金仁顺 著

長江出版傳媒 | 长江文艺出版社

图书在版编目（C I P）数据

纪念我的朋友金枝 / 金仁顺著. -- 武汉 : 长江文艺出版社, 2017.12（2021.10 重印）
（新世纪作家文丛. 第三辑）
ISBN 978-7-5354-4763-0

Ⅰ. ①纪… Ⅱ. ①金… Ⅲ. ①短篇小说－小说集－中国－当代 Ⅳ. ①I247.7

中国版本图书馆 CIP 数据核字(2017)第 234358 号

责任编辑：周　聪　　　　责任校对：毛　娟
封面设计：颜　森　　　　责任印制：邱　莉　　胡丽平

出版：长江出版传媒 | 长江文艺出版社

地址：武汉市雄楚大街 268 号　　　邮编：430070

发行：长江文艺出版社

电话：027—87679360

http://www.cjlap.com

印刷：三河市百盛印装有限公司

开本：880 毫米×1280 毫米　1/32　　印张：12.25

版次：2017 年 12 月第 1 版　　　2021 年 10 月第 2 次印刷

字数：235 千字

定价：48.00 元

《新世纪作家文丛》编委会

“新世纪作家文丛”总序

白　烨

摆在读者诸君面前的，是长江文艺出版社接续着“跨世纪文丛”，新推出的“新世纪作家文丛”。

在20世纪的1992年至2002年间，长江文艺出版社聘请资深文学评论家陈骏涛，主编了“跨世纪文丛”，先后推出了7辑，出版了67种当代作家的作品精选集。因为编选精当、连续出书，也因为是一个在特殊时期的特殊文学行动，“跨世纪文丛”遂成为世纪之交当代文坛引人注目的重要事件。当时，主编陈骏涛在《“跨世纪文丛”缘起》中说道：“‘跨世纪文丛’正是在新旧世纪之交诞生的。她将融汇20世纪文学，特别是80年代以来中国文学变异的新成果，继往开来，为开创21世纪中国文学的新格局，贡献出自己一份绵薄之力，她将昭示着新世纪文学的曙光！”这在当时看来实属豪言壮语的话,实际上都由后来的文学事实基本印证了。“跨世纪文丛”出满67本,已是21世纪初的头两年。《中华读书报》曾经在一篇文章中这样写道:“在新世纪的钟声即将敲响的时候,它暂时为自己画上了一个圆满的句号。这套文丛创始于7年以前的1992年,其时正值纯文学图书处于低迷时期,为了给纯文学寻求市场、为纯文学的发展探路,陈骏涛与出版家联手创办了这套旨在扶持纯文学的丛书。丛书汇聚了国内众多名家和新秀的文学创作成果,王蒙、贾平凹、莫言、梁晓声、韩少功、刘震云、余华、方方、池莉、周梅森等59位作家均曾以自己的名篇新作先后加入了文丛。几年来,这套丛书坚持高品位、高档次,又充分考虑到读者的阅读需求和阅读期待,为纯文学图书闯出了一个品牌。”这样的一个说法,客观允当,符合实际。

也正是自1992年起,在邓小平南方谈话精神的强劲指引下,国家与社会的改革开放,加大了力度,加快了步伐,社会生活真正开始以经济建设为中心,经济建设以市场秩序的确立为重心。社会生活的这种历史性演变,对于未曾接受过市场洗礼的当代文学来说,构成了极大的冲击与严峻的挑战。提高与普及的不同路向,严肃与通俗的不同取向,常常以二元对立的方式相互博弈。正是在这种日趋复杂的社会文化背景之下,以严肃文学的中青年作家为主要阵容,以他们的代表性作品为基本内容的“跨世纪文丛”,就显得极为特别,格外地引人关注。究其原因,这既在于“跨世纪文丛”不仅以高规格、大规模的系列作品选本,向人们展示了当代作家坚守严肃文学理想和坚持严肃文学写作的丰硕收获，还在于“跨世纪文丛”以走近读者、贴近市场的方式，给严肃文学注入了生气、增添了活力，使得正在方兴未艾的文学图书市场没有失去应有的平衡，也给坚守严肃文学和喜欢严肃文学的人们增强了一定的自信。

大约是在20世纪90年代中期，在“跨世纪文丛”出满5辑之际，我曾以《“跨世纪文丛”：九十年代一大文学奇观》为题，撰写了一篇书评文章。我在文章中指出：“跨世纪文丛”是张扬纯文学写作的引人举措，而且“有点也有面地反映了80年代以来文学发展演进的现状与走向。在纯文学日益被俗文化淹没的年代，这样一套高规格、大规模的文学选本不仅脱颖而出，而且坚持不懈地批量出书，确乎是90年代的一大文学景观”。我在文章的末尾还这样期望道：“热切地希望‘跨世纪文丛’坚持不懈地走下去，并把自己所营造的90年代的文学景观带入21世纪。”

好像是冥冥之中的一种缘分，我当年所抱以期望的事情，现在正好落在了我的身上。

因为种种原因，“跨世纪文丛”在文学进入新世纪之后，未能继续编辑和出版，因而渐渐地淡出了读者视野与图书市场。约在2014年岁末，在新世纪文学即将进入第十五个年头之际，长江文艺出版社决意重新启动这套大型文学丛书，并希望由我来接替因年龄和身体的原因很难承担繁重的主编事务的陈骏涛先生。无论是出于对于当代文学事业的热爱，还是出于对于长江文艺出版社的敬重，抑或是与亦师亦友的陈骏涛先生的情意，我都盛情难却，不能推辞。于是，只好挑起这付沉甸甸的重担，把陈骏涛先生和长江文艺出版社共同开创的这份重要的编辑事业继续下去。

2015年1月7日，在北京春节图书订货会期间，长江文艺出版社借着举办《中国年度文学作品精选丛书》出版20周年座谈会，正式宣布启动大型重点出版项目——“新世纪作家文丛”。由此开始，我也进入了该套文丛的选题策划和作者遴选的准备工作。当时的“新浪·文化”就此报道说：“面对新的文化格局、新的文学现象，出版人仍然应该‘有自己的事情要做’。‘跨世纪’有跨世纪的机缘，新世纪同样有着它的使命召唤。在一片喧扰之中，一大批严肃的理想主义文学者，仍然怀揣着圣洁的执著，身负着难以想象的重压蹒跚而行，出版人当然没有理由旁而观之。这正是《新世纪作家文丛》的缘起。”

经与长江文艺出版社的社长刘学明、总编尹志勇、项目负责人康志刚几位多次沟通和商议，我们大致达成了以下一些基本共识：一、新的丛书系列以“新世纪作家文丛”命名，即以此表示所选对象——作家作品的时代属性，又以此显现新的丛书与“跨世纪文丛”的内在勾连与历史渊源；二、计划在5年时间左右，推出50—60位当代实力派作家的作品精选集，每辑以8—10位作家的作品集为宜；在编选方式上，参照“跨世纪文丛”的原有体例，作品主要遴选代表作，并在作品之外酌收评论文章、创作要目等，以增强作品集的学术含量，以给读者、研究者提供读解作家作品的更多资讯。

事实上,文学在进入新世纪之后,在社会与文化的诸种因素与元素的合力推导之下,越来越表现出一种史无前例的分化与泛化,创作形态也呈现出前所少有的多元与多样。文学与文坛,较前明显地发生了结构性的巨大变异,我曾在多篇文章中把这种新的文学结构称之为“三分天下”,即以文学期刊为阵地的传统型文学(严肃文学);以市场运作为手段的大众化文学(通俗文学);以网络科技为平台的新媒体文学(网络文学)。在这样一个有如经济新常态的文学新生态中,严肃文学的生存与发展,传统文学的坚守与拓进,就显得十分重要并具有非同寻常的意义。因为这一文学板块的运作情形,不只表明了严肃文学的存活状况,而且标志着严肃文学应有的艺术高度,这也在一定程度上影响和引领着整体文学的基本走向。而就在与各种通俗性的、类型化的不同观念与取向的同场竞技中,严肃文学不断突破重围,一直与时俱进;一些作家进而脱颖而出,一些作品更加彰显出来,而且同 90 年代时期相比,在民族性与世界性、本土性与现代性等方面,都更具新世纪的时代特点和新时代的审美风貌。即以最为显见的重要文学奖项来说,莫言获取 2012 年度诺贝尔文学奖的殊荣自不待说;近几届的茅盾文学奖、鲁迅文学奖,不少出自“60 后”和“70 后”的作家频频获奖、不断问鼎,获奖作者的年轻化使得文学奖项更显青春,文学新人们也由此显示出他们蓬勃的创造力与强劲的竞争力。这一切,都给我们的“新世纪作家文丛”的持续运作,提供了丰富不竭的资讯参照,搭建了活跃不羁的文学舞台。

我们期望，藉由这套“新世纪作家文丛”，经由众多实力派作家姹紫嫣红的创作成果，能对新世纪文学做一个以点带面的巡礼，也经由这样的多方协力的精心淘选，对新世纪文学以来的作家作品给以一定程度的“经典化”，并让这些有蕴含、有品质的作家作品，走向更多的读者，进入文学的生活，由此也对当代文学事业的繁荣与发展，乃至对社会主义精神文明建设，奉上我们的一份心力，作出自己的一份贡献。

我们将为此而不懈努力，也为此而热切期盼！

2015年8月8日于北京朝内

目　　录 Contents

爱情进行曲

李先爱上朱荑，是很早以前的事儿了。那时我们都还在艺术学院上学。李先受了别人的怂恿——他们说朱荑很容易上手，给他至少举了十二个例子——李先就忍不住跃跃欲试了。

李先是学舞蹈的，有一次学院会演，他和同班的一个女孩子跳拉丁舞，瘦衣瘦裤绷在身上，屁股扭得十分活泼。李先的舞伴个头儿比他还要略高一点儿，舞蹈快结束时，李先拎着她的手做一个旋转动作，不小心把她甩了出去。那个女孩子收不住脚，摔到了舞台下面，半天没爬起来。李先在台上双臂前伸，洪常青似的造型保持了有半分钟。观众们笑坏了，有几个坏分子还趁机打起了口哨。会演结束后，李先得了一个“向前进”的绰号。

平常日子，李先把大部分的时间用在打篮球上，他的球技不见得好到哪里去，花活儿倒是不少，常常出洋相逗大家开心。每天中午，都有不少女孩子站在球场边儿上捧李先的场。这也多少得益于球场的地点，它正好建在女生宿舍楼和食堂之间。我们的寝室当时在四楼，窗口正对着球场，站在窗口的人经常会为李先的表演笑出声来。

三年级开学没多久，我们全班到农村体验生活。那是我们最难忘的一次体验生活课，除了朱荑以外——事后我们得知，那两天她给电视台拍了一个红酒的广告——所有的同学都参加了。但原定十五天的体验生活课半天就结束了。我们到达名叫三棵树的小镇还不到两个小时，叶木就死了。

叶木是我们班特招上来的学生，据说他父亲来头很大。他自己在离学院不远的地方有一套两室一厅的房子，上学的同时兼做一家时装店的老板。叶木平时谨言慎行，对人彬彬有礼，从不缺课，一举一动都是果然很有背景的样子，让班里的同学肃然起敬。有两个女生摆开追求的架势后，叶木在一次联欢会上带来了女朋友。叶木的女朋友眉目如洗，白毛衣配牛仔裤，没有语言只有微笑，班里的浓妆艳抹、叽里呱啦全都败下阵了。

三棵树镇有一条小河，水很浅，清澈见底。谁也想不到叶木会淹死在这条河里。当天夜里我们坐汽车返回学院，叶木裹在一个床单里，也和我们在一起。那是我们一生中经历的最阴森恐怖的一夜，没有人说话，每个人的脸色都比死去的叶木更加难看。

第二天，整个学院全都在谈论我们班的体验生活课。除了朱荑以外，所有的女生都躲在寝室里哭。叶木的父亲来头确实不小，要学院对叶木的死亡负完全的责任。系里的老师们走马灯似的来来往往，要求我们在描述事情经过时口径一致。

第二天，我们一个接一个地被单独叫到院长办公室，接受由公安机关和其他身份不明的人组成的审问小组的审问。好多人没等到回答问题，已经被屋里的气氛吓哭了。

我被审完后从院长办公室出来，回寝室的时候，在篮球场上被手里抱着球的李先拦住了。

我警惕地望着他，以为他要打听叶木的事情。

“这两天你看见朱萸了吗?”

“没有。”我想从李先身边绕过去。他脚步一错，又挡住了我。

“我经常看见你和朱萸一起去食堂吃饭。”

“关你屁事?!”

我瞪了李先一眼，我知道自己当时的形象糟糕透了，我不喜欢在有光的地方待着，更没有心情和从来没说过话的人聊天。但李先接下来的一句话多少让我吃了一惊。

“我爱上朱萸了。”李先说，“我知道你们是好朋友，求求你，帮我在朱萸面前说说好话行吗?”

“啊?啊。”我胡乱地答应了一声。

往楼上走的时候，我才意识到朱萸好几天没在寝室里露面了，她的自由自在让我很嫉妒，她既没有目睹恐怖的事件，又免于在事后被人没完没了地盘问。还有人在爱着她。

我们班的课停了将近一个月，那是一个混乱的时间段，大家都惶惶不可终日。叶木的尸体一直被冷冻着，在感觉上，我们也和他差不了多少。但生活毕竟在一点一点地恢复原样，朱荑也回到寝室里住了，让我们感到心理平衡的是，她看上去比我们更消沉、也更憔悴。又过了一阵子，叶木死去的事情成了过去时，我们又开始上课了。有一天，我对朱荑提起了李先。

“李先爱上了你，求我替他说说好话。”

“别在我面前提他。”朱荑啐了一口。独自生了一会儿闷气后，给我讲起了李先向她示爱的经过。

“你们那天不是全都体验生活去了吗？中午李先在食堂看见我，过来问我，朱荑你没去农村啊？我当时奇怪着呢，以前我和他从来没说过话啊，李先说话的口气就好像我们认识很多年了似的。我说我有点事儿，走不了。他说那你们屋里不就剩下你自己了吗？我说是啊，可不就剩下我自己了。

“下午我在屋里睡觉，一睁眼睛发现李先在床头看着我，把我吓得差点儿没背过气儿去。我问他怎么进来的？他笑嘻嘻地说飞进来的。当时我身上就穿了一件吊带睡裙，躺在被子里面没法坐起身来。李先在我的床头单腿跪了下来，真像那么回事儿似的，说他爱我，想和我做爱。

“他长得是那么一副纯情少年的样子，那种时刻说出这种话来的时候，我都不敢相信他是想来真的。我还拍拍他脑袋，对他说我今天不想谈恋爱，你先出去，爱不爱的事情我们改天再说。结果他一下子站了起来，理直气壮地说，我们做过爱后，你肯定就会爱我了。他把我的毛毯掀开了，扑到床上，我们俩撕扯了起来，我根本就不是他的对手，不一会儿就让他压住了。我们俩当时脸贴那么近，我在他眼珠里发现自己的脸都变形了。他一边压着我一边解裤子，我一想坏了，干脆伸手搂住他脖子，给了他一个吻，深呼吸那种的，吻完我对他说你脱吧。他那时有点儿迷糊了，跪直了腰往下脱裤子。我在他的裤裆那儿踢了一脚，你没看他那样儿，捂着裤裆站都站起不来了，五官扭得都变形了。我这才算虎口脱险，把他给轰出去了。

“你还笑？”朱萸搡了我一把，“他走了半天我还全身哆嗦呢。”

“你别——忘了——”我笑得肚子都疼了，“他的外号——叫——叫——向前进。”

“我管他向前还是向后，他拿我当什么了？妓女还得先谈谈价呢。”

“你把自己打扮得太性感了，说话又好像什么都不在乎，别人当然会觉得你有机可乘。”

“我性感我的，关别人什么事儿？”朱萸冷笑了一声，“我知道有些坏人在背后讲我，吃不着葡萄，就说葡萄酸。”

又过了几天，李先第二次在球场边堵住我，“你问朱萸了吗？”

我说：“朱萸不是已经对你表过态了吗？”

李先拍了一下球，球弹起来后他伸出手托住，对我说，“——朱萸还不太了解我。”

“朱萸好像也没什么兴趣了解你。”我老实不客气地说。

李先对朱萸的爱情攻势是在我们谈话之后才正式开始的，他利用一切机会与朱萸搭讪，无论周围有多少人也无论当时是什么场合，他做的事情只有一样——向她表白自己的爱情。而朱萸望着李先时就好像他是透明的，她的目光能穿过他的身体看到他身后的东西。他们成了学院里最让人津津乐道的一对儿。

李先每天都要在楼下收发室用呼叫器呼叫朱萸几十次，朱萸在寝室时，总用耳机塞上耳朵，她的随身听电池用得很快。我们几个可被李先折腾得烦透了，没起床就开始受噪音的骚扰，不到熄灯别想安宁。就是熄了灯也不一定安宁。有一天晚上，李先爬上了四楼，坐到了我们寝室的窗台上。他指着月亮可怜巴巴地说道："朱萸，你问我爱你有多深，月亮代表我的心。"

我们还没从惊异中缓过劲儿来，已经笑成一团了。

朱萸躺在床上，连床帘都未掀一下。

"朱萸，如果你不爱我，"李先冲着朱萸的床铺的方向叫喊，"那我活着还有什么意思？"

朱萸没有睡着，她慢悠悠地接了一句："不爱活就死，别在这儿烦我。"

"如果你真想这样，"李先在窗台上弯着腰站了起来，"我就死给你看。"

我们全都傻眼了，叶木的死亡使我们的神经变得脆弱了，我忍不住叫了一声："朱萸，快拦住李先。"

其他人也叫起来："朱萸，千万可别闹出人命来。"

朱萸从床帘里探出头来朝窗台上看了一眼，边往身上套睡袍边下了床，笑眯眯地对李先说道："如果你以为跳个楼就能吓唬住谁，你就试试看。"

朱萸说完后，拉开门出去了。没等到她把门在身后关紧，李先就跳下楼去了，随即，他痛苦的叫声在篮球场上滚动起来。李先落地前被树枝拦了一下，摔坏了脚踝骨。

李先的痴情把整个学院都震住了，女生们在嫉妒之余，替李先大感不值。大家认为朱萸是为了引人注目，故意激李先跳楼的。李先的妈妈到寝室里来找朱萸，下楼时朱萸拉着我，以防她打人。

“老妇女爱子心切，什么事儿都干得出来的。”朱萸说，“真他妈的，他要跳楼跟我有什么关系？”

见到李先的妈妈，朱萸也是这句话：“李先自己跳楼，跟我无关。”

“你怂恿他跳的！别以为我不知道！”李先的妈妈气急败坏，眼睛里面刀光剑影，能把朱萸全身上下戳成星空，“你才几岁啊？就跟男人玩儿手段？”

“阿姨你说话放尊重点。”朱萸拉下脸来。

“你给我放尊重点儿！”老妇女张牙舞爪起来，我赶紧上前一步，随时准备出手援助，“我知道你这样的女孩子是怎么回事儿。”

“知道还问？”朱萸迎着李先的妈妈的眼睛说话，“我又没让他爱我。”

“年纪轻轻的你们懂得什么是爱？”

“是不懂！”朱萸冷笑了一声，“我也是这么跟李先讲的。”

“太过分了你——”李先的妈妈浑身哆嗦，“是你教唆李先去跳楼，你是杀人凶手——”

朱萸望着李先的妈妈指在自己眼睛前面的手指，笑微微地说：“你告我去啊，让公安机关来逮捕我。”

李先的妈妈愣了愣，泪水唰地流了满脸。

不久学院开了一次学生大会，教导主任在会上提起李先追求朱萸的事儿。教导主任是一个特别喜欢卖弄的人，批评李先夜半爬楼时用了“乱云飞渡仍从容，无限风光在险峰”的诗句，把大会的气氛调整得很热烈。会场里的学生们低声传唱着：“向前进，向前进，战士的责任重，妇女的冤仇深。”歌声起伏如同浪涛滚滚，很快在整个会场形成了多声部重唱。在这次充满喜剧气氛的大会上，李先和朱萸全都被处以记大过处分。

有一天，我和朱萸去书店买书，经过市医院时，我问朱萸：“你不想去看看向前进吗？”

“哪有凶手去看被害人的？”

“你一点都不在乎他吗？他真的为你死了你也无所谓吗？”

“是的，我就是既不在乎也无所谓。”朱萸盯着医院铁门上面的红十字，过了一会儿，慢慢转过头来看着我，“谁也别想威胁我？拿爱的名义也不好使。”

“真够冷血的，”我说，“他真是傻瓜，居然爱上了你。”

“就是！我这样的人有什么好爱的呢？”朱萸神情自若，双手一摊，“我才二十岁，已经是一个名声不好的女孩子了。”

我一时无言以对。

朱萸的名声的确很成问题。有时，我觉得朱萸有点儿冤枉，虽然她早就不是处女了，又给我讲过她和几个男人的故事。但每当我看见她穿那种胸前写着诸如“爱我，就来找我”字样的 T 恤衫四处招摇，或者眼下这种她本性显露，或者故意装出来的，那种无情无义的时刻，我又觉得她活该被那些坏分子们陷害。换句话说，她的名声也许恰巧是她魅力的所在，否则，她凭什么能让李先如此神魂颠倒呢？

“你是身在福中不知福。”我叹了口气，“你想想，那天下午，我们在三棵树被叶木的事情吓得魂飞魄散，饥寒交迫，而你的同一时间，向前进正跪下来向你示爱。”

“那天下午我差点儿被强奸！”朱萸变了脸色，声音也提高了两度，有人朝我们看过来，我们都闭了嘴。

“他算个什么东西，敢这么对我？！还有他那个妈？！”朱萸全身发抖，“我心惊肉跳，晚上在电视台拍红酒广告的时候，我觉得手里握着的不是酒，而是一杯血。”

我们都没再说话，种在人行路边的杨树不时有叶子飘落下来，落叶把很多地面絮得厚厚实实的，我们的脚踩上去，干枯的落叶发出那种类似于惊叫的声音。

三棵树是个寂静的镇子，鸡像贵妇似的在街道上踱着步，狗很多，但是不怎么爱叫。镇里的居民大部分都是农民，午后两点钟，正是他们在地里忙活的时候。

那天天气很热，是“秋老虎”出笼的感觉，我们无所事事地晒在太阳下面，从毛衣里面向外散发出热烘烘的酒气。中午在火车上，叶木掏钱请大家吃午饭，把火车上所有的烧鸡、香肠和啤酒全都包了。

“不知道有没有能洗澡的地方？”有个男生说道。

除了叶木以外，洗澡的建议得到了所有其他男生的响应。

“我刚刚才洗过桑那。”叶木说。桑那是城市里新兴的时髦，我们的耳朵当时还没有适应这个怪里怪气的名词，于是理所当然地以为他在卖弄。现在我才明白叶木当时的感受。他其实在为自己奇怪的感觉害怕。

“那么，”有人说道，“没洗过桑那的到小河里洗澡去吧。”

男生们打听了一下路，拉帮结伙地往河边走。叶木和喝醉了的带队老师被剩在了后面，他们站了一会儿，也朝河边走过去了。我们女生在后面喊：“喂，你们不是裸泳吧？”

叶木转回头对我们笑着说：“想看热闹就跟着来吧。”

李先的脚踝骨养了半年，住院期间他似乎看了不少女性杂志，给朱萸写了很多信。朱萸心情好，或者心情不好的时候，都会拿出李先的信给我们念上一段。春天的时候，李先可以下地走动了，但他不能像往常那样打篮球了。他整天坐在篮球架下面，打量着来来往往的同学，碰到认识的，他会问一句：“你看见朱萸了吗？”

除了朱萸，我们班里所有的人都管李先叫向前进，语调中含着一股亲戚的味道。寝室里的女生有时候还要在李先面前背上几句他在信里写给朱萸的肉麻的话，他很开心地咧着嘴笑：“原来你们都知道了。”

朱萸那时已经搬到外面和男朋友一起住了，在学院里不大容易见到她。李先孤独的身影在众人眼里比抒情诗还要忧郁。许多女孩子对李先展开了追求攻势，其中不乏比朱萸年轻、比她漂亮的。

“为什么你看不上她们？”有一天我问李先。

李先支吾了半天，对自己的比方显然很犹豫：“你家里用过茶叶筒吗？一个茶叶筒装过一种茶之后，就不能再装其他种茶叶了，串味儿。”

两个月以后，我们毕业了。举行毕业典礼的当天晚上班里同学喝散伙酒，李先不知从哪儿得来的消息，找到饭店里来了。大家为了表示对他的欢迎，拍着桌子合唱了几句“向前进，向前进，战士的责任重，妇女的冤仇深”。唱完有人提起会演时李先跳拉丁舞的情形，让李先再表演一段拉丁舞。饭店的老板以前是学院音乐系吹小号的，给我们找了盘伴奏带。

李先不肯跳，眼巴巴地看着朱萸说：“除非朱萸做我的舞伴。”

大家起哄说：“那当然，朱萸不跟你跳我们都不答应。”

“想看热闹是不是？”一直默不作声的朱萸从座位上站了起来。她喝了一些白酒，起身时腰肢有些摆摇。

“我知道你们是怎么想的。”朱萸用一只手指对班里的同学挨个指点着，“不过，没所谓。不就是跳支舞吗？来吧向前进，管他拉丁，还是拉稀。”

朱萸把身上穿的一件真丝衬衫脱了下来，系在腰上，朱萸穿一件紧身黑色背心，后背打着几个俏皮的交叉，肌肤如雪，凸凹有致，男生们彼此交换了一下眼神儿。

李先向前一步把朱萸抱住，腰用力地摆了一下，他的两条腿像翅膀一样，轻盈地向后滑了出去。

“科班就是科班。”大家纷纷感慨。朱萸被李先带动出了情绪，加上酒劲儿，动作也舒展起来，大家给他们打着拍子，还摔了两个啤酒瓶子助兴。他们的舞蹈成了毕业酒会上最光彩照人的一抹记忆，最后，大家都跟着跳了起来，当然不是拉丁舞，而是贴面舞。后来，有人提到叶木的名字，差不多所有的女生们都伏在男生的肩膀上哭了起来，接着，男生也哭了起来。在悲伤的氛围中，我看见朱萸拉着李先离开了我们。

毕业后我在一家文学刊物当编辑，朱萸在电视台做记者。我们的工作性质差别很大，见面的时间不多，朱萸的绯闻我时有耳闻，但都和李先无关。

李先在一家著名的酒吧里做主持人，他管自己叫向前进，每天晚上穿着颜色鲜艳的西服站在灯光下面，他的动作和调侃总能让人乐不可支。有一次他在黑压压的人群里发现了我，报过幕后来找我：“你最近和朱萸联系过没有？”

我吃惊不小：“你现在还在找朱萸？”

“当然，”李先说，“我爱朱萸。”

我在微醉的浪漫和兴奋中，把朱萸的电话、手机号码，家庭住址，她在电视台上班的时间规律全都告诉了李先。他很高兴地一一记录下来，对我说：“你真是太好了。”

几天以后我觉得自己做了蠢事。朱萸和她的男朋友正在同居，我肯定要给她添麻烦了。我给朱萸打了个电话，把我遇见李先的事儿透露给她。

“那个向前进啊，哪能等到这个时候？”朱萸在电话那边懒洋洋地笑了，“麻烦早就来过了。”

事实上我提供给李先的东西，只有地址是他以前不知道的。毕业以后，李先和朱萸一直电话联系着，不过朱萸坚持着不和他见面。那天晚上李先和我谈过话后就去了朱荑的家。他在门口等了两个多小时。

朱荑独自，李先就像当初突然在她床前现身一样，在楼道里抱住了她，而且很及时地用手按住了朱荑张开的嘴。直到朱荑看清楚他是谁，李先才放开手。

“你怎么找到这里来的？”

“有志者，事竟成。”

朱荑笑了。

李先指了指门，问她：“里面有没有人？”

“有人如何，没有人又如何？”

“没人我送你进门，有人我就改天再来。”

“你来这儿以前没调查清楚吗？”

“我还没来得及。”

“你还想和我上床？”

“想得要命。”

“可是我不能和你上床，我已经有男朋友了。”

“今天晚上不行没关系，但改天你得和我上床。”李先边说边吻住了朱荑的嘴，他的动作温柔极了。

他们吻得正动情时，朱荑的男朋友把楼道里的灯给打开了。

“真精彩，”他为灯光下的亲热场面拍了两下巴掌。朱荑松开了李先，在他脸颊上拍了拍，“你先走吧。”

李先就走了。

“后来呢？你男朋友怎么办了？”

“他把屋子里面能砸碎的东西全都砸碎了。”

我停顿了一会儿，小心地问道："朱荚，你没事儿吧？"

"我没事儿。"朱荚在电话里笑了，"我的家变成了一片废墟，但我还完好无损地活着。"

朱荚和男朋友分手后，去广州电视台待了半年，后来又决定继续深造。她去北京读书之前，我们在一起吃了顿饭，朱荚不像我想象中那样神采飞扬，整个人有点儿缩水似的提不起来。

我们闲聊了几句，朱荚忽然笑了笑，说道："以前我看过一本书，写一个人下意识地赶一列火车，他不知道为什么要赶这列火车，只知道一定要赶上这列火车。他费了很多周折，在开车前的最后一分钟赶上了火车，火车开动后他才明白过来，其实他赶的是一辆奔赴死亡的火车。"

我愣愣地看着朱荚，她的话让我的头皮发紧，感觉到后背有一股凉风正把我的衣服和皮肤隔离开来。

我们去三棵树那天，叶木就是最后一个赶来的，他背着平时上课时背的双肩包，跳上车还不到三分钟，车就开了。

"赶得早不如赶得巧。"叶木气喘吁吁地站在车厢过道上，说话的时候，胸口像有人在拉风箱。

"多快呀，一晃八年了。"朱荚叹了一口气，前不着村后不着店地说。

"什么八年？"

"叶木死了八年，李先也追了我八年了。"朱荚停顿了一会儿，定定地看着我说，"我曾经是叶木的女朋友。我的第一次给了叶木。"

我蒙了。

“你喝多了——”

“我在告诉你事实，”朱萸加重了语气，“真相！”

“——那他带来参加联欢会的女孩子是谁？”

“是他妹妹。”

“妈的，耍我们？”

“我和叶木想谈一场神秘的恋爱。在众人的眼皮子底下，爱得死去活来，多么有戏剧性。”朱萸苦笑了一下，“结果是够神秘的，成了第六感生死恋。我拍广告那次，本来他想陪我留下来，是我坚决让他去农村的。”

我们沉默着，等到我能够再开口的时候，我觉得有必要选择一个轻松的话题：“向前进怎么样了？你最近见过他吗？”

“向前进？”朱萸的手指在桌面上敲了敲，清脆的声音像在沉吟，“昨天晚上我待在宾馆里，想起了叶木，他死以后，这还是第一次让我感到害怕。我喝了一瓶干红，觉得胃里有一汪血水在晃荡。

“半夜时我想起李先，他一直说爱我，想和我上床。昨天晚上我很想找个男人上床。哪怕这个人是李先。我往李先的手机上打电话，接电话的是一个女的。她问我找谁？我以为打错了，重拨了一遍电话号码，结果还是这个女的接电话。我说我找李先。她问我你是谁？我反问她你又是谁？她说她是李先的女朋友，她和李先正在睡觉。我说那正好，我是李先的梦中情人。那女的气坏了，破口大骂。我说你不用骂我，你让李先起来接电话。她把李先叫了起来，我对李先说，我是朱萸，你现在还爱我吗？我听见那个女的在屋子里砸东西，她哭得很大声，骂人的声音就更大了。李先几乎是在电话那边喊叫，我才能听见他说的话，他说，是的，我爱你朱萸。”

爱情诗

1

安次和赵莲第一次见面的晚上喝了太多的酒，很多细节在事后变得无法确认了。他怀疑那一夜的诸多美妙情感是被酒精渲染出来的。所以，他宁可把第二次见赵莲，当成他们之间真正的开始。

那天他接到一个陌生女人打来的电话，她说我是赵莲，遇到了点儿麻烦，请你帮帮我。

“哪个赵莲?”他眼睛盯着电视，心里这么嘀咕着，一不留神，话就脱口而出了。

“我是……洞天府的赵莲。”电话里的声音变得低沉了。

安次一下子想起来了。

“对不起啊，对不起，光记着你是洞天府的‘第一美女’，忘了你的名字了。”

赵莲短短地笑了一声。

2

两个星期前，安次的哥哥安首在“洞天府”请客。“洞天府”的老板是安首的哥们儿，安首订包房时，嘱咐了老板一句：“给我挑个漂亮机灵的服务员，上次那个说一句她动一动，油瓶子倒了都不知道扶。”

“洞天府”老板是个笑面虎：“我把我们酒店的第一美女给你派过去。到时候你别忘了给小费。”

赵莲就是那个“第一美女”。她平时不端盘子，站在酒店门口迎宾，这天晚上临时被老板抽调过来，身上还穿着宝蓝色丝绸旗袍，头发拢在脑后盘成发髻。打眼一看，“第一美女”虽然言过其实，但她肤色白净，唇红齿白，加上身段婀娜，拧着腰肢那么一走，当真是步姿撩人。

赵莲知道这桌客人跟老板的关系非同寻常，也知道自己赏心悦目，笑容格外甜美，动作很有表演性，十分殷勤地给客人们添酒倒茶。酒桌上气氛融洽，六个人先喝了三瓶五粮液，又喝了十瓶啤酒。

正经事儿谈得差不多了，安首讲了几个段子活跃气氛。一桌子男人笑得东倒西歪的，有人斜睨着赵莲说：“安老板得注意影响啊，这里还有女生呢。”

“这才哪儿到哪儿啊，比这邪乎的她们听得多了。”安首回头看了一眼赵莲，问，“是不是啊？”

赵莲笑而不答。

“现在的女人喝酒比男人厉害，讲段子也比男人厉害。”

安首怂恿赵莲讲段子：“我给你小费，一个段子一百。怎么样？”

“我不会讲。”赵莲借口取果盘，红着脸出去了。

“装什么纯情玉女。”有人盯着赵莲的背影说。

“喝酒喝酒喝酒，”安首把杯子举起来，“喝完酒我带你们去看纯情玉女秀。”

大家笑起来。

吃完水果，安首带着客人先走了。安次留下来买单。包房里一下子冷清下来，有了股空旷的意味儿。满桌子残酒剩菜，散发出让人颓丧的气息。赵莲拿着账单去前台结账，出门前打开了几扇窗子，安次的头晕乎乎的，坐在窗边的椅子上透气，冷风一吹，胃里的酒翻转、扭曲起来，顺着食道直往上蹿。

安次捂着嘴出门时，赵莲拿着单子刚回来，他顾不上跟她说话，径直冲到洗手间去吐。吐完了，胸口爽快了不少，又用冷水漱了口，洗了脸，这才回到包房。

包房里已经收拾过了，连桌布也换了新的，赵莲给安次沏了一壶新茶，让他醒醒酒。

“外面下雨了。”

他们就着这壶新茶，聊了一个多小时。多半是安次问，赵莲答。赵莲今年二十，是家里的独生女儿，考大学那几天生了病，没考上，也不想再给家里增加负担了，正好看见“洞天府”招工，就到这里来了。

“家里没什么靠山，就算考上大学了，找工作也很费劲儿。”赵莲微微地笑着，仿佛在说一件很简单的事情。

安次想起自己二十岁的时候，正在大学读书，狂热地迷恋着朦胧诗。那时候朦胧诗在年轻人心目中的地位相当于现在的摇滚乐。安次的情绪不知不觉地有些激动，望着外面，雨还在下，凉湿的空气扑面而来，他给赵莲背了一段北岛的诗：

即使明天早上，
枪口和血淋淋的朝阳，
让我交出自由，青春和笔。
我也决不交出现在，
决不交出你。

赵莲的眼睛闪着光。安次在她的眼睛里面看见自己挥舞着手臂的形象。“那个时候女生也和我们一样，把诗歌当成生命中最神圣的东西，比化妆品，比衣服鞋子之类的重要得多，甚至比谈恋爱都重要，她们和我们一样整天骑着破自行车——不能骑好车，好车老是丢，大学校园里净是小偷——参加演讲比赛，诗歌讨论会，偶尔看一场舞台剧。”

安次离开“洞天府”时，往赵莲手里塞了两百块钱小费，还给她留了一张名片：“有什么需要帮忙的，给我打电话。”

赵莲拿着安次的名片，“咦”了一声。

“怎么了？”安次问。

赵莲笑了：“你手机后面的四位刚好是我的生日。”

“是吗？”安次也笑了，“看来，我们是有缘人啊。”

3

安次临出门时看了一眼表，十一点多一点儿，路倒不远，开车十多分钟就到了。

赵莲站在路边等着，仍然穿着旗袍，不过这一件是月白色的，被车灯一闪，波光粼粼的，好像把一层水穿在了身上。

安次心里暗暗惊奇，同样的衣服，在酒楼里穿，是地地道道的服务员，到了外面，摇身一变成了电视剧里面的姨太太。

车停下来以后，赵莲先跟他要了一块钱，跑到附近的杂货店里给人送去，然后才上车。她显然哭过了，眼皮有些红肿，怕冷似的交叉胳膊抱紧自己。

“怎么了？”

赵莲不说话。

安次把车灯关掉，两个人在黑暗里坐了一会儿。

“出什么事儿了？”

赵莲不说话，嘤嘤哭了起来。

安次在家看了一天影碟，几乎没吃什么东西，这会儿赵莲压低的抽泣声进入他的胃里，变成了猫爪子，一下一下地抓挠着他的胃壁。他回想她在电话里的声音，已经很不对劲儿了，难怪他没听出她是谁来。

赵莲哭了一会儿就不哭了，但还是不说话。对面开过来的车灯一晃，她被泪水打湿的脸颊上反着光。

安次想了想，开车把赵莲带到常去的一家咖啡馆，给她要了一杯“卡布基诺”，还要了点儿吃的东西。

赵莲两手捧着杯子，把咖啡和奶油一小口一小口喝完，才开口说话。

晚上老板带朋友来吃饭，吃完饭约她和另外一个迎宾的女服务员出去喝咖啡。那时候几乎没有客人登门了，她们也闲了下来。赵莲出门后发现老板带着另外那个服务员开车先走了，他的朋友在等着她。他喝了酒，车开得飞快，一口气开到了城郊的树林里。他劝她别干服务员了，让她以后跟着他，他给她买房买车，买钻石买手机。除了婚姻，他什么都能满足她，就是婚姻，也不是绝对不行，只不过是眼下不行。他一边说一边动手动脚，把她吓得半死，好容易挣开他跑出车去，但旗袍绊腿，没跑多远又让他抓回了车里，幸亏她死命地抗拒，最坏的事情总算没有发生。两个人折腾了好几个小时，他的酒慢慢地醒了，态度温和了不少，但意思还是原来的意思，劝她跟了他，她要是跟了他，想什么有什么。赵莲担心无法脱身，也假装对他的提议有兴趣，但强调说她不是随便的女孩子，轻易就和男人如何如何，她让他给她点儿时间考虑。老板的朋友同意了，他们开车回城，中间他停车去买烟，她趁机下车躲了起来，他买完烟回来，见她不在车里，在四周找了找，就开车走了。她这才跑出来，找到那家可以打电话的杂货店，她身上没带钱，没法儿打车，而且时间也太晚了，“洞天府”这会儿可能已经关门了。她这才给安次打电话。

“你说过你会帮我忙的。”

“我会帮你的。”安次松了一口气。赵莲讲完了，他也像喝多了酒刚刚吐完，虽然有些别扭，但轻松了不少，“吃完饭，你想去哪儿？”

赵莲看了他一眼，没说话。

“先吃点儿东西吧。”安次把盘子往她面前推推，自己点上了一支烟，“实在没地方去就跟我走。”

赵莲吃了几口东西就不吃了，安次把烟揿在烟缸里，招手叫服务员过来买单。

“我们去哪儿？”赵莲问。

“郊区树林。”安次笑着说。

赵莲嗔怒地瞪了他一眼，笑了。

4

安次带着赵莲到了“圣湖”酒店，酒店的装修工程是安首承包的，还有一部分余款没结，他们兄弟在这里开房打对折不说，还可以签单。服务员早都跟他们熟悉了，安先生长安先生短的，一边拿眼睛瞟站在他身后的赵莲。

“你经常带女孩子来这里吧?”进了电梯赵莲问。

“你呢?”安次反问她，“你是第几次跟男人到酒店来?”

赵莲的脸色一下子变了，别转过身子，垂下眼睛盯着自己的脚。

电梯到了楼层，安次先走出去，回头一看，赵莲留在电梯里不动。

“生气了?”安次又走回去，电梯门在他身后关上了。他按了一下按钮，笑着跟赵莲说，“我跟你开玩笑的。”

赵莲幽幽地瞪了他一眼，电梯门又打开，她这才跟着他走出来。

酒店是四星级，房间很舒服。浴室是特别设计的，有平常酒店浴室的两个大。里面既有淋浴间，也有浴缸。

“洗个澡吧，要不然浪费了。”安次推开浴室门，指给赵莲看了看。又指了指她身后的衣橱，“里面有浴衣，都是消过毒的。”

赵莲没说话。

“你放心。我既然没把你带到郊区树林里，就不会干那些在树林里干的事儿。”安次在窗前的沙发上坐下，“当然，你想洗就洗，不想洗也别勉强。”

赵莲犹豫了一下，在写字台前面的椅子上坐下了。

“我不想洗。”

“那我洗一洗，你不介意吧?”安次问。

赵莲又犹豫了一下，摇摇头。

“这儿有零食，冰箱里有饮料。你自己随便。”安次拿了一件浴衣进了浴室。水很热，他的思想和身体却都是冷静的。在“洞天府”的那个夜晚，安次对赵莲产生的亲近感越来越遥远，几乎变成了某种想象。而眼下这个坐在房间里的赵莲才是真实的，她的身材好像比那个夜晚丰满一些，尖下巴也不知怎的变圆了，还有她说话的声音，她的眼神儿，全都变得不是那么回事儿了。最最重要的是，安次觉得她变脏了——在他的感觉里，那个男人的抚摸还停留在她身上，宛若皮肤病让人心生憎恶——她不是那个雨夜里双手放在腿上、目光熠熠地听他读诗的赵莲了。

安次洗完澡套上内裤，然后才把浴衣穿上。

赵莲坐在沙发上，望着他。

“你想喝东西吗？”

赵莲摇摇头。

他从冰箱里取出一听啤酒打开，挑了个离她最远的位置在床边坐下了。

“你困不困？想睡觉吗？”

赵莲摇摇头。

“要不……”安次喝了口酒，看着赵莲，“你一个人在这儿睡吧，我下楼跟服务员说一声，直接把账结了。”

“不用，”赵莲赶忙说，“我并不害怕你。你要是走了，没准儿我倒会害怕的。”

好像为了证明自己的话似的，她也洗了个澡。但她没穿浴衣，又把旗袍穿回身上从浴室里出来，两手用毛巾吸着头发里的水。

安次跟她随便聊了几句，他半睡半醒的，只知道自己在说话，却不知道究竟说了些什么。房间里所有的灯都开着，明晃晃的，让人睡不塌实。安次在迷迷糊糊中，知道赵莲也在另一张床上躺下了，她好像睡不着，翻过来翻过去的。

早晨起床洗漱后，安次带着赵莲下楼吃早餐。赵莲没睡好，眼睛下面发黑，昨天哭肿的眼睛倒是恢复原状了。她长了一对桃花眼，天生就擅长左顾右盼，她和安次同时注意到两个外国男人的目光围着她和她身上的旗袍转。

“你这么秀色可餐，也难怪一大堆男人要围着你流口水了。”安次端着盘子坐到赵莲的对面。

“什么流口水，说得那么恶心……”赵莲笑容明媚。

5

“你在干吗?”

和赵莲在酒店分手后，她不停地给安次打电话。一共八个。安次在心里数着。没什么要紧事儿，她说她站在门口迎宾，偶尔到吧台里面坐坐，打电话很方便。

“你不专心接客，当心老板骂你。”

“你才接客呢，”赵莲啐了一声，“讨厌。”

安次笑起来。

“我还当你是正人君子呢，没想到你这么坏。”

“我千万别把我当正人君子，我既不是正人君子，也不想当正人君子。”

“你就是。”赵莲加重了语气强调，“你嘴硬也没用。”

“女人要是跟男人说，他是个正人君子，那意思就等于是让这个男人滚远点儿。”晚上安次开车把赵莲接出来，到前一天去过的咖啡馆喝咖啡。

赵莲显然没想到这个，愣住了。她甚至没顾上挑他的语病，她不是“女人”，是“女孩子”。

“所以我说我不是。”

安次笑，赵莲也跟着笑了。

“你确实不是。”

服务员送咖啡过来，托盘上面还有果盘，炸薯条，以及腰果杏仁儿之类的东西，把他们中间的小桌子摆得满满的。昨天安次给赵莲点了一杯“卡布基诺”，她竟然记住了，今天小姐问他们喝点儿什么，“卡布基诺”四个字从她嘴里脱口而出。

赵莲穿着一件宝蓝色旗袍，安次第一次见她时她穿的那件。她的旗袍在临近午夜的咖啡馆里也颇引人瞩目。坐在其他男人身边的那些女孩子大多属于染发，穿吊带衫，趿拉着鞋拖，手指间夹着细长的女士烟那一类。相形之下，拘谨的赵莲显出一股古典美女的味道。

但很快，她会变得和她们一样。安次看着赵莲想。傍在男人身边，染发，穿吊带衫，抽烟，眼神儿变得迷蒙。

“那个想包你的男人是谁啊？我认识吗？”

“你干吗问这个？”赵莲的神情一下子变得不自然了。

“反正闲着也是闲着。下次我去吃饭要是碰上了，你告诉我一声。”

“我可不想再见他。”赵莲断然拒绝。

“你不想见他，他可能想见你呢。”

“想见我也没用，我会当他是透明的人。”

“……你整天站在门口，很多男人追你吧？”

“多少算很多？”

“一百个？”

“哪有？”赵莲笑了，“我才来了一个多月。”

喝完咖啡安次把赵莲送回员工宿舍。以后的几天也是一样。他偶尔和她开开略嫌过火的玩笑，但连手指尖儿也没碰过她一下。他带她去过一次酒吧，刚走进去就后悔了。里面吵得要命，赵莲跟他说话时，嘴唇都快要贴到他的耳朵上面了，他很快招来侍应买单，带她离开了。在酒店中午和下午之间的休息时间，他带赵莲出去逛过几次街，给她买了一些衣服鞋子，还送了她一个手机。他们买完手机从商场的扶梯上下来时，赵莲挽住了他的手臂。商场里冷气开得很足，她的胳膊又滑又凉，他假装没注意到这个细节，用另一只手从兜里掏出电话来放到耳边：“哪位？”

是安首的电话。安次通完话，看了赵莲一眼：“今天晚上我哥在你们那儿请客。”

赵莲的胳膊紧了一下，“你也来吗？”

“……我还有点儿别的事儿，看情况吧。”

“你把别的事情推掉嘛。”

安次没往赵莲脸上看，在心里玩味着她撒娇的语调，有点儿好笑地想：她现在是不是以为她是我的什么人呢？

安次在家煮面时，赵莲给他打电话问他在哪儿？他说在外面陪客户呢。赵莲的声音有些委屈：“你哥带人来了，让我在包房里侍候。”

“可能是你上次表现得太好了，他才跟你们老板特别要求的。”

“……我可是看在你的面子上才去的哦。”赵莲把电话挂了。

6

安次吃完面，第二个影碟看到一半时，又接到赵莲的电话：“你赶快过来，快点儿。”

电话挂断了，安次犹豫了一下，他不想让赵莲养成随便撒娇的习惯，把电话放到一边，接着看影碟。

差不多过了一刻钟，赵莲又打电话过来，声音里带着哭腔：“你怎么还不过来啊？你快点儿过来啊。立刻就过来。”

安次关了影碟机，出门开车直奔“洞天府”。

“赵莲在哪儿？”他问门口的迎宾小姐。

“紫竹。二楼。”

安次上了二楼，一路看着包房门上的门牌，“红蔷”、“碧丝”、“墨菊”，一直走到最里面，才发现“紫竹”两个字。他敲了敲门，里面没人应。他侧耳听了听，里面明明有声音，他又敲了敲门。

有人 朝门口走过来，一下子把门打开。

“……你怎么来了？”安首喝了不少酒，酒气扑面而来。

“客人……走了？”安次往包房里面看了一眼。

“啊……今天散得早。”安首笑笑，回头看看赵莲，“我正跟美女说别的事儿呢。”

“你怎么才来?”赵莲出现在安首身后，哭得脸像刚洗过似的。

安次觉得有个无形的拳头狠打了一下自己心口。

安首的脸色也变得难看了。

安次清了清嗓子，“哥……”

“她刚才的电话是打给你的?”安首冷冷地问。

“我不知道是你……”

安首从兜里摸出烟来，弹出一根，用嘴叼住。安次摸出打火机给他点着。

“现在你知道了。”安首吐了口烟，说道。

安次看了赵莲一眼，转身想走。

“我下午本来要告诉你的，但是……我以为你晚上能和他们一起来吃饭呢。”赵莲哭哭啼啼地拉住安次的手臂。

安次回过头，盯着从安首嘴里吐出来的烟雾，他觉得自己的话也像烟雾一样，轻飘飘地朝安首游荡过去：“哥，今天的事儿，就算了吧。”

安首没说话。

“哥……”

“什么算不算了的，压根儿就没什么事儿。”安首笑了，看着赵莲，“看不出你还挺有手段的，居然把我弟弟搬来了。”

7

安次和赵莲谁也不说话，听着走廊里安首的脚步声由重到轻，直至消失。

“有好几次我都想跟你说的，可是……”赵莲看着安次的脸色，小心翼翼地开口，“我不知道应该怎么跟你说。”

安次拿出烟来，点上。

“看不出你还挺有本事的，”安次冲赵莲笑笑，“一般的女人很难让我哥看得上眼的，追他的女孩子可多了。”

赵莲没搭腔。

“他说话可是算数的，答应了人什么，一定能做得到。”

“我不稀罕。”赵莲轻声说。

“你稀罕什么?”安次吐了口烟，笑笑，“你稀罕天上的月亮，那也得摘得下来呀。”

“我没说我想要月亮。”

“那你想要什么?”

“……你带我出去转转吧。”赵莲说，“随便去哪儿都行。”

安次先下了楼，在车里抽了两根烟赵莲才出来。她换上了白天刚买的衣服，绾得紧紧的发髻也打开了，用皮筋在脑后扎了一个马尾，整个人活泼了很多。“洞天府”的老板开车从外面回来，下车时，吃惊地打量了他们一眼。

安次冲他摆摆手，开车离开。

赵莲拿出一张CD放进CD机里，一个男人唱歌时仿佛被人攥住了脖子，绝望地哼哼着：我闭上眼睛就是天黑……

“好听吧?”

“哪弄来的黄色歌曲?”

“什么黄色歌曲？这才不是黄色歌曲呢。”

“天黑了，眼睛也闭上了，还不黄色？”

“你真讨厌。”赵莲叫了一声，在安次脸上轻轻地打了一下。

“你打我？”安次横了赵莲一眼。

“……谁让你先骂人的。”赵莲意识到自己有点儿过分，收回手时解释了一句。

“打得好，”安次在前面的十字路口转了个弯，“打是亲，骂是爱。”

“我们去哪里？”赵莲看了看方向。

“你不是说随便去哪里吗？”

“随便去哪里也有个地方吧？”

“郊区的小树林。”

“我跟你说正经的呢。”

“我是正经回答你啊。”安次笑。

“懒得理你。”赵莲扭头看着窗外。

安次把车停在“圣湖”酒店的门口。

“这是树林？”赵莲笑着问。

“是啊。”

“这是你家的树林？”

“是啊，你觉得我家的树林好不好看？”

赵莲笑得连气都喘不过来了。安次熄了火，很耐心地等着她笑完。

8

安次去吧台拿房卡，回头打量着坐在沙发上等他的赵莲。她胸前交叉着双臂，眼睛盯着从酒店门口进进出出的客人，有些茫然若失。安次过去拍了她一下，她站起来时，他自然而然地牵住了她的手。她很顺从地跟着他，朝电梯走过去。

电梯里没有别的人，他们的手还那么牵着，但一句话也没有。赵莲盯着安次身后的镜子，安次抬头看着电梯门上面闪光的号码，1、2、3、4、5、6、7、8、9。电梯“叮”的一声，停了下来，电梯门像嘴那样张开，他们走出去，向右转弯，在“0919”门口停下，他把房卡插进电子锁，绿灯亮了，他扭动把手，把门打开。

安次拉着赵莲在黑暗的房间里站了一会儿，房间里的家具影影绰绰的，远不如他脑子里的思路清晰。

赵莲气也不出一声，乖乖地站在他身边。

他在她的嘴唇上亲了一下，手从她的头发后面伸过去，把房卡插上，接通了电源。他把浴室的灯最先打开。

“想不想洗澡？浴室这么漂亮，不洗浪费了。”

一直紧绷着脸的赵莲“噗嗤”一声笑了，“你怎么老劝人家洗澡，浴室是你家的？”

“是我设计的。”

9

赵莲是第一次。安次中间停了下来，在她额头上摸了一把，手心里全是冷汗。他有些犹豫不决，但赵莲把他又拉回到她身上。

完事儿后他们一起去浴室冲淋浴。

“你从什么时候起打我主意的？”赵莲问。

“……你猜猜。”

“从第一次见面就开始了。”

“为什么？”

“那天晚上你给我背诗，说，决不交出现在，决不交出你。”

安次笑了，他把花洒举起来，让水花直接朝他的脸孔上溅落。恍惚间，他觉得自己不是站在酒店的浴室里面，而是站在意大利的夏日阳光下。

那天夜里和赵莲在“洞天府”喝茶聊天，安次最想讲的，其实不是北岛的那首诗。而是读那首诗给他听的女同学。几年前，安次去欧洲旅行，在佛罗伦萨的市政府广场，她的面庞在成堆的游客中间一闪即逝。安次撒腿朝她追过去，也不理身后的导游有些惊慌失措地喊他的名字。他跑过热闹的卡鲁茨伊奥里大街，在大教堂前抓住了她的胳膊，几只鸽子从他身边扑棱棱地飞起，不知是不是被他叫她的名字的声音给吓着了。

她朝他转过脸来，不是他的女同学。是一个陌生人。他甚至弄不清她是来自大陆、中国香港，还是韩国，日本？或者中国台湾、新加坡？

“你敢说你的诗不是故意读给我听的吗？”赵莲一直望着他，追问。

“……你不懂诗。”安次说。

赵莲不高兴地噘起了嘴：“就你懂？”

安次把花洒举起来对着她的脸，她躲进他的怀里，紧紧地抱住他。

臂弯里的身体实实在在，但安次的心却空落落的，就像那天在佛罗伦萨，他一边抱歉一边放开那个女孩子的胳膊，扭头沿着卡鲁茨伊奥里大街往回走，到处是艺术品，到处是游人，到处是鸽子。

安次轻轻把赵莲从怀里推开，转过身，把花洒插到卡座里。

彼　此

这次他们是去一个风景秀美的小城市。三年前，黎亚非第一次跟周祥生出门，就是去这个地方。

出门之前她还有些忐忑，周祥生为什么找她去呢？科里的医生有二十几个呢，男医生尤其多，他跟她孤男寡女的，这么一路走下来，算怎么回事儿？黎亚非犹犹豫豫地收拾好东西赶到会合地点时，才发现周祥生的助手不只她一个，还有麻醉师吴强。

吴强开车，手脚不闲，嘴也不闲，黎亚非这一路上听到的信息，比她在院里待三年听到的还多。原来，科里大部分的医生都跟周祥生出去过，她算是最后一拨儿。而且不光是周祥生，其他三四位主任医生也经常在周末带着主治医生们出去。

“您的名气大，来的病人多，”吴强对周祥生说，“他们大树底下好乘凉。”

黎亚非坐在后面，望着外面的风景。他们走的是一条盘山公路，左一弯右一转，山上树木郁郁葱葱，树根处沁出凉湿的气息，正是早秋时节，山色总体还是绿色的，但偶尔的，会有一棵枫树烧着了似的闪现出来。

“黎医生沉默是金啊。”吴强见黎亚非一声不吭，从后视镜里打量她一眼，笑着说道。

“我一向笨嘴拙舌。”黎亚非说。

“寡言少语，”周祥生说，“是女人最重要的美德之一。”

“怪不得我们院里的女医生一个比一个矜持，”吴强哈哈大笑，“这下我找到病根儿了。”

他们到达时，病人家属们已经等在宾馆里了，七八个人像迎接救星似的欢迎他们的到来。两个女人殷勤地陪黎亚非进了房间，一个给她洗水果，一个替她沏茶，她们在房间里来来回回，弄得黎亚非坐也不是站也不是，又不知道该跟她们说什么。

周祥生经过黎亚非的房间，在门口站住了，两个女人立刻热情地招呼他进来坐坐，周祥生邀她们出来到大堂跟他谈谈病人的情况：“让黎医生洗把脸，我们待会儿去医院。”

洗脸的时候，黎亚非想周祥生这个人，他是他们科里乃至院里的招牌人物，身边总是簇拥着病人、医药代表、好学上进的实习医生，领导们架子虽然大，但对专家也总是谦让尊重的。

黎亚非跟周祥生一起做过几次手术，他平时话不多，不大正眼看人，可一进了手术室，就像演员化好妆上了舞台，整个人都不一样了，他跟没有全麻的病人开玩笑，跟医生们聊正在上映的电影或者正播的电视剧，让护士放流行歌曲。如果不是亲眼所见，黎亚非很难相信一个人能把手术做得那么精彩，同时又能兼顾到手术室里那么多的细节。

那个小城市中心医院的手术室跟他们院里的没法儿比，但也能将就着用。看完手术室，安排好第二天做手术的相关事宜，他们出去吃饭，饭桌上，盘子大得吓人，点的菜太多，后上来的盘子摞到了先上的盘子上面。

吃完饭，一个家属用问询的目光看看三位医生，在黎亚非身上略微迟疑了一下，望着周祥生问："我们去桑那还是KTV？"

"我们回酒店休息，"周祥生说，"早睡早起。"

第二天他们做了两个手术，上午一个下午一个。回来时，还是吴强开车，一直把黎亚非送到楼下，她跟他们道别，准备下车，周祥生转身把一个信封递给她："这个别忘了拿。"

她把信封接过来，人在地面上刚站稳，车就开走了。

黎亚非上楼放下行李，看着手里的信封，她知道里面是钱，但里面的数目是她想象中的两倍。

只要周祥生的时间能调配开，请他做手术的人多的是。起初的半年，周祥生偶尔带黎亚非出去，但慢慢地，她变成了他的固定搭档。吴强经常跟他们一起，但也有一些时候，病人从费用角度考虑，更愿意请当地医院的麻醉师。那时候，周祥生就得自己开车。

一年四季，他们以自己居住的城市为中心，辐射到周围七八个中等城市，以及五六个医疗设备说得过去的县级市。周五下午出门，开车几个小时，到达某个地方，晚上休息，周六做一天手术，如果病人多，周日再做一上午。

为了减轻周祥生的压力，黎亚非到驾校找了一个陪练，每天抽出一个小时练车。有一个周末，他们做了三个手术，第二天上午又做了两个，下午三点钟才吃上饭，周祥生好像连拿筷子的力气都没有了，病人家属还在不停地提问。黎亚非替他回答了一些问题，但那些病人家属在对她报以微笑后，会拿同样的话题再问一遍周祥生。

吃完饭，出来上车时，她跟周祥生说："我来开吧，你在车上睡一会儿。"

周祥生愣了愣，但什么也没问，就把车钥匙给了她。

黎亚非戴上墨镜，放了一张蔡琴的碟片。

周祥生笑着打量她。

"这样我会觉得自己是个老司机。"她说。

有很长的一段路，笔直笔直，从盐碱地中间像刀痕一样划过去，路两边是发白的土地，植被像癣块分布其上，有一棵树孤零零地站在远处，那么绝对，让人想起"大漠孤烟直"这样的诗句。

周祥生坐在副驾驶的位置上，蜷在外衣下面，发出低低的鼾声。

黎亚非很喜欢这种度过周末的方式，不光因为那些收入——她把那些钱单独存到一张卡里，偶尔在提款机上看到数目，总会让她感到惊异——更令她高兴的是，她拥有如此冠冕堂皇的不在家的理由。

周末她老公总往外跑，举行读者会，约重点作者见面谈选题，要么就是跟编辑部同事吃饭、喝茶，跟朋友或者同学打球、游泳，忙得不亦乐乎。她留在家里洗洗涮涮，累了，就给自己煮杯咖啡，去她老公那几千部碟片里头翻翻，碰上有兴趣的，就放进影碟机里看一会儿。

她不喜欢看青春片，也不喜欢纯粹的喜剧或者悲剧，她喜欢的是一些跟生活贴得很近的故事片，她发现，电影里那些跟她年龄相仿的女人们，面对的问题跟实际生活中她们面对的问题差不多少——

丈夫有外遇了，或者自己有外遇了；不再相信爱情，或者开始相信爱情。

她审视着自己的生活，没有什么不好，也体会不出有什么好；有时候，她觉得有必要改变改变，更多时候，又觉得应该以不变应万变。

黎亚非喜欢在路上。春天，草色铺展在远处，像一块水彩，嫩生生的，毛茸茸的，她的心都跟着变软了。草色略微变深的时候，树叶像小虫子似的，从树枝里面钻出来，有一次，陷进座位里长久无言的周祥生，忽然指着街边的树，问她："那算不算是萌动？"

她放缓了车速，往树上打量，那些小叶片，宛若婴儿半握的手，颤颤巍巍地，好奇地伸向寒意尚存的空气中。

"算是吧。"她说。想到他这样的年纪，这样的身份，却为几片叶子如此字斟句酌，忍不住笑了起来。

"笑话我？"他看她一眼。

"没有。"她用手抹抹唇角，试图抹去那些笑纹。

"年轻的时候，我是一名诗歌爱好者。我为诗歌失眠的夜晚比其他所有的事情加起来还要多。”他坐起来，把椅背调到正常的位置上，“但现在每天和我打交道的，是一些生了肿瘤的膀胱。”

周祥生伤感的语气让黎亚非吃惊。他在病人面前，是专家，是权威，是威信与威严并重的神，黎亚非看着他应对那些饱受死亡威胁的病人，以及过度焦虑的病人家属时，会不自觉地融入他们中间去，仰视着周祥生，信任他、依赖他，把自己不愿承担或者承担不了的包袱，搭到他的身上去。

她一直以为他对自己的工作是无比自豪的，有幽默感的，手术的时候，他曾让她用一句成语概括他们的工作。她被问蒙了，完全没有方向。

“这么简单都答不上来，”他一边把摘除下来的肿瘤扔进盘子里，一边悠然说道，“探囊取物啊。”

“我一向没有幽默感。”她说。

周祥生看了她一眼，发现她并不是在赌气耍性子，而是非常真诚地为自己的乏味道歉。

黎亚非是一个文静、优雅的女人，她身上几乎没有缺点。但也因此，她在男人眼里，也缺少了必要的性感。“大理石美人”，男医生们私下里这么叫她。周祥生不知道她是天生如此呢，还是情感上面遭遇过什么挫折。

在她之前，周祥生带科里另外几位女医生出去过。只要是跟他独处，或者几分钟或者几小时，她们总会把话题转到情感生活方面，其中一些事情在他看来属于绝对隐私类，但她们照样坦然道来。

黎亚非是女人中间的另类。她第一次跟他出门时，坐在车后座上，如果不是吴强问话，她几乎变成了隐身人。她不用嘴说话，也不用眼睛，或者肢体说话。她的沉默是百分之百的。他不无惊喜地发现，她的工作态度也是百分之百的，没有一点儿矫情、挑剔、抱怨，工作就是工作。在报酬方面——他一向出手大方——他猜她不会嫌少，但她也从未像其他人那样，因为满足，而直接或者委婉地向他表达感激之情，以及对继续合作的期待。

周祥生对这种单纯关系有种久违的亲近感，当然也有那么一些时候，他注意到她身上的女性特质，温情、娴静、稳重，她能在很长时间里保持着同一个动作，注视久了，他觉得她像油画人物。

有一次周祥生带着黎亚非出去，手术结束后吃晚饭时，东道主跟他们提起一个小镇，说小镇有一个小店，火极了，他卖关子没说火的原因是什么，但馋涎欲滴地强调了好几遍那店里的东西："逆风香百里啊。"

他们回程的时候，决定绕个弯路去那个小店吃顿饭。地方很好找，小镇里的人没有不知道"山珍一锅"的。店面不大不小，门口的车挤得满满当当的，沿街排出去，像一溜麻将牌。店里的桌子都是灶台式的，水泥磨的台面，中间盘着一个水盆大小的铁锅，里面炖着杂七杂八的东西，菜品只有一样，在后面大铁锅里炖到八成熟，就餐的客人只需点出是几个人的分量，就有服务员替他们把东西放到桌上的小铁锅里，边炖边吃。

东西确实香极了，而且不油腻，黎亚非怀疑店主往里放了特殊的香料，或者大烟葫芦什么的，他们快吃完的时候，呼啦啦涌进来一群人，高声大嗓地说话，把几张预留的空桌子填得满满的，有个红脸膛卖弄自己是熟客，跟朋友讲菜里的成分：蘑菇、板栗、黄花菜、桔梗、土豆、辣椒都是配料，最要紧的是，蛇、野猪、獾子、山鸡、麻雀、蛤蟆——

他们回到车上继续往回走，每隔二十分钟，黎亚非就要下车吐一次，胃液、胆汁都吐了出来，吐完后黎亚非用矿泉水拼命地漱口。

“你的胃早就吐空了，”快到高速公路入口时周祥生说，“你还想再吐的话，已经不是因为你自己，而是我胃里的东西让你觉得恶心了。”

“不是的，”黎亚非让他说得不好意思了，“我老觉得自己的胃里有个动物园，不时地就有个什么东西要跳起来。”

在高速公路入口处，周祥生顺着岔路把车开进树林中间，阳光斑驳地从树梢间漏到地上，圆圈套着圆圈，光斑叠着光斑，空气又凉又湿，黎亚非觉得肌肤像刚做完面膜，开了差不多十分钟，在树林深处，出现了一栋古堡样儿的建筑，四周的庭院被铁栅栏围着，庭院里面有喷泉和汉白玉雕像，周祥生对两个保安出示了一张会员证后，被放了进去。

酒店里面的东西色调柔和，品质上乘，沙发颜色并不统一，室内摆放了很多植物，有草有花，间隔出一个个谈话空间，阳光穿过屋顶玻璃直接照射进来，咖啡的香气则浮动着向上涌去，音乐声不高不低，把咖啡吧置于流水中间。

客人并不少，周祥生带着黎亚非找了个靠窗的角落，点了两杯咖啡，给黎亚非要了份新烤的饼干。

“充充电吧。”他对她说，自己把双腿放平，在沙发里面伸了个懒腰。

黎亚非道了谢，扭头看着窗外的景观，庭院里的树木花朵因为没有污染，颜色分外艳丽、醒目。她转回头时，发现周祥生审视地看着她，他的眼角已经有皱纹了，但眼睛还是黑亮黑亮的，盯着人时，有一股咄咄逼人的劲头。

黎亚非的心扑腾扑腾地跳了几下。

“你的话总是这么少吗？”周祥生问。

“你不是说，寡言少语是女人的美德吗？”

“但你过分了些。”周祥生责备她，语气温柔。

随着黎亚非的频繁外出，她老公郑昊倒开始越来越多地待在家里了。周日傍晚她回到家，十有八九，他躺在客厅沙发里读书，见她进门，他把书扔掉，从沙发上坐起来。

“我饿得前胸贴后背了。”郑昊说。

黎亚非在最短时间内冲完淋浴，换好衣服，跟郑昊出去吃饭。

郑昊在生活中很多方面，是很有本事的，跟黎亚非单独吃饭时，他总能找到美味、干净又便宜的小店，小小的门脸儿，热情的老板娘，满脸笑容的服务员，当着黎亚非的面，郑昊跟她们开暧昧的玩笑，把她们逗得面红耳赤。

“你不管管他？”她们说黎亚非。

黎亚非笑笑，细嚼慢咽地吃自己的饭。

郑昊在哪儿都有女人缘儿，他们刚认识时，郑昊恰巧处于一段热烈恋情的灰烬期，黎亚非的冷静寡言、从容不迫，宛若一泓湖水，让他安定安宁，进而觉得这是酷味儿十足的恋情。

“你是雪山，我是飞狐。”郑昊对黎亚非说。他对她的追逐确实像一团火球，整天跟随在她的身后。鲜花、礼物、吃饭、唱歌，他还在自己的杂志上面给她写情书，明晃晃是她的真名实姓。

直到结婚那天，黎亚非一直觉得爱情是一杯醇酒，让人脚底发软，浑身轻飘飘的。

婚礼那天，她一大早起来，里三层外三层地把婚纱穿好，然后化妆，化妆师是从影楼里请来的，她给她打粉底的时候，黎亚非的姐姐把一个女人送进门来，笑着说：“你的好朋友来了。”

不是什么好朋友，黎亚非甚至没见过她。

那个女人说她是郑昊的前女友，她是来恭喜黎亚非的。“我知道郑昊挑选女人很有眼光，但你还是比我想象的更漂亮、更优雅，”她毫不吝惜对黎亚非的赞美，“你是我所见过的最美的新娘！”

她很自来熟地在黎亚非的房间里转来转去，有时停下来看看墙壁上的油画，偶尔拿起一个小物件儿赏玩，而黎亚非自己倒被牢牢地钉在椅子里，下巴被化妆师固定在某个角度上。她拿不定主意，是坐起来跟那个女人面对面，眼睛对着眼睛，进行无声的斗争呢，还是就眼下这样，以熟视无睹的方式显示自己对她的不在乎和胜利者的自信呢。

那个女人转了一会儿，离开了，临走前，她送了黎亚非一份礼物。这个礼物是一个秘密。

“昨天郑昊一整天都待在我的床上，我们做了五次，算是对我们过去五年恋情的告别演出。”那个女人的手搁在黎亚非的肩头，随着她的话，她的手指很有节奏地敲击着，“从今天开始，他归你了。”

那女人离开后很久，黎亚非都没动。她变成了一个树脂模特儿，全身披挂着累累赘赘的丝绸、雪纺、蕾丝、珠串、刺绣，她僵硬的肢体倒是有助于化妆工作的顺利进行。

郑昊来接新娘的时候，在大门外被黎亚非的姐姐以及朋友们提的难题绊住了，他好言好语，笑脸相迎，还给每个人发了红包，才得以进入黎亚非的房间。进门后，他从额头上抹出一手汗水给新娘看。

“你昨天一整天在哪儿？”黎亚非问他。

她眼看着她的话像一句咒语把郑昊定在原地，动弹不得。

黎亚非的目光越过郑昊，打量着房间远处镜子里的自己，她打扮得像个公主，头发挽成发髻，戴着小小的王冠，腰身收得瘦匝匝，裙摆阔阔大。这是她期待已久的一天，这是她一生最心仪的裙裳，但那个女人把一切都弄走了味儿。

黎亚非努力忘掉那个女人，但她的恶毒就像缓释胶囊里的药物颗粒，随着时间的流逝，持续地保持着毒性。而且这种毒性在他们上床时，会加倍地爆发，弄得她浑身无力，手足冰冷，有一天郑昊从她的身上一跃而起，冲进浴室，哗哗哗冲完淋浴，穿好衣服到另一个房间去睡了。

那个女人如愿以偿了。黎亚非想。她应该伤心难过、痛哭流涕、濒临崩溃边缘了，结果却是，她迎来了婚后半个月来最香浓的一次睡眠。

尽管黎亚非和郑昊的关系已经降到了零度以下，在外人看来，他们还是恩恩爱爱的，一个风趣幽默，一个小鸟依人。黎亚非并不是在演戏，她确实不讨厌郑昊，他身上那些曾经让她目眩神迷的优点，现在仍然能令她欣赏。

如果郑昊在性上没什么要求的话，黎亚非觉得他们这么过下去也没什么不好的。如果没有在古堡那个喝咖啡的下午，就算郑昊偶尔有一些性生活上的要求，黎亚非也不会觉得日子有多么难过。

结婚三周年那天早晨，黎亚非送了郑昊一台新型数码相机，他送了她一条尼泊尔薄羊绒披肩，他们还亲了亲对方的脸颊。

吃早饭时，郑昊说，晚上杂志社的同事，以及他的一些朋友，差不多有三十个人呢，要为他们举行结婚三周年庆典。

“这有什么好庆祝的？”黎亚非说，“这是我们俩的事情，跟别人有什么关系？”

“我们不能拒绝别人的善意和祝福啊。”郑昊说。

“你一个人去吧。”黎亚非说，“我下午还要去外地出诊，反正我既不会喝酒，也不会应酬。”

“这是我们俩的结婚纪念日，你让我一个人出席？”郑昊的表情变严肃了。

“无所谓吧，”黎亚非说，“我反正就是你的花瓶。”

“你是我老婆。”郑昊说，“你是周祥生的花瓶还差不多。”

“你把周祥生扯进来干什么？”黎亚非对郑昊的阴阳怪气儿有些反感。

“是我扯进来的吗？”郑昊脸上笑嘻嘻，但眼睛里头一点儿笑意也没有，“那我们今天就打开窗子说亮话，这一年半多了，我跟他一直在玩拔河比赛，你还想让我们再玩多久？”

“什么拔河？什么乱七八糟——”

“黎亚非，”郑昊挥手示意她不要再说下去了，“都是老中医，少来这些偏方儿。”

黎亚非不说话了，收拾东西准备上班。

“我想不通的是，你喜欢他什么？”郑昊在她身后追问，“他比我老，比我矮，常年摆弄膀胱，手上那股尿味儿你不觉得恶心？”

黎亚非开车上班，脑子里盘旋着郑昊的话，日子过不下去了，她想。

黎亚非走进医生办公室时，被一大片欢呼声包围了，她的桌上摆着一大束粉红色的玫瑰，花梗上面夹着的卡片已经被打开了，上面是郑昊的字迹：老婆老婆我爱你，就像老鼠爱大米。

黎亚非没想到郑昊有这份儿心思，虽说他擅长搞这一套，但结婚以后，这还是她第一次收到他送的花儿。她随即又想，这是不是郑昊故意做给周祥生看的呢？

周祥生确实看见花儿了，呵呵一笑，“好浪漫啊。”他说。

他往手术室走的时候，黎亚非追上他。

“外地那个手术，我明天一早赶过去行吗？”黎亚非知道最恰当的方式是让周祥生换人，但她实在不想让别人顶替自己，她看着周祥生，

“我天亮前出发，保证不会耽误的。”

“你也不用太着急，”周祥生沉吟了一会儿，说，“我跟吴强先走。我把手术时间改到下午，你明天中午之前到就行。”

中午休息时，黎亚非去了商场，很长时间了，她既没有心情也没有时间为自己买新衣服。

下午，郑昊见到她打扮一新地出现在办公室，笑容满面地迎上来，给了她一个热烈的拥抱，引起了同事们的尖叫。晚上吃饭时，郑昊把所有别人敬黎亚非的酒也抢过来，拍着胸脯跟人家讲：“肝好，酒量就好，身体倍儿棒，喝啥啥香。您瞅准了——”他一仰脸，把酒倒进嘴里。

大家都叫好。

郑昊喝醉了，一见有人上厕所，他就冲人大声喊：“怎么了？膀胱有问题？别上厕所，找黎亚非。黎亚非是解决膀胱问题的专家。”

黎亚非笑笑。

“真的真的真的，”郑昊认准了这个玩笑，逮谁跟谁开玩笑，说，“黎亚非真是膀胱专家，哎，老婆，你过来给他讲讲。”

黎亚非渐渐意识到，他们早晨在餐桌边儿的争吵并没有结束，膀胱、尿，都是周祥生的临时代名词。

忍了又忍，还是没忍住，她说郑昊：“闭嘴吧，你的嘴还不如膀胱干净呢。”

整个晚上闹哄哄的，偏偏在黎亚非说话的时候，出现了一个短暂的、真空般的安静，好在，即便在愤怒的情绪之中，口出恶言，黎亚非给人的感觉仍然是优雅从容、慢条斯理的。

郑昊带头笑了起来，笑得很大声，还指着黎亚非给朋友们看，那意思像是说：你们看见了吧？这才是黎亚非呢。

“你们夫妻都很幽默，一个是冷幽默，一个是热幽默。”有个女人目光跟踪着郑昊，笑嘻嘻地拉着黎亚非说。她的手有些湿，还有些不干净，黎亚非试图把手抽出去，但她把她抓得紧紧的。

饭局结束两个人坐上车回家，“我还不如一个膀胱？”郑昊笑嘻嘻地问。

黎亚非不说话。

“我还不如一个膀胱？！”郑昊问。

过了一会儿，郑昊把手机狠狠地朝车窗前面一砸，吓了黎亚非一跳，一脚踩在刹车上，幸亏距离短，手机没有把玻璃砸坏。

黎亚非吃了一惊，心扑扑地乱跳了一阵。

“——我不想吵架。”黎亚非说。

“——我他妈的也不想。”郑昊吼叫的时候，脸孔像被人从嘴唇处撕裂开了。

黎亚非继续往前开，两人都不再说话，车子陷落在黑暗中间，偶尔车灯、路灯以及街边店门口的灯光照射进来，他们的皮肤变成了金属质地，黎亚非觉得车就像一颗子弹，飞奔在道路上，她不知道它最终会要了谁的命。

黎亚非把车开到楼下，郑昊刚下车，她就把车开走了。

黎亚非并未想好去哪里，但她清楚的是她不想跟郑昊回家。他发脾气的样子与其说是让她害怕还不如说是厌恶。最近几个月，郑昊越来越多的在客厅里对着电视过夜，有的时候清晨她起来上班，发现郑昊还没睡觉，她问他看什么，他说看一部美国的电视剧，《绝望的主妇》。

他们谈恋爱的时候，他拉着她一起看《欲望都市》，只看了一个碟就打住了，“这里面的女人太坏了，会把我的小白兔教坏的。”郑昊说。

郑昊追她的时候，黎亚非是受宠若惊的，这场恋爱里面她像一个拉满的弓，紧张、饱满、有攻击力，天知道郑昊哪根弦不对了，居然认准了她：“装酷的女孩儿我见多了，但你不是，你是真酷。”他用那种找到珍宝的语气跟她说话，让她惶恐不已，早晚有一天，郑昊会发现她是个赝品。

黎亚非在一种惯性下把车开上了高速公路，她经过那个通往城堡咖啡馆的树林，林间岔路在墨汁般的树阴中消失了。

整个旅途吴强都在跟周祥生讨论玫瑰和女人的关系。他们这些做医生的男人，从来不会觉得女人是玫瑰，女人对他们而言是具体的、真实的，里里外外都清晰无比。只有黎亚非老公那种职业的男人，才会觉得女人是玫瑰，是诗，结果呢，我们这些当医生的，能救女人的命却不一定能得到她们的心，或者说爱，而黎亚非老公这类男人，却能要了女人的命。

周祥生笑了笑。他也想着那束玫瑰，漂亮的花朵，娇艳的颜色，还有那些刺——千万别忘了那些刺，他不无讽刺地想。

那天在古堡喝咖啡，黎亚非像说别人的故事似的，讲她结婚那天，一个女人登门送了份特殊的礼物，好几年过去，她仍然不知道该拿这份礼物怎么办。

“当它是肿瘤，”他说，“摘了就完了呗。”

黎亚非有些嗔怒地看着他，这种在她身上极少流露的女性动作让他觉得很有意思。

“我真的觉得这事儿不算什么。”他想了想，又说，“甚至，这是件好事儿，跟往事干杯，大醉一回，然后开始新生活。这有什么不对的？这就像人的身体，绝对清洁，绝对健康是不存在的，有对立面，有矛盾冲突，通常更能加强免疫能力。”

黎亚非让他说笑了。

“医院里有人在传你和黎亚非的闲话呢。”沉默了一阵，吴强又说。

“你现在只带着她出来，”吴强说，“难怪人家议论。”

“我收到短信，上面写着，走自己的路，让别人打车去吧。”周祥生伸了伸腰，活动了一下双臂，说，“明天中午手术，今晚可以喝点小酒儿了。”

“就是，好久没放松放松了。”吴强说。

晚上是六个男人一起吃饭，都是熟人，上来就干杯，很快把酒喝到醺醺然、飘飘欲仙的状态，吃完饭，他们去酒店对面的 KTV 唱歌，医院的办公室主任出去转了一会儿，笑嘻嘻地回到包房，提醒了一句：“我们今天可不是什么医生啊，别说走嘴了。”

话音未落，几个女孩儿敲敲门进来，燕瘦环肥，有高有低，年纪很轻，裙子都短到大腿根儿处。

陪周祥生的女孩子头发又黄又弯，像个洋娃娃，皮肤在暗暗的光线里面像缎子一样闪动，跳舞的时候，她偎进周祥生的怀里，双臂环住他的腰，身体随着音乐节拍在他身上擦来擦去，

服务员进来送酒，门在开合之间，周祥生看见黎亚非站在包房外面的走廊里，包房里的彩光照在她脸上，闪闪烁烁的，他再定睛看时，她已经不在那里了。

周祥生追到 KTV 门口，看见黎亚非站在一盏路灯下，瘦伶伶的身子，脚下拖着暗影，像个折了脚的感叹号杵在那儿。

"你怎么来了？"他问。

"——搅了你们的好事，是不是？"黎亚非本来想把这句话讲得冷冷的，讲得像刀片一样锋利，但鼻子堵堵的，一开口倒像在跟人赌气、撒娇。

"你看你，"周祥生让她逗笑了，"像个无知少女。"

"如果我搅了你们的好事儿，我也不是故意的，你快回去吧，就当我没来过。"

"别胡说八道。"

"谁胡说八道了？我是认真的。"

"别胡说八道！"周祥生加重了语气，他眼睛四周的皱纹像某种光芒，让他的目光更深沉，"别哭了。"

"——我哭我的，关你什么事儿？"黎亚非的眼泪又决堤似的冲出来。她转了个身背对着周祥生，双手捂住了脸。

吴强出现在门口，朝他们这边看着，周祥生冲他摆摆手，吴强笑笑，转身回去了。

第二天手术结束后，吴强找了个借口先开车走了，周祥生跟黎亚非坐一辆车往回返。

周祥生早就习惯了跟黎亚非在一起时不说话，但以前他们之间的沉默是宁静从容的，这回，沉默像八爪鱼，东抓西挠，让人不安生。

黎亚非昨天夜里痛哭失声，但今天一早就又恢复了大理石本色，她不苟言笑，对工作认真负责，周祥生工作时倒还能全神贯注，手术完吃饭时，他失手打了个杯子，啤酒沫喷了半桌子，也弄脏了他的裤子，全桌的人都动起来，只有黎亚非端着碗，用筷子夹了饭放进嘴里，吃得那么优雅从容，让他顿生恨意。

他不敢相信这个大理石女人对他动了感情，但显然她是对他动了感情，他不敢轻慢她，像对待其他投怀送抱的女人那样草率从事，黎亚非是个认真的、较劲的女人。

他们开在盘山公路上，一辆丰田越野从后面超过他们，车窗开着，一些男女高声笑唱的声音传到他们耳朵里时，已经被风声刮成丝丝缕缕的了。

二十分钟后他们遇上了车祸现场。跟丰田车相撞的捷达车有三分之一处于悬空状态，从碰撞角度上看，它没有直接翻下公路简直是一种力学奇迹。后座位的人被抬了出来，惊吓过度加上头部受伤，意识有些模糊，司机和副驾驶位置上的一对夫妇还没拉出来。

丰田车上四男四女，不同程度地受了伤，现场哭声一片，到处是血渍。

周祥生走到捷达旁边摸了摸伤者，冲黎亚非摇摇头。

“人死了。”围观的人注意到他的动作。

黎亚非也走进伤者中间，有一个女孩子腿断了，脸比纸还苍白，汗珠凝结在额头上，嘴唇抖抖的，黎亚非俯下身子把耳朵凑过去才听清她的话：“——我疼——”

黎亚非把女孩子抱在怀里，眼泪涌上来，她轻抚着她的头发，说：“我知道，一会儿救护车就来了。”

他们闻到酒味儿，跟血的腥气混在一起。

他们忙活了一个小时，才等来救护车。回到自己车上时，他们身上的血腥气充满了车厢。天慢慢黑透了，救护车车顶上的红蓝标志灯灯光异常的醒目。

黎亚非的眼睛哭肿了，身上的新套装血迹斑斑，“真可怜。”她说。

周祥生伸手把她搂进怀里，她像个小动物，轻轻抽搐着。

他揽住她，在她耳边轻声说：“我爱你。”

周祥生没想到自己在四十五岁时又变成了一个少年。

他在单位搜寻黎亚非的身影，她总是在人群中间，但如今她的安静沉着不再令她隐形，而是变成一座山，或者一泓湖水，一团雾。他沉浸在自己的感觉里，也惊异于自己的感觉。

外出时，如果吴强不在，他们会一起过夜。黎亚非总是要求他把灯全都关掉，她的身材很好，但总是试图用衣物、被子之类的东西遮挡住自己。

她的羞怯让他感到好笑，“你是医生啊。”他说。

“这会儿不是。”她强调。

周祥生有许多年没有和女人一起睡觉的经验了。他的老婆十年前就成了别人的老婆，他们偶尔会因为孩子的事情见个面，曾经，她的脸让他厌恶到不能正视，但时间长了，他们变得心平气和，甚至开开玩笑。

“谈上恋爱了？”最近一次见面时，她打量着他问。

他不明白她打哪儿冒出这么一句话来。

“你看上去容光焕发。”她说。“你没当上院长，那就肯定是有艳遇了。”

“我经常有艳遇。”他说。

“这次有些不一样。”她说。

确实有些不一样。他以前最怕女人纠缠，但却对跟黎亚非一起过夜有着强烈的期待，他们朝一个方向微蜷着身体，像两把扣在一起的勺子，她的头发软滑如丝缎，散发着洗发水的味道，比任何催眠的药物更有效用。

“今天，我跟他办完手续了。”有一天夜里，他快要入睡时，黎亚非轻声说道。

他的睡意像受惊的鸟飞走了。

黎亚非却很快睡着了。她的身体非常松弛，像一个浆汁饱满的果实偎在他的怀里。

有一次他们出门，赶上了一场春雪，雪花很大，白花花地飘下来，落到地上很快就化掉。天气是下雪天特有的温暖，但地面上化掉的雪水又把冷凉之气返上来，“一半是冬，一半是春。”有人说。

“外面是冬，里面是春。”有人补充说。

周祥生和黎亚非上午做完手术，中午吃了饭开车回家，雪一直没停，雪片似乎变得更大了，棉朵似的飘下来。在到达高速公路路口之前，有一段从两山之间通过的二级公路，公路两边的田野把雪留住了，白花花的一片，在黄昏变得黯淡的光线中，车子仿佛从一望无际的奶油中间穿行。

黎亚非突然把车停了下来。

周祥生往外看，车灯照射处，雪花棉絮似的飘飞着。

“怎么了?”他问她。

“让它们先过去。”她说。

周祥生往外看了看，除了雪花，看不见别的。黎亚非指了指车灯射程的边际线处，他定睛看去，发现路中间，一只动物支着身子，正向他们凝视着。

“——好像是黄鼠狼。”黎亚非说。

他们对峙着，黎亚非向黄鼠狼挥了挥手，周祥生笑了，低声说：“它哪能看得见!”

又过了一会儿，黄鼠狼似乎确定了他们不会突然辗轧过来，便又迈步往前走，它的后面，跟着另外四只，它们保持着相隔一米的距离，一个接一个通过公路。

他们屏息凝神看着它们过去，又待了十分钟，确信不再有要通过的黄鼠狼了，黎亚非才接着往前开。

周祥生激动不已，他兴奋地转向黎亚非，想说点儿什么，一时却又不知如何说起。黎亚非侧脸的弧线，是那么精巧优美，他没问什么，她却轻声回答了他的问题："我也从未遇上过这样的事情!"

"我们结婚吧!"周祥生说。

黎亚非转头看了他一眼，"我们结婚吧。"周祥生又说。

黎亚非一言不发，开到高速公路路口时，她把车停到了路边。雪这时越下越大，棉团似的罩下来，他们听得见雪团拍打车顶的啪啪声。

"我同意。"黎亚非说。

婚礼定在春末。满城的桃花都开了，黎亚非不想穿那累累赘赘的婚纱了，她定了一套日常也能穿的小礼服，浅桃色跟这个季节很相衬。

黎亚非最后一次试衣服的时候，郑昊来了。

自从离婚后，这还是他们第一次见面，他瘦了很多，头发很长，胡子拉碴儿的。

"你怎么变成这样儿了?"黎亚非问。

"挺好的呀，"郑昊看一眼镜子，"失恋艺术家嘛。"

黎亚非把他以前送她的婚戒拿出来放在桌上："这个还你。"

郑昊看着戒指，笑了笑："不是我小气，这个戒指是我们家的传家宝，传了好几辈子了，带你回家之前，我带过好几个女孩回去，我妈都不给，见了你，我妈才拿出来。没想到，我们还是没缘分。"

"她恨死我了，是不是?"

"她恨我，"郑昊笑笑，"搬回家时，我跟她说，是我有外遇你才跟我离婚的。从那天开始她就没正眼看过我，也不给我做饭，要不我能这么瘦吗？”

黎亚非的眼泪涌出来，湿了满脸。

“你哭什么哭啊？”郑昊笑，“我还没哭呢。”

黎亚非哭得更厉害了。

“再哭把衣服弄脏了——”郑昊说。

黎亚非回房间把衣服脱下来，换了家常服出去，看见郑昊坐在沙发上看电视，电视里播放着赵本山和宋丹丹的小品，郑昊泪流满面。

黎亚非拿了盒纸巾过去，抽了几张递给郑昊，他伸出手，没拿纸巾，却把她的手腕攥住了，黎亚非说不清楚，是他把她拉进怀里的，还是她自己主动扑进他怀里的。

周祥生跟郑昊一前一后进的小区。他一眼就认出了那辆车，黎亚非离婚时，房子留给自己，车子给了郑昊。

郑昊和他想象的差不多少，即使他自己不当自己是艺术家，别人也会认为他是艺术家。

周祥生没下车，他想等郑昊从楼上下来再上去也不迟。他没想到，他会一直等到天完全黑下来。

依黎亚非的意思，结婚典礼是在教堂里办的。除了周祥生和黎亚非的家人朋友，观礼的大多数是医院里的同事。

他们选了城市东郊新建了没多久的教堂。教堂三层楼高，是拜占庭式，面朝田野，簇新簇新的。四周用铁栅栏围出一个院子，庭园里面的丁香树刚刚爆出花蕾。

教堂里面举架很高，说话声音一高，便有轰隆隆轰隆隆的回响。给他们主持婚礼的神父年轻得让人起疑，头发好像打了一整瓶的发胶，一丝丝像细铁丝似的挺着，黑色法衣领口露出来的白衬衫则像两把小刀支在他的脖子下面。

“永恒的上帝，汝将分离之二人结合为一，并命定彼定百年偕老；汝曾赐福于以撒和利百加，并依照圣约赐福于彼等之后裔；今望赐福于汝之仆人周祥生和黎亚非，引彼走上幸福之路。”

神父指导他们交换戒指时，周祥生把戒指掉到了地上，他弯腰四下找戒指时，座席上传来笑声。

周祥生低着头四处搜寻，还是黎亚非的爸爸拣到戒指递给他，他举着戒指回到黎亚非的身边，医院里的医生护士们可能是觉得刚才笑得有些失礼，现在热烈地鼓掌、欢呼起来。神父把目光转向他们，示意他们安静。

“赐予彼等以节操与多子，使彼等儿女满膝。赐福他们，就像赐福给以撒和利百加、约瑟、摩西和西玻拉一样，并且使他们看到他们儿子的儿子。”

神父合上了手里的《圣经》，分别打量着周祥生和黎亚非，自始至终，他的脸上一点儿笑容也没有，严肃地吩咐他们：

“您吻您的妻子，您吻您的丈夫。”

他们的嘴唇都是冰凉的。

玻璃咖啡馆

张微微往教室里走的时候，在楼梯上遇见了死党刘坤、李桃，两个人背着背包，背包上面用鞋带拴着从不离身的旱冰鞋，加上脚上那双四季不变的耐克，看上去随时随地要去跋山涉水的样子。

“你们干吗去？不上课了？”张微微的肩上也搭着一双旱冰鞋，她是一路滑着旱冰鞋赶超着行人到学校来的，在学校门口才脱下来，一前一后地搭在肩上往里走。门卫死老头子和往常一样对她露出了他从乡下带进城里的白眼，她以为迟到了，跑出了一头汗，根本无暇顾及别人的眼神，剪得比男生还短的头发现在还像一团被雨浇透了的乱草。

“发生了一件天大的好事，你猜猜是什么？”刘坤一脸神秘地对她说，同时冲李桃挤了下眼睛。

“除非是咱们班的大人物死了。”张微微对刘坤的话没往心里去，平时她总爱拿故作玄虚当个性。

“天哪，”刘坤、李桃一起瞪着眼睛看她，异口同声地说道：“你真是天赋异禀，说的完全正确。”

两个人的表情十分严肃。

张微微的脸色变了，就好像大人物是因为自己刚才的话才死掉了一样。“不会吧？”她小心翼翼地问道。

刘坤笑了，“大人物昨天下晚自习回家时出了车祸，生命没什么问题，但她变成了伤残人士，暂时不能来管教我们了。”

张微微松了口气：“这还差不多。”她看了看两个朋友的打扮，“你们想干吗？”

李桃笑眯眯地说：“明天就有新的班主任来管我们了，今天不逃课，更待何时？”一个压抑着的笑从她张大的嘴里飞快地窜了出来，并在楼道里很怵人地回旋了一会儿，然后她一左一右地拉住身边的两个人，向楼外走去。

三名高三女生在学校门口被门卫老头截住了，他像聋子似的对她们陈述的必须要出校门的种种理由置之不理，她们三个人平时在校园里电闪雷鸣地滑着让人头疼不已的旱冰鞋，老头早就看她们不顺眼了，今天撞到他的枪口上，他怎么还能让她们像鸟似的想飞出去便飞出去呢？

女生们只好往回走，刘坤嘟哝着说，要不是看在他比她们三个加起来还要老的分上，真想揍他一顿。这时李桃说反正已经出来了，要不，去学校后面的残墙那边坐坐吧。李桃眯着她那双生气时也像在笑的眯眯眼对朋友说，她的书包里装着一个她哥哥平时到体育场看球赛时用的俄罗斯高倍望远镜，她说她们可以拿着望远镜眺望一下，找点儿除了学习以外的事情做做。

张微微有点不愿意，去残墙那边要穿过校园里的一片小树林，半年前学校里有一名男生，因为没考上大学，在一棵电影里通常用来形容烈士的松树上，把自己给吊死了，那个男生活着时，一张脸比女生还要白上好几倍，但他被人从树上放下来时，听说那张脸变成了很紫的颜色。从那以后，小树林就成了学校里的禁区。

“算了吧，爬那么高容易让人抓住。”张微微迟迟疑疑地对朋友说。

李桃坚持着说道：“不会的，学校里的大人物们从来不到这里来。”

刘坤用手扒开下眼皮，从嘴里吐出鲜红的舌头，在张微微的面前晃了晃：“你是不是有点儿怕鬼？”

“讨厌。”张微微在刘坤的头上打了两下，笑着说，“我连你们俩都不怕，还能怕鬼？”

“那我们还等什么？”刘坤说完带头朝树林里走去。

李桃拉了张微微一下：“围墙上边正好有树枝挡着，坐上去还挺凉快的，我平时常去那里。”

三个人穿过了树林，和几十棵松树交臂而过后，来到了校园里被搁置一旁，无人问津的残墙处，她们借着一截墙垛子，一个接一个地爬到了围墙上面。“哇，风景这边独好。”第一个坐到围墙上面的刘坤感慨着说道。

围墙外面正对着一个十字路口，十字路口和她们隔着一条马路的街角处，有一家在这个城市里很有名气的咖啡馆。李桃在围墙上坐稳以后，从书包里掏出了望远镜，她把望远镜对准了咖啡馆。但还没等她看清楚什么，刘坤就从她的手里抢走了望远镜.

刘坤在望远镜里看见了眼下正让李桃迷得不行的一个电影明星，她在自己的卧室里贴满了他的照片，刘坤噘起嘴唇，电影明星的名字和她的尖叫同时脱口而出："好哇，李桃，怪不得你要来这里坐呢。"刘坤大声地笑起来。

"给我看看。"坐在李桃右侧的张微微隔着被刘坤的叫声羞红了脸的李桃把望远镜抢到了自己手里，她像两个朋友一样把它对准了那家名叫"玻璃"的咖啡馆，在几块大面积的玻璃窗后面，咖啡馆里的一切历历在目，也许是因为周末刚刚过完的缘故，咖啡馆里的生意十分清淡，张微微很轻易地找到了刘坤说的那个男人。

男人的个头、发型及装束和李桃喜欢的电影明星很像，吊着嘴角半斜着目光看人的样子和李桃卧室里的某张照片也很相似。"真够像的，简直可以以假乱真了。"张微微感慨道。

李桃口气很平淡地说："只是有一点点像罢了。"

男人在一台榨汁机的前面，端着一杯果汁在喝，他的目光跟随着一个刚刚从街道上走进咖啡馆里来的女人，他对她说了句什么，她耸了耸肩，从他面前径直走了过去，在靠近窗户的一张桌子前坐了下来。

他的目光一直没从她的身上移走。

"你的男朋友朝着一个女人走去。"张微微一边注意着男人的举动，一边哧哧地笑着对李桃说道。

李桃从张微微手里拿过来望远镜，对准了方向：男人此时已经站到了一张靠窗的桌前，他俯下头，对一个年轻的女人说了句什么话。女人穿了一件流行的白色短裙，上衣的领口在胸前呈现一条漂亮的弧线，大小开得恰到好处。她回答了一句男人的问话。

男人离开她向食品柜台的方向走去，女人把脸孔转向了望远镜正对着的方向，那是一张让人过目难忘的脸，像早市上的蔬果一样新鲜得似乎可以掐出男人正喝着的那种汁液来。

"她怎么样？"李桃放下望远镜时，刘坤迫不及待地问道。

"就那样呗。"李桃的脸有些阴沉。她觉得自己在两个好朋友面前丢了很大的面子，情绪变得十分懊丧。

刘坤拿起望远镜看起来："看上去也不怎么样嘛，那么瘦，跟一根鱼刺似的，看着就硌眼。"她的话把张微微逗笑了，张微微捅了李桃一下，李桃便也跟着笑了一下。

刘坤受到了鼓舞："头型也不好看，像任贤齐，妈的，"她忽然叫了一声，"你们刚才肯定没注意她的背包吧？她的背包是透明的，像书那么大，是玻璃做的？没准儿是塑料。嘿，我能看见包里的东西，"她惊喜地冲另外两个人眨了眨眼，又凑近了望远镜看起来，"包里面装了，一支口红，一支好像是眉笔，这个好像是钱包，妈的，连这个钱包好像也是透明的，"她再次从望远镜前移开目光，冲朋友们表示了一下惊奇后又转过头去看，"还有一串钥匙，还有一件东西你们肯定猜不出来。"

"是什么？"张微微想从笑嘻嘻的刘坤的手里抢望远镜，但刘坤挡开了她的手，“妈的，是一包护舒宝护翼卫生巾。”刘坤的上身在围墙上前仰后合，李桃忍不住伸手拉了她一把。

“小心点儿，别掉下去了。”李桃说。

“一包卫生巾有什么大惊小怪的。”张微微不屑地说。

“你是女的，当然不会觉得怎么样，要是男人看见了就难免会浮想连翩了。”刘坤坐稳了身子，盯着咖啡馆对李桃说，“难怪你男朋友要去找她说话，男人都对看上去挺不正经的女人感兴趣，就像咱们班那些傻瓜一样。”

张微微总算把望远镜又从刘坤的手里拿了过来：男人给女人端来了一杯冰水，女人用三根比春天刚刚上市的葱还有细上一圈的手指端起了杯子，男人说了句话，女人喝水的动作停顿下来，从远处看来，女人那两片娇艳的红唇此时像是一朵正在由玻璃杯子里的液体养育着的鲜花。

“她的手表也是透明的，我知道这种手表，专卖香港货的那家丽东商场里有卖的，从表面上可以看见表里面那些大小不一纵横交错的齿轮，走起来分分合合的，特别漂亮。”

“我知道那家商场，东西贵得要命，戴上那么一块透明的表就了不起了？时间在她的表里就不走了？”刘坤哼了一声，“你说呢，李桃？”

李桃笑了：“不走时间的表是坏表。”

“那女的看上去也不像什么好人。”刘坤说。

“你的男朋友在那个女人的身边坐下了，他们现在在谈话。”刘坤举着望远镜看了一会儿，说道。

“他不是我的男朋友。”李桃说。

“她肯定是他的女朋友。”张微微两条腿一下一下地交替着在围墙上踢踏着，“刘坤你别老盯着人家看了，你那副样子跟个窥视狂似的。”

李桃想自己今天把两个朋友带到这里来玩是个很大的错误，以后她们肯定会拿这件事没完没了地取笑她的。

“他们不像是一对，他们要是情人，哪有规规矩矩地坐这么长时间的，”刘坤不理睬张微微的话，自顾自地看着，忽然她把脸转向了同伴，望远镜被她从眼前拿了下来，露出两只熠熠生光的眼睛，“难道，她是鸡？”

李桃和张微微愣怔了一下。

“不会吧？”张微微看了一眼李桃，“我看她不像。”

“这事儿很难说，”李桃从刘坤手里拿过望远镜对准了那个女人，“你们刚才没往下看吧？她的高跟鞋的鞋跟儿也是透明的。打扮得这么特别，难怪男人要去找她了，我要是穿成这个样子，他也会来找我的。”

“他又不是你男朋友，找你干吗？”张微微抓住了李桃什么把柄似地笑着说。

“谁让他长得像我喜欢的男人来着。”李桃理直气壮地说。

“还是我来看看吧，我有点远视眼儿，”刘坤从李桃的手里拿过望远镜，打量着女人，“妈的，弄成这么一览无余的样子，我说她百分之一百是鸡你们信不信？”

李桃说：“我看差不多。”

张微微咯咯笑起来，用胳膊肘撞了李桃一下：“你男朋友品位够差的。”

李桃也用同样方式回敬了张微微一下：“我都说过了他不是我男朋友。”

“但他们长得像。”张微微说。

“他们长得那么相像，估计品质方面也不能差得太远。”刘坤边看着对面，边插言说道。

“两码儿事，他要是我男朋友，才不会去找这种不正经的女人呢。”李桃有些不高兴地说道。

“那可没准儿，男人的事你还不知道吗？他们最容易学坏了。”张微微笑着说，“我们不能对男人的意志力抱有任何天真的幻想。”

“他们有什么可说的事情呢？说起来没完没了的。”刘坤对长时间保持一种固定姿势的两个人失去了观察的兴趣。

“他们在砍价儿。”李桃说。

然后她们三个人一起笑了。在她们的身后，传来了提醒课间休息的铃声。

“他们下课了。”张微微回头看了看。

“没事儿，没有人会在课间时候，绕过小树林到这里来的。”李桃安慰着张微微说。

“要是被大人物们抓到，给家里打了电话，就麻烦了。”张微微有点后悔逃课了。

“抓到就抓到呗，我最不喜欢你每次都这样，又想做婊子，又想立牌坊。”刘坤训了张微微一句。

“你说什么呢你？”张微微脸红起来，身子向上一挺，李桃在边上手疾眼快地拉了她一把，她才没掉下去。

刘坤对她的险况假装没看到，但语气放得和缓了一些：“我就是烦你这个劲儿，要么就不做，要么做了就不后悔。”

“要不是你们拉我来的话，我才不会逃课呢。”张微微拉下脸来，她现在对下午逃课这事儿完全后悔了。

刘坤冷笑了一声：“我们要你死，你去死吗？”

李桃伸出手一人推了一下，“你们干什么？大家都是死党，有精神头儿冲外面使去，自己人闹什么闹？”

“外面就外面，我怕谁呀？”刘坤嘟囔着说。

“你想打仗是不是？”李桃瞪了她一眼，“用嘴皮子练绝世武功呢？”

张微微哼了一声：“有本事去拿活人开练呐。”

刘坤扭过头来，认真地打量了同伴一眼：“练就练，你说练谁吧？”

张微微看了李桃一眼。

李桃想了想，冲对面咖啡馆比划了一下：“就那个女的吧。”

女人看了看手表，和男人道了别，走出了咖啡馆。她在街上等车的时候，看到三个穿着旱冰鞋的女高中生从人行道上滑了过来，她们都穿着在这样的天气里显得很不合时宜的牛仔裤，背着似乎要用来登山用的大背包，T 恤衫又肥又大，一直盖过了臀部。三个人像一道与季节相悖的风景，从街道上一掠而过，朝着她所在的方向滑了过来。

女人踩在马路牙子上，饶有兴味地看着她们。她们正处于青春期，三张谈不上漂亮的脸孔上表情严肃。她们笔直地冲着女人飞驰而至，女人看到她们正望着自己的目光。

女人忽然紧张起来。

她们的速度在女人愣怔之间撞了过来。女人躲开了第一个女生，她向后退了几步，结果她的后背撞到了另外一个从她身后滑过去的女生身上，女人重又往前躲闪，这一次她和最后滑过来的女生及第一个已经滑了过去又转头滑回来的女生同时撞在了一起。

女人尖叫了一声，但她的尖叫在三个女生从嗓子眼儿里突然爆发出来的欢呼声中很快便被淹没了。她不明白发生了什么事情，一个趔趄之后，两个女孩子拉在一起的手臂又在她的身上推了一把。

女人的身体像一片白色的毛在空气中翻卷了一下，然后朝着地面落了下去，她的腰部在落地时，恰好落在了刚才被她的高跟鞋踩着的一块马路牙子上，倒地以后女人的短裙像一柄白伞环绕着她的身体撑了开来。

一个男人从她们身后的咖啡馆里冲了出来，他冲到女人的身边，抱住她叫道："姐，你没事儿吧?"

女人的额头上沁出了一片透明的水珠，涂了唇膏的嘴唇在她失去了颜色的脸孔上令人心悸地鲜红着，它们不停地颤动，却发不出丝毫的声音，女人对男人的询问充耳不闻，她的目光带着疑惑，执拗地盯在三个女生的脸上，想寻找某个答案，全然不顾在她的裙子上，有一块红色，正一点一点地开放成一朵硕大的花朵，花朵越开越大，越开越明艳。

男人抱着女人，脸色很难看地回头瞪着女高中生们，冲她们吼道：

“她怀孕了你们不知道吗？如果她有个三长两短，我不会放过你们的。”

行人们墙一样高高低低地围拢了过来，将四个女子围在中间，三个穿着旱冰鞋的女生和女人一样，被眼前这朵意外开放并显然失去了控制正变得越来越大的红花弄得有些不知所措了，她们的脸上慢慢地流失了所有的血色。

四名女子中唯一发出了声音的人是张微微，她先是从嗓子眼儿里爆发出一声尖利而悠长的叫喊，然后她伸长了两臂，两只手的食指分别指住李桃和刘坤，声音颤抖地叫道：

我们杀人了。

我——们——杀——人——了。

铤而走个险

倪虹坐在一个靠近落地窗的位置上，两手举着盾牌似的菜谱。穿白衬衫打黑领结的小伙子微微地弯着腰，他的视线顺着她连裤装的V形领口延伸了下去。

他发现了我，倪虹也朝我转过头来。她冲我笑笑，朝门口的方向指了指。

“喝什么酒?”我走到桌前时，倪虹抬头问我。

“有小瓶的白酒吗?”我问侍应。

“白酒?!”倪虹瞪大了眼睛。

“白天我在学院里看见伊朗了，他一会儿也过来。”

“他来凑什么热闹?”

“你们俩不是挺好的吗？好像还同座过一阵子呢。”

“一般化吧。”倪虹神情淡淡地说。

我把酒点完，又要了两杯果汁：“刚才和辅导员费了半天唇舌，渴死我了。”

“她又啰嗦你了？”

“不是啰嗦我，是啰嗦你。临实习前，你把一个男生领回寝室里过夜了？”

“——嗯。”倪虹抬眼看着我，哼了一声。

“管寝室的老太太把你告了，”我笑了，“临期末晚的，辅导员为这事儿跑了好几趟教导处，肚子都快要气炸了。”

“我们就躺着睡觉来着，很单纯的睡觉。”

“你用不着这么说，我还不了解你吗？”

“你了解干吗还露出那种笑容？”

“哪种笑容？”

“你的笑容就好像我干了什么坏事儿似的。”

侍应端着两杯西瓜汁过来，分别放在我们面前。

“你挡上了床帘吧？”

“我平时也挡着床帘啊。来了个男人就得把帘敞开吗？那才叫此地无银三百两呢。”

“我也只是随口问问——”我把杯子端起来，一口气喝了大半杯。放下杯子后，我从包里把倪虹的毕业证和学位证书拿出来，扔到桌子上，“给你。”

“毕业了可真好，再也不用听那些长舌妇啰里吧嗦了。”倪虹翻着毕业证嘟囔了一句。

我透过落地窗看见正在穿过马路的伊朗。他穿着红白格子衬衫，白色的牛仔裤，头发在风里飘扬着。

“伊朗看上去也挺醒目呢。”

“一脸病态，”倪虹也朝窗外望去，“亏他还长着大高个儿，老跟得了绝症似的。”

“忧郁的男人在女生堆儿里很吃香。”

“是咱们班那几个女生喜欢隔靴搔痒——”倪虹有些不屑地说。

伊朗晃荡着肩膀走到我们身边，他弯腰往我和倪虹脸上看了看：“你们两个笑什么？”

“没什么。”我说。

侍应一道接一道地上菜，最后他把一瓶半斤装的白酒和两瓶啤酒送上桌来。

伊朗看见白酒时笑了：“你们还真了解我啊。”

“是她干的好事儿，”倪虹指着我说，“跟我没关系。”

“有一次我喝醉了，还是你把我弄回宿舍的吧？”伊朗冲我说。

“可不是嘛。”我对倪虹说，“有一天晚上刚下过雨，我回宿舍时经过小操场，看见有一个人趴在地上，我当时还以为谁死在那儿了呢，赶紧绕过去走开了。回到宿舍之后怎么想都觉得趴在地上的那个人挺眼熟的，我就又下楼到操场上去看了看，原来是这家伙躺在地上哼哼呢。结果我像拖死狗似的把他拖回到宿舍里去了。”

“喝醉就喝醉了呗？拿死狗来形容我。不管怎么说，我得为这事儿敬你一杯。”伊朗端起杯子在我和倪虹的酒杯上碰了碰，“我喝一大口，你们俩干杯。”

“你干吗喝成那样儿啊？”倪虹问伊朗。

“心里不痛快呗。”伊朗笑笑，拿过酒瓶给我们倒酒，“我很早以前就明白了，我是一个和幸福无关的人。”

“你所谓的幸福是指什么呢？”倪虹问。

“比如说，为了得到某些东西，我愿意去死，但我就算是死了，可能也得不到我想要的东西。”

“听着像绕口令似的。”倪虹笑了。

“那你现在最想得到的东西是什么呢？”我问伊朗。

伊朗看了看我，又看了看倪虹，端起杯子喝了口酒：“还是别说了吧。”

“有什么不能说的？”倪虹用胳膊肘撞了伊朗一下，笑嘻嘻地说，“反正我们都毕业了，你就是爱上了班主任我们也不会吃惊的。”

“我爱她？她那一脸褶子跟揉皱的抹布似的。你能不能换个方式侮辱我？”

我和倪虹放声大笑，引得好几个人朝我们这边瞪眼睛。

“对不起对不起，”倪虹对伊朗说道，“我听人说过，你对年纪大的女人情有独钟。”

“我对你情有独钟。”伊朗望着倪虹的眼睛说。

倪虹笑起来：“你报复心也太强了吧？”

“我是认真的。”

“你得了吧——”

“真的，倪虹。我真是喜欢你，”伊朗没笑，“要不然我也不会费尽心机地换到你身边和你坐同座了。”

“你看看他那是什么表情——”倪虹对我笑着说，“咱们班就数‘伊朗’这个外号取得最恰如其分了，他多能做状儿啊。”

“我看他是真心的。”

“我是真心的。”伊朗也紧跟着强调。

“——你们俩在学院里串通好了吧？”倪虹看看我又看看伊朗，“今天晚上拿我开涮？”

“怎么可能？”我说。

“你什么时候看见过我拿感情上的事儿开玩笑？”伊朗说。

倪虹身子往后一靠，双臂交叉着抱在胸前，半眯着眼睛打量着我们。

“你用这种目光打量人时，很有诱惑力。”我对倪虹说。

倪虹瞪了我一眼。

“倪虹，”伊朗端起杯子喝了一大口酒，“你真的从来没觉察到我对你的感情有多深吗？”

“接下来你想说月亮代表你的心吗？”倪虹扑哧一声笑了，“你还真是一个浪漫主义分子呢。”

“浪漫主义分子有什么不好？浪漫出诗人。”我插话说。

“你这么帮着伊朗，干脆你们俩凑合凑合得了。”

“别的事儿都能凑合，爱谁不爱谁哪是能凑合的事儿呀？”我端起酒杯在伊朗的酒杯上撞了一下，“是不是，伊朗？”

“是。这几天人都走光了，只剩下我一个人呆在宿舍里，”酒杯叮当一声，好像把伊朗的某根神经激活了，他入神地瞧着倪虹，“我仔细地回忆了这四年的生活，最大的愿望就是和你睡一次觉。”

倪虹的脸绷了起来：“别胡说八道——”

“如果我有半句假话，出门让车撞死我好了。”伊朗一脸严肃地说道。

倪虹看着伊朗，然后又转头看着我。

我也看着伊朗，然后又看着倪虹。

“你们俩慢慢喝吧，我还有点儿事——”我站起来，伸手去抓背包。

“你走我也走。”倪虹也站了起来。

“别走——”伊朗一把抓住倪虹，她用力甩了一下，把他甩开了。

伊朗用另一只手抓住了我的手：“别走，别现在走。”

“你不觉得眼下的话题你们单独谈更合适些吗？”我问伊朗。

“你还当真了？伊朗在开玩笑呢。”倪虹说。

“我没开玩笑，”伊朗立刻转向她，“我确实喜欢你。”

我冲倪虹笑。

“那也没什么可大惊小怪的，”倪虹拿出一副大大咧咧的样子坐回到椅子上去，“经常有人向我示爱。”

“像伊朗这样？”

倪虹斜睨了伊朗一眼：“他喝醉了——”

“我很清醒。”伊朗抢过话头说，“我们到学院报到那天，你的头发还没我现在的头发长呢，穿了一件白衬衫，下摆掖在牛仔裤里。脚上蹬着一双‘耐克’旅游鞋。”

“记性还真好，可是——”倪虹用手支着下巴，眼珠一转，笑了。

她朝伊朗的身边靠了靠，盯着他的眼睛问，“你喜欢我什么呢？”

“一切。”伊朗不加思索地回答。

“嗯——”倪虹想了想，“你是从什么时候开始喜欢我的？”

“从第一次见到你的时候。”伊朗说。

“你们俩酸不酸啊，听着像三流电影里的对白似的。”我敲了敲桌子。

倪虹对我的抗议不作理会：“听说你高中时候谈了一场轰轰烈烈的恋爱，处了一个比你大十几岁的女朋友，你先是为她离家出走，后来又为她考了大学。真有这回事儿吗？”

伊朗就像咬到什么硬东西硌了牙，表情一下子凝固了。

“有没有？”

伊朗眨了眨眼睛，把头转向一边。

“我猜是真的。要不然，你也就不会是‘伊朗’了。”倪虹在桌面上拍了拍，“你把左手放这儿。”

伊朗没动。

“放这儿放这儿放这儿。”倪虹把伊朗的手抓起来放到了桌面上。

伊朗的小手指短了一截儿。

“这是怎么回事儿？”倪虹又问。

“——你不要相信谣言。”伊朗沉默了半天，低声说道。

“我不相信谣言，那你告诉我到底是怎么回事儿？”

“——真没什么可说的。”

倪虹若有所思地望着伊朗。

“如果你能到我心里看一看，你就能明白我对你的感情。”伊朗眼睛一眨不眨地盯着倪虹，“我想和你睡觉，想和你肌肤相亲，为此我愿意付出任何代价。”

“你怎么想是你的事儿，我管不着。”倪虹冷冷地说。

“求求你，倪虹。”伊朗说着，他的眼圈儿红了，泪珠圆滚滚地从眼眶里涌了出来，他也不伸手擦，眼睛还是紧盯着倪虹，“就一夜，行吗？”

“你别再说这种话了，一句两句还能逗人笑笑，说多了就讨厌了。”

伊朗沉默了一会儿，说道：“我爱你——”

“你爱我有几分？”倪虹打断了伊朗，笑嘻嘻地在自己的小手指上比划了一下，“这是几分？”

伊朗端起酒杯把里面的白酒一口气喝光了。

倪虹假装没看见，用筷子夹起一块肉来给我看：“这个最好吃了，是鱼的腮帮子。”

“今天夜里我要跟你在一起度过。”伊朗把酒杯重重地放下，赌气似的说道。

“跟我一起度过？在哪里跟我一起度过？”倪虹津津有味地吃着鱼的腮帮子，“你有开房的钱吗？我们不是夫妻，要开房得去四星级五星级的酒店。”

“——宿舍里现在只剩下我一个人。”

“你真能开玩笑。”倪虹笑着说。

我从包里掏出两把钥匙放到桌上，“这是我房子的钥匙。”

伊朗的眼睛像灯光一样被点亮了。

倪虹定定地望着我。

“你太好了——”伊朗把钥匙紧紧地攥在手里，另一只手去拉倪虹的胳膊，“我们走吧。”

“往哪儿走？”倪虹眼皮也不抬地问他。

“这儿——”伊朗给她看了看手里的钥匙。

“你知道我的房子在什么地方吗？”

“对了——”伊朗转过头来看我，“在什么地方？”

“倪虹知道。她记路记得一向比我清楚。我记性不好，什么都忘。”我拍了拍脑袋。“可能一走出这家餐厅的门，我连在这里吃过饭的事儿都会忘掉。”

“我今天才发现，你这人很有意思。”倪虹盯着我，似笑非笑地说。

“我是即兴发挥。钥匙在你手里，你说了算。”

倪虹看了我一会儿，把目光转开了。

“倪虹——”伊朗叫了一声。

倪虹垂着眼睛，对伊朗的叫声充耳不闻。

“——倪虹？”

倪虹朝外面望去，天色已经黑透了，玻璃窗上映照出我们的身影。

“倪虹——”

倪虹抬起一只手，打量着上面的指甲油。也可以说她在透过手指，打量自己映在玻璃上的脸。

“倪虹，我知道你不会永远属于我，我对你并没有什么太多的奢望，我只要你一夜。这对你来说不算什么——”伊朗的眼睛里又泪光闪现了。

倪虹转过脸来，在伊朗的脸上看来看去，目光最后落到他的手上：

"你当初是为了让那个女人和你睡觉，才把手指切下去的吧?"

"倪虹——"

"是不是?"

"你——"

"是，还是不是?"

伊朗沉默了一会儿，站起身来朝厨房走去，过了一会儿，他拎着一把切菜刀回来了。负责我们这桌的侍应注意到那把菜刀，把手里的托盘放到吧台上，跟着伊朗走了过来。

"如果我切下来一截指头你才能相信我对你的爱情，那我就切给你看。"伊朗把左手放到桌上，右手握着刀斜着支在左手小手指的上面。

"先生——"侍应在旁边叫了一声。

"想吓唬我?"倪虹冷笑了一声。

"我只想让你明白我的心情，错过了今天晚上，可能我会遗憾一辈子——"伊朗全身都在发抖，嘴唇被他咬得发白了。

侍应突然伸手拉了伊朗一把，他没防备，身子歪了歪，胳膊横到桌子上，切偏的菜刀把他的酒杯推到地上去了。

酒杯啪的一声碎了。

"先生——"侍应用力地拉伊朗。

"放手，"伊朗往外推他，"和你没关系。"

"先生——"侍应死抓着伊朗不放。

伊朗冲侍应举起了菜刀，他的眼神儿变得让人害怕了："我都说了不关你的事儿。"

"先生——"侍应脸涨得通红，额头上渗出汗珠来。

“放手——”伊朗说。

其他桌上的顾客纷纷朝这边看，一个经理模样的人走过来。

“把刀还给人家。”倪虹突然开口说道。

“不——”

“我让你把刀还给人家。”倪虹加重了语气。

“不——”伊朗像个孩子似的叫喊起来。

倪虹紧盯着伊朗，没吭声。

“还不见好就收？傻瓜。”我起身抓起背包，冲伊朗笑笑。

侍应趁他愣神儿的工夫，凑上前去把刀从他的手底下抽出去了。

“我明天中午回家。”我对倪虹说，离开了餐馆。

时间还早，我在街上走了一会儿。找到一个公用电话给一个朋友打手机，他接了电话，一大片欢声笑语突然传进我耳朵里。

“喂？”朋友的声音从喧哗声中挣脱出来，奔向我。

我把电话挂断了。

“没通吗？”电话亭里的女人看了一眼计价器。

我把钱递给她。

“通了？”

“嗯。”

我转身要走的时候，呼机响起来，我看了一眼，是一个陌生的电话。我抓起电话拨过去。

“你在哪里？”伊朗问。

我打车回家，在我们楼下有一个花坛，伊朗坐在花坛边儿上，烟头儿在夜色里一闪一闪的。

“倪虹呢？”出租车停在伊朗身边，我一边付钱一边通过车窗问他。

“走了。”

“这么快就得偿所愿了？”我推门下车，走到伊朗身边坐下。

“不是你想象的那样。”

“我想象的哪样儿？”我笑了。

伊朗把烟头扔到地上，脚跟着踏了上去。“我们根本连楼都没上。”

“——倪虹到底还是拒绝了你？”

“不是。”伊朗摇摇头，“是我自己不想上去了。”

我看着伊朗。

“倪虹能跟我来到这里，等于是给了我世界上最诚挚的友谊和信任，我会一辈子记住这件事的。”

“——”

“如果我的玩笑开得太过分了，请你原谅我。你也让我很感动。”伊朗把手摊开在我面前。

我把钥匙拿了起来。

“你怎么一句话也不说？你生气了吗？”伊朗用肩膀轻轻地撞了我一下，“刚才我已经跟倪虹道过歉了——”

我站起来往楼里走去，走到楼门口时，听见伊朗在身后叫了我一声。

我回过头。

伊朗站在路灯下面，脸上的笑容被灯光晃得白花花的。他抻直了胳膊冲我摆手，跟我说：“再见。”

纪念我的朋友金枝

金枝说她爱袁哲。她一直这么说，不断地说。每次同学聚餐，她都挑袁哲对面的位置，种种怪模怪样儿，截获他的注视；要么就手支着下巴，盯到他浑身发痒。

“你的目光把我脸烤红了。”袁哲抗议。

“我的目标是把你烤熟，”金枝说，“外焦里嫩，片成一片片儿的，吃掉。”

“烤鸭——”我们冲袁哲笑，把“鸭”字拉得老长老长。

袁哲拿我们没辙。他拿金枝更没辙。在我们这拨儿高中朋友里面，袁哲在校园里待的时间最久，本科读完读硕士，硕士读完读博士，博士读完分到社科院，跟其他早就进入社会的同学比起来，金枝说他是

“清泉石上流”。

金枝喜欢袁哲，喜欢逗袁哲，叫他“泉哥”。“泉水清且涟矣，可以洗衣服，洗脚，也可以洗澡。”但说归说，她可从来没想在袁哲这棵树上吊死。她的感情生活摇曳多姿。

金枝是医药代表，前年推销出去两台妇科仪器，这两年，光是往医院里卖涂片垫，就让她月入过万；她名片上面的身份是外企白领，代理着两个美国制药公司出产的药品，其中一个主要治疗胃肠道内间质瘤，据说已经让部分肿瘤患者存活了十几年，当然价格也不菲。一盒就要2万4。每月有两次，她起早赶到医院，在大腕主任医生查房之后、进手术室之前的时间隙缝里，想办法挤出几分钟来，把装在信封里面的药品提成现金塞给他们，顺便聊聊天。时不时地，下午三点钟以后，她拎着礼物，以及零食饮料去主治医生办公室，跟他们吃吃喝喝说说笑笑，让他们给患者推荐药品时，把她的品种排在前面。隔三岔五她安排个饭局，跟这些医生们推杯换盏，联络感情，放松身心。好几个医生散席后送她回家，一送送到床上。

金枝给客户们买东西时，经常带上袁哲的一份，名牌衬衫、男用香水、背包、红酒之类的，聚会结束，大家鸟兽散时，她提起纸袋往袁哲手里一塞。袁哲接得也很顺手，仿佛那本来就是他的纸袋。

袁哲带聂盈盈来参加我们饭局时，没有事先通告，小姑娘说，她不是“应邀”，而是“硬要”来参加这个聚会的。聂盈盈瘦溜溜、白嫩嫩、娇滴滴，穿件小黑裙，袖子篷成两朵绉纱灯笼。她是师大在读研究生，几个月前他们在朋友聚会上认识。

金枝坐在他们对面，跟她旁边的男生要了根烟，袁哲挨个儿替聂盈盈介绍在座的朋友，到金枝时，聂盈盈跟她问好，她点点头，喷出口烟来。烟雾像颗棉花子弹，朝聂盈盈弹出去，转眼抻长、漫开、展成一小截舞袖，如丝如缕地散掉。

“她高中时就开始抽烟，”袁哲对聂盈盈说，“女版小马哥。”

金枝那会儿是女阿飞，跟男生勾肩搭背，抢烟抽，有一次还把烟吐到了袁哲脸上，他正好吸了口气，呛到了，咳了半天。

“你要不要脸?!”他瞪她。

“你要不要命?!”好几个男生聚过来。

袁哲在高中时，单眼皮，大长腿，白衬衫，年级学霸，体育健将，男神标配样样齐全，引无数女生们竞折腰，男生们早就想揍他个满地找牙了。

金枝拦住了男生们，摆头示意袁哲走。

有两个男生不服气：“凭啥?”

“就凭我喜欢他。”金枝宣称。

那天喝的是高度白酒，喝酒之前先要了苏打水，撕易拉罐时，金枝把拉环拉掉了。

“刚出炉的戒指。”她把拉环套在自己的无名指上，冲我们晃了晃。

酒喝到酣处，各种八卦粉墨登场，金枝讲医院里新近发生的事，有个小护士，表面白莲花，私下麻辣烫。老公是工程师，在非洲援建，前阵子回来待了个把月。工程师回非洲后，小护士身体越来越不适，一查查出了艾滋。从上个星期开始，医院里的男医生排队体检，挤爆走廊。

“那你不是也应该体检下？”有人调侃金枝。

“我正安排时间呢，当然也得替你们全都安排一下。”金枝浏览了一圈儿，目光定在袁哲身上，“尤其是你。”

饭局结束后，聂盈盈发了条微博，说男友的朋友们，玩笑尺度大到让人笑不出来。这条微博之后，她又发了一条秒删的微博：胖女人上了公交车，找不到座位，只能拉着车上的拉环，不料司机一个急刹车，胖女人把拉环拉断了，并一下子扑到了司机面前，司机看着她和她手上的拉环，没好气地说：“集满三个，送司机签名照一张！”

这条微博下面配了袁哲开车的照片。

“袁哲，我爱你！”

金枝在婚礼上跟袁哲告白。

那会儿，婚礼上的人都在等待着吉时良辰。为了选这个良辰吉时，袁哲和聂盈盈驱车300公里去一个县里找风水先生。那个先生谱儿很大，只按自己方便的时间接待来宾，还经常闭门谢客。他们事先托人说了情才见到先生。聂盈盈把这个过程写得一波三折，起伏跌宕，@了一大堆朋友。不光这件事儿，聂盈盈什么都拿出来晒。房子、车子、装修、家具，随着婚礼的临近，又加上了鲜花、蛋糕、各种心形饰物，每次都@一大堆人围观；她还经常把袁哲的西装、衬衫、皮带、皮鞋、手表摆好，旁边是她的裙子、包包、鞋子、首饰，衣衫相依相偎，相亲相爱。

距离婚礼进行曲响起来还不到2分钟，聂盈盈从休息室出来，新娘子一袭白纱，裙摆阔大，丝绸雪纺如雪雾飞扬，她挽着老聂，走到红毯的边缘，那里搭了一个心形花架，白玫瑰与勿忘我镶满其上，紫白相间，清新亮眼，父女俩就像嵌在相框里面。

老聂年轻时走过仕途，后来下海经商，人脉通天，财大气粗。他现在的老婆是第三任，比聂盈盈大不了几岁。我们进场时，她陪在老聂身边迎客，杏脸桃腮，眼横春波，把男宾客们电得不轻。

大家的目光都瞟向新娘，金枝是怎么上到台上，从哪里弄到麦克风的，我们不得而知。今天她来的时候，身上就带着酒味儿，脸孔像张揉皱的纸。有人倒了杯可乐给她，她摆摆手，让人开了瓶啤酒，说要透透宿酒。

“我爱你，就像爱塞北的雪，春风又绿江南岸的绿，荷塘月色里的月色，总而言之，言而总之，”金枝拿着麦克风，身体摇晃着，声音因醉酒而沙哑磁性，非常爵士，“你是我男神。跟耶稣、释迦牟尼、安拉，并列为四大天王。我一上香就上四根。”

我们笑翻了，连袁哲也笑了，随即又绷紧了脸。有些宾客发蒙，还有一些人以为金枝是婚礼请来助兴的演员呢。

“我男神今天要结婚，新娘不是我——”金枝停顿了一下，“——新娘不是我，这没关系，新娘可以假装她自己是我，对我男神要顶礼膜拜，三从四德，鞠躬尽瘁，死而后已——”

司仪小伙跑上来，被舞台上的线绊了个跟头，差点儿给金枝来了个单膝跪地的请安。

“来就来呗，”金枝抱着胳膊，“这么大礼！”

司仪起身凑到金枝身边，要附耳过去跟她讲话。

“有话说话，”金枝身体往后躲了躲，“——凑什么近乎？我男神看着呢——”

袁哲叫了金枝两声，冲她做了个打住的手势。

金枝看着袁哲，话筒还在她嘴边，她的呼吸气流声清晰可闻，仿佛潮汐涌流。

“——不往下整了？”她问他。

袁哲做了个手势。

“你是男神你说了算，男神说的话都是神话——”金枝冲音响师打了个响指，“Music！”

婚礼进行曲从音箱里面奔涌出来。

金枝小天鹅似的踮起脚尖，鞠躬谢幕。来宾们掌声雷动，还有人拍着桌子喊：“再来一段！”

聂盈盈和她爸爸表情肃穆，任凭婚礼进行曲兀自进行着，他们耳语了几句，挺胸站直，沿着红毯迈步前行。走到新郎身边时，老聂迟疑了一下才把聂盈盈的手交到袁哲手里。

司仪小伙讲了一堆套话：金玉良缘、百年好合、白头偕老；你愿意成为她的丈夫吗？无论疾病还是健康，幸福还是痛苦，富贵还是贫穷？你愿意成为他的妻子吗？陪伴他，鼓励他，支持他。

无论司仪说什么，宾客们都大声叫好、鼓掌。

证婚人宣读了结婚证书，袁哲和聂盈盈交换了戒指，司仪让他们亲吻，聂盈盈冰雕似的站着，袁哲撩起她的面纱，嘴唇凑过去碰了她脸颊一下。

司仪大声宣布：“礼成！”

金枝在婚礼上的表演被人拍了视频，弄到网上，点击率井喷，评论如野草疯长，“笑抽了！”“史上最强女神经！”“超级闺蜜！”

金枝说她那天宿醉未醒，被朋友提醒才上网看：“奥斯卡影后神马的，跟我比，都弱爆了啊。”

“你红了，”我提醒她，“新娘新郎脸都绿了。”

“脸绿怕啥？帽子不绿就行呗。”

金枝张罗请客，为袁哲聂盈盈新婚贺喜，为自己酒后无德道歉。袁哲说不用，但聂盈盈一口答应下来。

金枝定了“春樱”日本料理，桌子窄细，食品五彩缤纷地摆满了桌面，仿佛一条花河。大家分列两侧，金枝坐在袁哲和聂盈盈对面。清酒烫好后送上来，金枝把自己面前的三个空杯倒满。

“我先赔个罪啊——”金枝指了指面前，“这三杯酒的意思是：对，不，起！”

“喝酒难看，喝醉了更难看，喝醉了的女人难看加难看，喝醉到都不知道自己醉成什么样儿的女人史无前例的难看，我自己都看不下去了！”金枝说完，把三杯酒端起来咣咣咣干了，“对不起啊，盈盈，姐跟你道歉，虽然你长得跟棵芹菜似的，但姐希望你能变成卷心菜，多多包涵。”

“你这体格儿，又这么多希望，”聂盈盈笑笑，“我哪能包得住？”

炕桌细长狭远，酒喝起来像流水席。袁哲和聂盈盈坐在中心位置，燕尔新婚，大家有心帮金枝补错，小夫妻成了大家敬酒的靶子，清酒入口微甜，度数低。聂盈盈来者不拒，几轮下来，聂盈盈的“沙宣头”发丝散乱，眼影也洇染变成了烟熏。她跟金枝隔着桌子，促着膝，手拉手，身体不时越过小桌子，她们咬着耳朵说的话，所有的人都听得到。

“我知道你跟袁哲睡过。”

“大学的时候我们去草原，搭帐篷，六个人一起，这算吗？”

“动手动脚没？”

“我想动啊，可中间隔仨人儿呢，还有一堆背包。只能动动心眼儿了。”

“那更危险啊。妻不如妾，妾不如偷，偷不如偷不着，动心眼儿就是偷不着。”聂盈盈斜睨着袁哲，朝他脸上拍了一巴掌，“唐僧啊你！”

聂盈盈下手没轻没重的，听上去像扇了袁哲一耳光。

金枝睁大了眼睛，坐直了身子，伸手去拿聂盈盈的酒壶。

“——你喝大了！”

聂盈盈把她的手摁住，“别抢我的酒。”

“别再喝了！”袁哲拉了聂盈盈一把。

聂盈盈死拽着酒壶，晃动肩膀抖落掉袁哲的手，发丝像把刷子从面颊上拂过去：“滚你妈蛋！”

包房里瞬间安静。

“你他妈的就是，”聂盈盈看着袁哲，一字一顿地说，“被苍蝇叮的、有缝儿的蛋。”

金枝扬手给了聂盈盈一耳光。

“干吗干吗干吗，”我们从两边拥过来，“喝多了喝多了喝多了——”

“告诉过你了，对我男神要三从四德、鞠躬尽瘁，”金枝甩开我的手，看着聂盈盈，“喝二两酒你不知道自己是谁了?!”

聂盈盈摸了下自己的脸，看着金枝：“你打我?”

“你欠揍!”

“她打我耳光?”聂盈盈问我们大家。

“不是不是不是，喝多了喝多了喝多了——”

聂盈盈抓起手边喝水的玻璃杯，在桌子上一磕，哗啦一声，杯底磕得稀碎，水在桌子上面漫漶开来，她的眼泪也奔涌而出，举着漏光了水的杯子喝水，抽抽搭搭地说，“从小到大，还没谁敢动我一根指头呢——”

“不服气?”金枝说，“你可以打回来。”

“真的吗?”聂盈盈抬眼看着金枝。

“当然。”

“别闹了，”袁哲拉着聂盈盈，“回家!”

聂盈盈甩脱了袁哲，抡起手里的玻璃杯，朝金枝脸上砸过去，她用力之大，要不是袁哲拉着，她整个儿人会隔着桌子栽过去——

玻璃杯戳进了金枝的脸颊，像个巨大透明的印章，金枝疼得表情都扭曲了，她脸颊上被戳出个圆形的印迹，先是发白，慢慢地，血滴渗了出来，圆滚滚的红豆，很快，血流成了溜儿，顺着金枝脸颊往下淌，流进了嘴角，从下巴滴落到衣服上，她冲聂盈盈开口时，几颗牙齿也被染成了红色。

“——我们扯平了!”

袁哲第二天去看金枝。前一天夜里，聂盈盈离了水的鱼似的，蹦跳扭动，三个男生帮着袁哲，把聂盈盈从日本料理店拖出来，塞进出租车里。其他人陪着金枝去医院。急诊室的两根灯管像个等号，白炽炽的，“嗞嗞”、“嗞嗞”叫个不停，医生处置台边的灯，亮得让人眼前发黑，值班医生为金枝处置了好长时间，到最后也无法确定是不是仍然有玻璃碎屑留在伤口里面。

金枝在QQ上给我留了好几十条留言，她睡不着。麻药让她的脸肿胀成了气球，舌头大了好几倍似的，麻药劲儿下去后，疼痛像春天的草，从伤口处钻了出来，它们生机勃勃，而且好像要生生不息。天光大亮时，她在窗前看着邻居们上学的上学，上班的上班，汽车甲壳虫似的，排队爬出小区，她拍了几张日出时的照片，发在微博上，有奖竞猜：这是她弄洒的牛奶？还是天上的云彩？

“我觉得自己刚睡着，就被袁哲的手机吵醒了。”她的手机放了静音，噗噗噗地震动不止，她看了眼手机，袁哲打了二十多个电话，还发了短信，说他就在她楼下。

金枝从窗户往下看，袁哲站在香槐树下，从树影中漏下来的阳光，把他的衬衫变成了白银的鳞片。

“我给他回短信，说我不方便见客，而且这点儿小伤，也没什么可探视的。”金枝对我说，“但袁哲一定要见我。不见不走。我们来来回回发了十几条短信，他还是不走。我只好起床，洗脸刷牙换衣服，我还画了画眼角，刷了睫毛膏，用纱巾把脸上的纱布蒙严实了，他见面后，说我像阿拉伯美女！

“他替聂盈盈道歉，说她年纪小不懂事，让我别跟她一般见识；我说我跟聂盈盈是来而不往非礼也，我先挑起战火的，她是自卫反击。

“我们喝了杯咖啡，平时扯闲篇儿时一套一套儿的，但一对一大眼瞪小眼时，我跟他没什么好说的。他就像用牙齿打字似的，一会儿迸出一句，一会儿又迸出一句，他说我这些年来对他的好，点点滴滴，他都明白，很感动。他何德何能，受之有愧。我说我也没做什么啊，倒是给你添了很多乱。他说昨天我受了伤，他一夜没睡——，我鼻子酸溜溜的，说跟你有啥关系啊？两个女生喝醉了任性，胡闹，跟你一点儿关系都没有，再说了，就我这体格，这点儿小伤算什么？他看着我，叹了口气，说你啊，只有身材是胖的。我就泪奔了——”

窗外的天色渐渐变灰，变暗。西天边上，云彩一度红彤彤的，也慢慢烧成了灰烬，融化在越来越浓黑的暮色里面。

袁哲把金枝送进卧室里躺下休息，安顿金枝躺好后，他自己也上了床。金枝没想到这个，“哎——”

袁哲亲吻她的脖子，温柔地咬了咬她，又咬疼似的用舌尖抚慰她。金枝说不出话来，身体软得像床羽绒被，她想推他起来，但抬起的胳膊棉絮似的，袁哲的另外一只手从她两手中间穿过去，解开她的扣子。金枝心跳得很厉害，害臊得不行，他的手游走到哪里，她的思绪就跟随到哪里，她为自己的脂肪和体量感到羞耻。她看起来像只章鱼吧？摸起来像一团乳酪吧？他在身上时，像骑在牛背上？袁哲肯定以为自己多年来梦想着跟他上床，才会用这种方式来安慰她吧？金枝很后悔没在他刚爬上床时把他踢下去。现在她只能希望夜色浓烈些再浓烈些，把他们的身体像奶油一样融化在黑夜里——

离开之前他在她额头上亲了一下，她冲他笑笑，后来才想起来房间暗到让人消失了视觉，而且，她脸上还戴着头巾。

金枝发微博说她出门散心，然后就没影儿了。

起初我们以为她在哪个疗养胜地养伤，谁也没当回事儿，等过了一段时间找她时，发现她的手机、QQ、微博、博客，全都停摆，医院的工作也由她的一个助手接过去了。金枝无影无踪了。

我们猜测金枝的去向，旅游时遇见真命天子，浪迹天涯了？还是男神结了婚，自己毁了容，哀莫大于心死，遁入空门，不爱红尘恋青灯？女生独自旅行，被劫财劫色的事情时有发生，但我们都觉得金枝不会成为这种社会新闻的女主角，而且退一万步说，真有个三长两短的话，警察早就找上门儿来了。

没有了金枝，饭局上再没有人叫板一口气吹光整瓶啤酒，K 歌时没有了麦霸巨星，开玩笑时没有了靶子，金枝是饭局局长，朋友圈灵魂。

“金枝啊金枝，”大家在 QQ 群里、微博、微信上面，四处寻找金枝，我们对着高山喊，金枝，你在哪里啊你在哪里？我们对着大海喊，金枝，你在哪里啊你在哪里？金枝，袁哲喊你回来吃饭。

金枝消失了 18 个月。就像她没有任何征兆地离开，她回来得相当突然。她在群里自称金枝斯密达：轻轻地我回来，正如我轻轻地离开/我挥一挥衣袖，没带回河畔的金柳和天边的云彩。她在微信上发了几张韩国的风情照，所有的照片里面，都有同一个橘黄色的行李箱。

天，我们怎么没想到呢，她去韩国了！

我们想起她脸上的伤，我们怎么会忽略了这个呢？金枝当然要去韩国，她必须去韩国。她是很大条，但没大条到对毁容都能付之一笑。

“安宁哈塞哟!”金枝踩着约定时间进了包房，手里拎着在微信图片里当主角的橘黄色小拉杆箱，里面装满了给我们的礼物。

她把我们全都惊呆了。

金枝没变成宋慧乔，没变成全智贤或者什么尹恩慧、韩智慧，金枝把所有这些女明星融化了，然后浇铸到“金枝”这个模具里。金枝还是金枝，但金枝变成了勾兑版，或者说，韩版。以前她的脸是宽阔的，现在从两边往中间挤，脸颊窄细了一半，鼻梁则被挤高了一倍，嘴唇丰满、嘴角上翘，她原来就白得像雪，现在是雪里掺了奶，白得跟珍珠似的。最让人跌眼镜的是金枝的体重，曾经被我们喻为“撼山易，撼体重难”的金枝，瘦到了当她进屋时，我们没有一个人认出她来。

金枝让我们凌乱了。她就像仙女下凡，狐狸精转世，要多玄幻就有多玄幻，要多不真实就有多不真实。

“你整容了？怎么整的？肥是怎么减下来？吃药还是运动——”

“我天生丽质好不好？”金枝不承认整容，“以前是脂肪掩盖了我的真面目，而你们这群家伙，有眼不识金镶玉!”

她承认减肥。她在韩国一家减肥美容中心减肥，六个月后成为减肥中心的接待员，兼形象代言人，一年半的时间里，她减了60斤。她的照片从她160斤开始，一张张贴在墙上，记录她的变化。

“日新月异啊。”金枝笑着说，“但最近几个月新来的客人，都不相信那个照片里的人是我，他们认为照片是PS的。而且越是中国来的，越不相信。”

我们也不相信。不完全相信。金枝的变化太销魂了，活生生的奇迹和魔术。我们相信金枝能这么沧海变桑田，除了她讲的一二三四，一定还有别的五六七八。女生们咬着耳朵问她，减那么多，皮肤会松很多嗳。她咬着耳朵回复我们说，做了两次紧肤手术，收紧了，而且几乎没什么痕迹，就是价钱贵死人，这一年半，她打着工还花了30万人民币。

代价不只是钱。金枝几乎不吃东西。她让人倒了半杯红酒，浅斟慢饮，指甲涂成了银色，手背上那些胖涡涡儿都不见了，取而代之的是一节一节的骨感美。“做梦都要流口水”的东坡肉端上来，她只吃了一小块，“曾经有一个月，我只吃水煮白萝卜胡萝卜”。

“那段时间我都抑郁了，站在窗边就想从楼上跳下去，有一次我把印着美食图片的纸嚼了——”她看着我们的表情，笑了，“这都不算事儿，我亲眼见到为了杨柳细腰拆掉两根肋骨的女人；削骨磨牙，抽脂打针，垫鼻梁，女人们手术后肿得跟猪头、缠得跟粽子似的，真正是面目皆非，鬼哭狼嚎啊。医护人员反复跟我们强调，整容是女人的二次投胎。现在在地狱，出了门就上天堂。”

袁哲整个晚上只说了一句话：“伤彻底好了？”

金枝点点头。

散席时当然是袁哲送金枝：“男神送女神，神神道道。”我们陪着他们走到汽车边，眼看着他们从两边上车，在汽车后座排排坐，冲我们挥挥手。

金枝只用了不到一个月的时间，就跟过去的生活无缝链接了。当初她离开时，只强调了健康原因，没跟公司要求任何条件和补偿，她离开后，公司在本地区的业绩一落千丈，公司原来以为金枝攀上了新枝，后来发现不是，金枝回国后，立刻对她大摇橄榄枝，欢迎她重回老东家。以前跟她合作过的医生，对金枝的旧貌换新颜，当时就震惊了。现在不是她约他们吃饭，而是她把自己变成了美味佳肴，主任医主治医们追着她订饭局。我们聚会时，金枝的手机冒泡儿似的响起各种提示音。她时不时地扫一眼，电话她放静音状态，偶尔接一下，大多数来电她任凭电话噗噗噗扑腾累了拉倒。

“都是跟我咨询整容和减肥的。”她苦笑。

“姐不是传说，”我们逗她，“姐是传奇。”

有一天聚会时，聂盈盈突然来了。

“我是通过这个找到你们的，”她冲我们晃晃苹果手机，“又是‘硬要’参加。”

袁哲跟她分居半年多了。他说自己当初昏了头了，才找了白富美小女生结婚。聂盈盈的生活能力是负数，家里的事情要么是钟点工做，要么是袁哲收拾，她每天只管拿着手机，东拍拍西拍拍，一天发几十条甚至上百条微信和微博，一草一木，一杯一碗，吃喝拉撒，她连袁哲洗澡、只穿着内衣，以及睡觉的照片都发出来，袁哲的婚后生活在朋友圈里几乎是现场直播，她自己也是，完全没有隐私可言，底下的评论说什么的都有，看得他撮火，她却觉得这样才有存在感。

“金枝姐姐，你真是沧海变桑田啊！”聂盈盈打量着金枝，“微信上看到他们发的照片，我还以为是 PS 的——”

“你有事儿吗？”袁哲冷着脸问她。

“上次喝醉了酒，不小心伤到了金枝姐姐，我怎么着也得当面道个歉啊。”聂盈盈跟袁哲说完，扭头又看着金枝，“对不起啊金枝姐姐，你大人不计小人过，原谅我酒后失态。”

金枝笑笑，加了把椅子，请聂盈盈坐下，让服务员再添副餐具。

“你这腮削得太自然了，你还开了眼角，别人看不出来我可能，我同学里面好几个开眼角的，都开得没你这个好。韩国技术就是成熟，你隆鼻用的是哪种填充料？他们说，隆过鼻子的人，坐飞机，有时候鼻子会像猪鼻子那样鼻孔朝上掀开，可惊悚了，是真的吗？”

金枝笑笑。

“你先回去吧。”袁哲说，“有事儿我们明天通电话。”

“干吗对我这么狠心啊？”聂盈盈说，“我是你老婆嗳，明媒正娶，受法律保护。我今天一天没吃饭，现在，吃人的心都有。”

聂盈盈抄起筷子吃菜，有人倒酒，有人说起天气。桃花突然就开了，简直吓人一跳。还有李花，杏花、梨花，李花和梨花都是白的，但梨花花瓣更大一些。要不就是它们的花蕊有些不同？反正公园里面的花开得都连成片了，都开成一片烟了，怪不得古人说，花非花，雾非雾呢。我们要不组团去日本看樱花？顺便购个物？韩国也行，济州岛的山樱不比日本的樱花差。

“顺便再整个容。”聂盈盈举起手臂，“我第一个报名。”

“樱花马路对面的公园里就有，喝完酒咱醉里挑灯看樱。”有人出来打圆场，“大伙儿坐半天了，得走一个了吧？”

我们举起酒杯，干了一杯。金枝照例是红酒，喝了一口就放下了。

“你是怎么瘦下来的？”聂盈盈酒还没咽下去就问金枝，“他们在微信上说你减肥，只吃萝卜，我不信。他们有吃狗粮的，倒是减得挺见成效，吃萝卜能瘦成这样儿我还从来没听说过。你往胃里吞蛔虫了？还是你把胃切了？你吸毒了吗——？”

“你见多识广，”金枝笑笑，“什么都瞒不过你的法眼。”

我们转移了话题，聊八卦，医院院长最近被抓了，据说在他家里阁楼里面搜出来三千多万现金，藏在一堆书里面。案件被报道出来时，题目叫书中自有黄金屋。当然，黄金屋是加了引号的。

“还有通奸吧，”聂盈盈说，“现在到处都是通奸——”

聂盈盈不肯离婚。袁哲搬走时，她是同意的，现在，她说要再想想。想了几天后，她说离婚可以，谁离了谁都能活，但离婚的步骤要按她的意思来，比方说，第一步，袁哲先搬回家。

“共同进退嘛。”她说，“我很在乎形式。”

袁哲回去之后的生活，通过聂盈盈的微信、微博，时不时地露出一鳞半爪。聂盈盈在床上摆着S形自拍，星眸迷离，媚眼如丝，背后是熟睡的袁哲。她还拍了很多细节特写，比如他们挨在一起的脚，交叉的牙刷棒，两个紧贴着的咖啡杯，杯手组成了“好”字。

“她自编自导自演，我什么都没做，”袁哲告诉我们，“她的三妈在后面当军师。一会儿一个主意。以前她们是仇人相见，分外眼红，现在亲如姐妹了。”

聂盈盈三脚猫的功夫，倒没什么，三妈一看就不寻常，垒得起七星灶，煮得开三江水，相逢开口笑，笑里全是刀。老聂小聂都被她收服了，手段不是一般二般。

“你现在美貌与智慧并重，工作与财富兼收，”我安慰金枝，“男人就像春笋，四处往外钻，没有袁哲还有李哲王哲赵哲。”

“条条大路通罗马？”金枝笑笑，“我也这么劝自己。可是不大灵啊，不管怎么劝，最后还是一条道儿跑到黑。”

她喝的咖啡是黑咖啡，临走时，打包了两块提拉米苏。袁哲每天下了班先去金枝那儿，吃饭喝茶，夜深了才回家。

金枝穿着紫色七分裙的连衣裙，白色香奈尔包包，往停车场方向走时，回头冲我笑笑，她身后有一大片盛开的紫丁香，紫洇洇的，烂漫无匹，香得人透不过气来。金枝被那片浓香重紫化掉了。

三妈一出手，果然是辣招。不知道她是怎么做到的，金枝以前的那些风流事，以及她在韩国交往过的两个男人，一个是整形医院的医生，另外一个是开牛尾汤汤馆的老板，全都被她查了出来。时间、地点，有的人连照片都附着。三妈约袁哲见了面，把纸袋放到了他面前。她没讲金枝一句坏话，她甚至没把这件事情告诉聂盈盈。

金枝刚洗了澡，给我开门时，身上裹着浴衣。客厅里只开了几盏壁灯，家具仿佛沉没在水下。她领着我直接进了厨房，餐桌上面有打开的酒，高脚杯也都摆好了。金枝往酒杯里倒酒，讲了三妈釜底抽薪的事儿，手在吧台上的纸袋上拍拍。

“——袁哲怎么说？”

“他说他不介意，过去的就让它过去吧。”金枝喝了口酒，笑笑，“——漂亮话就像整过容的脸，总归有后遗症的。”

她头发湿漉漉的，胡乱拢在脑后，耳朵边几缕发丝，发梢上含着水，慢慢团起来，泪滴似的滴下来。

金枝失眠，她经常夜里发微信，说说东说说西。聂盈盈倒是很少出现了，一个月来她销声匿迹，只偶尔上来冒冒泡。

聂盈盈说她被流星击中，怀孕了。

我给金枝打电话："你要是相信才叫傻呢。"

"是真的。袁哲承认了。"

"不要脸的东西！"我骂。

"人家是合法夫妻，天经地义。"

"那就把红杏开在家里，出墙来得瑟啥？"

"是我把红杏枝探进人家墙里好不好？"金枝的声音有些怪，仿佛她在梦里，又仿佛醉了酒，"而且我还不止探进这一家呢，我是红杏枝头春意闹！"她笑起来。

我约金枝见面。我一定要见到她面才放心。她被我纠缠不过，答应了。我们又约了另外两个女生，去吃麻辣小龙虾。

麻辣小龙虾、水煮鱼、香辣蟹、都是大盆端上来的，中间又穿插了几个小炒，桌子上摆得满满登登的。

"血染的风采。"金枝笑着说。

金枝的脸白得像黎明前的天色，一个月没见，眼袋和黑眼圈儿全都出现了，她说这阵子失眠闹的。她喝啤酒的时候先扔了两片药进嘴里。中间她又吃了两片药。

"你别在这儿睡着了——"

"能睡着就好了。"金枝说，"一觉醒来，发现所有这些不过是一场梦。”

“袁哲不值得你这样儿。”我说，“谁都不值得。”

“爱情这东西，谁先动心，谁就满盘皆输，”金枝说，“我十年前就满盘皆输了。”

中间我们去了下洗手间，回来时，留在桌边的女生说，“她又吃药了，我没拦住——”

“没事儿，我早就有抗药性了。”金枝对我说，“你给袁哲打电话，说我吃药了。”

“起来，”我拉一把金枝，“我扶你去洗手间吐掉——”

“等会儿，你先打电话。”

“你他妈有病吧你?!他到底哪儿好，值得你这么犯贱?!”

“我他妈就是有病，病大发了。”金枝冲我笑，“大病就得大治，就像我当初去韩国，大治了一次，治好了回来了；这次也是一样，折腾够了，就去他妈的了，我保证!”

我用免提又给袁哲打电话，电话关机。

“他说他爱我。他说我在韩国的那段时间，他发现他早就爱上我了，爱上了胖金枝——”

金枝的笑容还在脸上，但越来越散，越来越恍惚，她的身体朝后倒去，我伸出手臂，刚好接住她。

120来之前金枝已经进入了昏迷状态，我们试图让她吐出来，但她牙关咬得紧紧的。她的脸色雪团似的，好像正在从我怀里化掉——

我们轮流给袁哲打电话，打不通。我们在微信上给他和聂盈盈留言，金枝吃药自杀了！袁哲你他妈的死哪儿去了?!

到了医院，金枝直接被推进去洗胃。我追着医生说她严重失眠，吃了安眠药，还喝了啤酒——

医生脚步没停，直接进处置室去了。

金枝的肚子爆炸了！医生急赤白脸地质问我，为什么不告诉他金枝胃里有水球？

我没听明白他的话，她胃里有什么？

“水球。”

“为什么她胃里有水球？”

“我怎么知道？可能是减肥吧。”医生说。装满了盐水的水球，加上食物，加上啤酒，加上洗胃的水，她的胃像一个汪洋大海，爆炸了。

袁哲和聂盈盈是一起来的。

“——她真吃药了？”袁哲问我，“吃什么药？”

“一哭二闹三上吊，”聂盈盈哼一声，“吓唬谁啊？”

我指了指处置室，让他们自己进去看。

聂盈盈不去。袁哲犹豫了一下，自己进去了。我们听见他在处置室里号叫了一声。接着，又号叫了一声。聂盈盈跳起来，抓住我。

我知道袁哲看见了什么，处置室里，金枝躺在床上，脸是透明的，水晶冻似的，她的身体摊在那儿，掏心掏肺，披肝沥胆，肝肠寸断。我也想号叫来着，但没号出来。我在卫生间把胃吐空了，然后就像壁画一样贴在墙上，动弹不得。

袁哲是一寸寸地从手术室里面挪出来的，他打着冷战，胃痛似的佝偻了身体，聂盈盈过去扶住他，往手术室方向看了一眼，“——怎么了？”

她受了他的传染，也发起抖来。

他们背靠着墙，好不容易才站稳，朝我看过来。

“金枝说，她爱你!”我对袁哲说，“她爱死你了。”

桔梗谣

忠赫放下电话，心脏怦怦怦地跳着，他的手发麻，抽了两下，才把纸巾从盒里抽出来，吸掉眼窝里的泪水。

忠赫到衣橱里找了件新衬衫，拆包装时，手指头被大头针扎出了血，血滴黏稠，像颗红豆。新衬衫折痕明显，浆过的衣领卡着后脖颈，忠赫又脱了下来，换回了平时穿的旧衬衫，弯腰穿鞋的时候他动作有点儿急，脑子里面忽悠一下，眼前有些发黑。

“慢点儿，慢点儿!”他提醒自己，扶着墙壁慢慢直起身。

春吉不在家。退休以后，她跟小区里另外几个女人组成了麻将小组，每天三四个小时，在几家轮番打打。在他们家打麻将时，春吉总是留朋友们吃饭，冷面啦，野菜酱汤啦，蔬菜肉丝面片啦，她兴致高昂地让人吃这个吃那个，哪怕是盘炒土豆丝，好像经过她的手之后，就变成了世间难寻的美味。

忠赫想象不出秀茶如今的模样儿。在朝阳川的时候，他家和秀茶家隔得不远，房前屋后种着几十株梨树，每年梨花盛开的半个月里，他们会被一场阳光晒不化的大雪掩埋住，天黑以后忠赫站在自家窗口朝秀茶的房间望去，她有时是雪国里的仙女，有时则变成灯笼里面的灯芯。四十年过去了，他的腰围变过好几个尺寸，头发灰白像黎明的天色，好在，他的腰杆还是拔得直直的，这是几十年如一日，坚持每天走路一个小时的馈赠。

在候车室的门口，在嘈杂的声音、难以形容的味道以及流动的色彩中间，忠赫还没从出租车下来就看到了秀茶，她穿着紫灰色套装，和以前一样苗条，肤色也仍旧白得像豆腐。皱纹没把她变丑，把她变温柔平实了，像穿旧揉皱了的棉麻布衣服。忠赫胸口闷闷的，像压上了石磨——以前在朝阳川时，他家院子里就有一盘，清晨或者傍晚，他和秀茶常坐在石磨边儿上做作业。高中毕业以后他们也还保留着在石磨边儿看书的习惯，大多是从县图书馆借来的小说，里面写些什么他早就忘了，但他记得秀茶边看书边哼的歌儿：

> 白色桔梗花啊紫色桔梗花，站在山坡下，花像海洋从天上飞流而来，漫山遍野，凝神细看，白色桔梗花啊紫色桔梗花。

“忠赫——”

秀茶的微笑近在眼前，但转眼就浸到了湖水里面。忠赫抹了一把泪水，秀茶的眼睛里也泛起一片水雾。

秀茶参加了她所在城市的夕阳红艺术团。在第四候车室里，有她29个同伴。“我们刚从长白山旅游回来，在这里换乘火车。”

他们只有一个多小时的时间。

忠赫带秀茶去了候车室旁边的咖啡座。那里卖的咖啡是速溶袋装咖啡，忠赫把服务员叫来，又要了两杯铁观音。他还点了牛肉脯、鱿鱼丝、话梅：“这个茶太硬，稍微吃点东西，要不胃会不舒服。”

秀茶笑了：“你还是那么细心。”

“你怎么找到我的？”他问她。

“想找总能找到。”她说。

他很惭愧。他没找过她。但他从没忘记过她。有好几年的时间，每晚临睡前一个小时，他给妈妈按摩手臂和腿脚，老太太翻来覆去地回忆朝阳川的陈年旧事，忠赫能在妈妈提到的每个人身后、每件事中间看到秀茶。

“累了吗？”他离开时，老太太问他。或者是，“天天这么按来按去，还要听我唠叨，烦死了吧？”

“我愿意给妈妈按摩到一百岁。”忠赫真心真意地这么说，这是他跟秀茶相处的时间，怎么会累、会烦呢？

忠赫难得发脾气，但春吉训斥女儿时除外。每次女儿透过责骂眼泪汪汪地朝他转过脸，他都会看见秀茶的委屈，他用更阴沉更难看的脸色回应春吉，拉着女儿出门，带她去饭店吃饭，买礼物给她。

“小时候我很恨你，”儿子有一次对他说，“你对妹妹好得恨不得含到嘴里，而我就像你要吐出去的什么东西。”

“女孩子当然要娇惯一点儿。”他说。

他从小就习惯了对女孩子好。他跟秀茶上学时，碰上泥泞难走的路，他都是背着她过去的。她伏在他的背上，让他想起一只收拢翅膀的鸟。春天的时候，忠赫给秀茶编蝈蝈笼，为了把干玉米秆破成细条，手指头划出好多道细口子，洗手时疼得龇牙咧嘴的。有一年端午节，他给秀茶采染指甲用的酸浆草时，被蛇咬了，幸亏是草蛇，毒性不大，他妈妈吓得半死，抱着他的腿用嘴往外吮毒液，吮得嘴唇都肿了。秀茶的父母在旁边看着，挓挲着手帮不上忙，被忠赫妈妈的身体语言羞臊得满脸通红。

忠赫的妈妈21岁守寡，独自把忠赫带大，供他读书到高中毕业。忠赫的衣服永远是干干净净的，哪怕只有一套衣服，也是晚上洗好晾干，早晨干净整齐地出门。

老太太一辈子只对忠赫提过一个要求：娶春吉。

“我喜欢她的大脸盘儿，福相。”老太太说，“屁股也长得好，能生出好孩子来。”

如老太太所言，春吉生了两个好孩子。在孩子长大的过程中，春吉像发面的面团儿一样越来越浑圆，睡觉时呼噜打得一嘟噜一串儿的，忠赫常会梦见自己站在秋天的稻田地里，风吹稻浪，像涛声一样响亮，他变成了稻草人儿，破衣烂衫，伸着胳膊，眼看着秀茶从田埂上走开却叫不出声来。

去年刚退休的那几个月，忠赫着了魔似的想念秀茶家的豆浆。那间老豆腐房光线昏暗，地面上水渍渍的，刚点出来的豆腐在豆腐包里颤颤巍巍地抖动。豆浆装在粗瓷盆里，他和秀茶往里面撒几粒糖精，每天上学前喝得肚子胀胀的，打嗝时嘴里有一股豆香味儿。忠赫跑遍了城里所有有豆浆卖的地方，发现那股鲜嫩的味道再也找不到了。

“嫂子好吗？”

春吉和忠赫结婚那天，秀茶是以他妹妹的身份，拿着木瓢，隔着喜桌——让一对木头鸳鸯，一对蒸熟的、嘴里叼着整支红辣椒的公鸡母鸡，各种糖果、水果、鲜花，还有十几种糕饼摆得满满登登的——朝新娘子伸过来，春吉把一大捧糖果扔进去。后来忠赫听说，秀茶把糖讨来后钻进树林，一颗不剩地全吃光了。她把糖纸用熨斗熨平，折了个鸳鸯放在家里的窗台上。

秀茶结婚时，忠赫天不亮就起来，跟另外几个小伙子一起在院子里打打糕，刚蒸熟的糯米米粒晶莹剔透，像颗颗泪珠，他们用的木锤三斤半重，要几万锤才能把这些泪珠打成死心的一团。

秀茶嫁的男人姓尹，是部队转业干部，虽然年轻，但自有一股慑人气势。他跟秀茶订婚的时候，忠赫也在酒桌上作陪。男人们在酒桌上喝酒，女人们的饭摆在豆腐房那边，酒喝到一半时，秀茶被她爸爸叫过来，给客人们敬酒，她低垂着眼睛，睫毛像副门帘，敬酒的时候手在发抖。忠赫从来没喝过那么难咽的酒，酒里面带着锯齿，每一杯喝下去，都是一道伤口。

秀茶说，老尹五年前得过脑血栓，治疗得很及时，现在走路什么的，都不影响。儿子给她雇了个全职保姆帮忙照顾。

“他叫万宇。”秀茶说。

“——我去见秀茶了。”

忠赫换了拖鞋，径直走进他的房间——孩子们自立门户后，他们就分房睡了——墙上挂着老太太的照片。是她过六十大寿生日那天拍的，她穿着雪白的朝鲜族服装，领口袖口镶着白色丝缎，胸前的蝴蝶结打得端端正正，头发梳得一丝不乱，别住头发的簪子是忠赫用根木筷子雕刻成的，打磨，上漆，再打磨，花了整整一个星期。

老太太目光幽深地望着忠赫。

老太太去世前的两年，喜欢坐在放在阳台的藤椅里，眯着眼睛望着远处的长河，黄昏时，阳光像泼洒的蛋黄覆盖在河面上，流淌的河水涌动如大蛇，一口口吸光蛋黄汁，直至把整个太阳都吞下肚去。

忠赫陪着老太太坐着，太阳往下落时，他想起很久以前跟秀茶坐在长满红菇茑的山坡上，她用细草棍儿把菇茑的筋络和籽粒从小米粒大小的洞里挑出来，把空空的薄如蝉翼的菇茑壳放在舌头上，像小灯笼那样吹满它，又用牙齿把里面的气挤出去，然后再吹满，再挤出去。她给他也弄了一个，那个小小灯笼似的壳，落在他的舌尖上，酸甜味道中夹杂着苦味儿，为了把它吹满气儿，他全身所有的力气都用上了。

“——你去见秀茶了?”

春吉还站在门口，忠赫朝她转过头时，她把手里攥着的东西朝他用力地扔过来，但那东西轻飘飘地，隔着老远就落到了地上。

“我以为你出车祸了，要么就是心脏病，脑出血。你去见秀茶了?!你见秀茶不能打个电话?!不能留个纸条?!”

忠赫看着春吉，她的脸涨得通红，眼泪从眼眶里跌出来，漫漶在脸上。春吉如此愤怒，却连忠赫的衣角都没沾到，像那个飘到地上的布袋子一样。刚才他坐在车里回家时，司机跟他说话他也是反应了好一会儿才回答。

“——这不是回来了嘛。”他说。

“回来了？”春吉冷笑一声，“魂儿呢？跟着秀茶走了吧？”

她说得对。他的魂儿就像块骨头，被秀茶的话叼走了。

忠赫不想跟春吉吵架。他们之间使用的语言从来没什么暴力，多年来跟妈妈一起生活，忠赫觉得骂了别人，自己会更加难堪。话说回来，春吉也是个温和的女人。他们上次闹不高兴是一个多月前，春吉请朋友们在家里吃烤牛肉，好几个小时以后家里还飘荡着烤肉的味道，忠赫去厨房烧开水时，发现水壶上面覆盖着油腥儿，他生起气来。

晚上吃饭时，春吉做了油焖带皮小土豆和凉拌黄豆芽，饭是白米里面加上了松仁核桃仁芝麻红豆，用石锅蒸出来的，掀开盖子，清甜气息扑面而来。忠赫一闻到饭香，火气就没了。

孩子们相继打电话回来，春吉明明在客厅，电话仍然响个没完，忠赫只好用分机接：“你去哪里了？让妈妈担心得要命。”

孩子们跟忠赫说完，要跟妈妈讲话，忠赫去客厅叫春吉，春吉眼睛盯着电视，不接他递过去的电话。

“你妈还生气呢。”忠赫跟孩子们说。

“那你就想办法将功赎罪吧。”孩子们笑着放了电话。

地方台每天晚上播三集韩剧，剧目不同但故事都差不多，不是两兄弟爱上同一个姑娘，就是两姐妹爱上同一个男人，要么就是两兄弟爱上了两姐妹。这些荒唐可笑的故事，动不动就让春吉鼻涕一把泪一把的。

“你多大岁数了还为这些东西哭哭啼啼的？”忠赫笑话她。

“你知道什么?!”春吉回敬他。

他知道什么?!那她呢?离开朝阳川以后，她偶尔还和镇里的人联系，而他是决意跟所有人都断了联系的。

看完电视剧春吉也不睡，客厅里灯光亮着，在门缝下面透一截进来。

忠赫去卫生间时，看见春吉把前几天别人送的新鲜沙参从冰箱里拿出来，沙参疙疙瘩瘩的厚皮跟鳄鱼皮差不多，要用小刀一点点剥下来才行，他从卫生间出来时，“——秀茶也老了吧?”春吉忽然冒出一句。

“像她那样的眼睛，老了的时候眼皮会耷拉下来把半个眼睛盖住。”

春吉心地不坏，忠赫也知道他顺水推舟地说句话就会让她消气儿，可他们谈论的是秀茶啊，“她现在也还很漂亮。”

“她就是太漂亮了，”春吉说，“妈妈才不让她当儿媳妇的，妈妈说，三岁看到老，秀茶那个长相身段儿，不会有好命的。”

“妈妈还说你是个厚道人，心眼儿好呢。”

“你这是什么腔调啊?”春吉朝他扬起脸，春吉手里的那把刀他几天前刚磨过，锋刃摸起来像冰茬儿。“我说秀茶坏话了吗?”

“我也没说你说她坏话啊。”

“秀茶本来就过得不好嘛。”春吉说，“她男人老打她，孩子被打流产过，还有一次打折了肋骨，她回娘家养了两个月呢。”

忠赫的胃里面就像刚喝了一大碗热辣椒水，身上却打冷战似的哆嗦着。他盯着春吉，想用目光戳穿她的谎言，让她把说过的话收回去，但他的目光遭到了回敬。

“你不相信?”春吉说,“朝阳川谁都知道。”

谁都知道,但他不知道。但如果他知道,他会怎么样呢?他有勇气去把秀茶从那个人身边带走吗?秀茶在挨打的时候,期待过他的到来吗?既然连春吉都知道秀茶的事儿,秀茶肯定觉得他知道她的状况。

“他们闹了大半辈子,上了法庭,总算离了婚。那个男人离婚以后天天喝酒,别说当领导,连工作也丢了,还得了脑血栓,不知道秀茶怎么想的,放着清净日子不过,又回去侍候那个男人去了!”

他怀疑春吉和秀茶说的是不是同一个人。今天秀茶说起老尹时,就像说一个乖巧听话的孩子。还说儿子有空的时候,带着他们去动物园、水族馆、游乐场,拿他们当小孩子哄。

“——秀茶的儿子,”他嘴里发干,吐出来的字像一颗颗火星,“叫万宇,是吧?”

春吉抬起头,他们对视着,都看到了更多的东西。

“——可能是吧。”春吉又埋头剥起沙参来。

忠赫回到房间,直接走上阳台。阳台上面凉飕飕的,大河边儿上新近开发了好多楼盘,他们刚搬来这里时,河堤是石头垒出来的,石头缝里长着杂草,现在已经被水泥堤坝和成排的丁香树取代了。春末夏初,白色和紫色丁香花开得烟一片雾一片,让他想起朝阳川漫山遍野的桔梗花。但现在什么也看不见。黑黪黪的,一团虚无,风的手时轻时重地在人身上摸索一阵。

“秀茶找你干什么?”春吉跟过来,问他。

他很高兴他们站在黑暗里,这样的光线,话比较容易说出口:“万宇下个月结婚,秀茶邀请我们去参加婚礼。”

“我们的孩子结婚时她没来啊。”春吉说，“她儿子结婚倒要我们去随礼?!”

春吉让女儿挑了一家有名的美发店，花好几百块钱烫了头发，没过几天又剪掉了，只留下些发卷儿。

“那不是白花钱了?”忠赫问。

春吉说就是这么个过程。她离远了让忠赫看：“这个发型显瘦吧?”

忠赫什么也看不出来，但很肯定地回答：“瘦了不少呢。”

春吉还让女儿买回一摞面膜，每晚看韩剧时敷，白煞煞的面膜覆盖着整张脸，眼睛、鼻孔以及嘴唇抠出几个洞，忠赫第一次看见时吓了一跳。

“你抽什么疯?”

春吉在面膜下面白了他一眼。

春吉买衣服买鞋子，连内衣也买了好几套：“爸，你初恋情人到底有多漂亮?看把我妈折腾的。”女儿进门后把几个纸拎兜扔下，“大”字形扑倒在沙发上，“老妇聊发少女狂啊”。

“我这个月的业绩算泡汤了——”

“陪你妈买买东西就这么不耐烦，”忠赫说，“养育之恩可不是嘴皮子碰碰就报答的啊。”

说是这么说，忠赫也觉得春吉过分。她连饭也不吃了，每天细嚼慢咽一个苹果。自己不吃，给忠赫做饭也对付，一个星期让他吃了三顿泡菜肉丝炒饭。她还建议忠赫跟她一起喝淡盐水，吃苹果。

“胃肠也需要大扫除啊。”春吉说。

出发的前一天，春吉染了头发，染发膏的盒子上面把她染的颜色叫“甜蜜焦糖”。他跟春吉抱怨，她头发上那股蜡烛融化的味道让他吃不下饭。

“是要见到万宇了，紧张的吧?”春吉说。

春吉经过这些日子的捣腾，像变了个人似的，不光外貌，她说话做事，也变得不大一样了。

“说你的头发，关万宇什么事儿?!”

“嫌弃我?!”春吉拉下脸来，“我还不去了呢。”

她把门在身后摔上。

“我也没说什么啊。”忠赫推开门，“你发什么脾气?!”

“想想就窝囊，”春吉别扭起来，“你们做的好事儿，过了四十年拿出来展览，我还要去捧场?!”

忠赫刚要开口，被春吉“没有这么欺负人的!”吼了回去。

忠赫没辙，把儿子女儿叫了回来，两个孩子跟春吉关上门说了两个小时，儿子先出来，压低声音跟忠赫说：“同意去了。”

“明天我开车送你们去。”儿子说。

他们在沙发上坐了一会儿，儿子忽然笑了，忠赫看了他一眼：“你笑什么?”

“——没什么。”

又过了半个多小时，女儿眼睛红红地出来：“明天我也去。”

她跟哥哥一起回家，忠赫送他们出门时，女儿扭头看看他，凑到他耳边低声说：“我都有些等不及要见见这位哥哥了。”

她叫得那么自然，忠赫心里雷一阵雨一阵，眼睛湿了。

第二天他们一早出门，忠赫和儿子坐前面，女儿和春吉坐后面。女儿先是把春吉从头夸到脚，仿佛她是个大明星似的，然后又说，他们四个很久没单独在一起了："就像去春游。"

"秋游。"儿子纠正她。

"管他春夏秋冬的呢。"女儿一路张罗，吃这个，喝那个，说从原野上卷起的晨雾像棉絮似的，突然又指着沐浴在阳光中的枫树尖叫，"看那棵树啊，像烧着了一样！"

"别一惊一乍的。"春吉训她，从昨天晚上孩子们离开，忠赫总算听到她又开口说话了，"你也是当妈的人了。"

他们直接去了酒店。两个男人先下车，女儿在车里帮春吉补了补妆。

"他和我，谁大？"儿子问忠赫。

"——你比他大几个月吧。"

他们坐电梯上楼，连女儿都变沉默了。电梯门一开，忠赫就看见了秀茶，一个女人正拉着她往大厅里走，她用眼角余光看见他们，一下子站住了。春吉也看见了秀茶，脸色发白。

秀茶裙摆阔大，衣带飘飘，像踩着云彩奔过来，老远就冲春吉伸出了双手。两个女人加起来一百二十多岁了，抱着对方，像小孩子一样哭了起来。

刚才拉秀茶进厅里的女人过来，有些摸不着头脑："怎么哭起来了？时间到了快进去啊。"

秀茶没理她，用纸巾替春吉吸了吸眼泪，目光在忠赫脸上一掠而过，落到他的一双儿女脸上：“你们都这么大了。”

他们一起鞠躬，给她行礼问好。

秀茶把他们拉起来，眼泪又涌出来。

女人拉秀茶一把：“都等着呢。”

“我们一起进去。”秀茶拉住春吉，带着他们往厅里走。在门口遇到手挽手的新郎新娘。

忠赫嘴唇发干，全身微微颤抖。万宇个子挺高的，穿着黑西服白衬衫，胸口别了一朵粉色玫瑰花，他的单眼皮、高鼻梁、略厚的嘴唇跟忠赫一模一样。看到忠赫时，他的表情一凛。

春吉只顾打量万宇，踩到了秀茶的裙子，差点儿把她绊倒。

“快点快点。”女人不停地催促着，推着他们这一群人先进去，秀茶先把他们送到预留的贵宾席上，才坐到礼堂中间新人家长的位置。忠赫看到老尹，坐在秀茶椅子旁边的轮椅里面，头发剪得短短的，胡子刮得干干净净，黑西服白衬衫，领带很漂亮，半边身子不动，另外半边不停地颤抖，他的眼睛盯着一个固定的方向，嘴唇哆嗦着，忠赫怀疑他还能不能完整地说出话来。

司仪宣布吉时已到，婚礼开始，全体贵宾起立，迎接新人出场。音乐响起，不是通常的婚礼进行曲，而是一组朝鲜族民谣，来宾们和着主持人鼓着掌，看着新郎新娘款款走过撒了玫瑰花瓣的地毯，一直站到台上。

司仪开始介绍新娘——他身后的大屏幕随着他的介绍，展示出新娘从婴儿直至眼下各个时期的照片——她是艺术学院的舞蹈老师，今年 28 岁。父母的掌上明珠，聪明伶俐，从 5 岁开始就被人追，为了万宇她至少伤了一万个男人的心。主持人的话引来阵阵掌声，年轻人聚堆儿的几桌不时传来叫好声。新娘之后介绍新郎，万宇从小聪明过人——忠赫紧盯着大屏幕上的照片，这孩子小时候非常瘦弱，有些惊恐地瞪着镜头；五六岁以后，他好像不那么怕照相了，其中有一张照片活脱脱就是忠赫小时候的模样儿；七八岁的时候，他一脸忧郁，肯定是个不爱说话的孩子；十几岁的时候，忧伤、内敛变成了他表情里固定的一部分；二十岁左右，他的眼神里面有了冷峻、沉着的东西，长成了男人了——他以优异成绩考入北京纺织大学，十年前创建了自己的企业，现在企业已经有固定的六七百名员工，产品不光在国内销售，在韩国、日本，乃至东南亚市场也逐渐打开了局面。“为什么现在才结婚?”主持人把话筒伸向他。

“本来没有结婚的打算，”万宇说，冲新娘笑笑，“一不小心被俘虏了。”

酒宴持续了很长时间。

万宇带着新娘过来给忠赫和春吉敬了酒。新娘近看更漂亮，敬酒的姿态很优美，嗓音甜甜地管忠赫春吉叫“舅舅、舅妈”。秀茶应付了一阵客人后，推着老尹过来，忠赫跟他握了握手，老尹的手比他想象的有力量，然后保姆就带着老尹先回家了。

那些年轻人打开了音响，一边吃饭喝酒，一边唱歌跳舞。

秀茶和春吉说起过世了的忠赫妈妈，两个人泪眼汪汪的。忠赫第一次听说，秀茶当年生万宇时，月子没坐好，差点儿丢了命，是他妈妈买了熊胆托人送过去的。

“你长得很像你奶奶。”秀茶拉着忠赫女儿的手，感慨地说。

忠赫去了一趟厕所，万宇在洗手，他们的目光在镜子里相遇，忠赫冲他点点头，走进厕所，解裤带时，他的手抖得很厉害，花了平时两倍的时间。他摸到了裤带里面的信封，除了由春吉带着的三千块钱礼金，他把自己的两万块私房钱全提了出来，他知道万宇不缺钱，但他不知道，除了钱，他还能怎么表达自己的感情。

出来时，万宇用纸擦干了手，还扯出两张递给忠赫。他们一起走出洗手间，万宇掏出烟盒，抽出一支双手递给忠赫，然后又拿出打火机给他点着。

“——对不起。”忠赫抽了口烟，他说话时，刚好咳嗽起来，他怀疑万宇压根儿没听见他说了什么。

忠赫摸着裤子里的钱，刚要拿出来，有人脸喝得红红的一把抓住万宇，把他拉回大厅，万字匆忙中回头冲忠赫点了点头。

忠赫回到礼堂，一个女人站在圆桌子上面拿着麦克风在唱歌，桌子周围里三层外三层的是跳舞的人，先是《阿里郎》，然后是《桔梗谣》：

> 白色桔梗花啊紫色桔梗花，站在山坡下，花像海洋从天上飞流而来，漫山遍野，凝神细看——

忠赫回到桌边儿，秀茶和春吉脸红扑扑地跟着唱：“白色桔梗花啊紫色桔梗花。”唱完后两人搂在一起，咬着对方耳朵说着什么，春吉边笑边指着酒杯冲女儿叫：“倒满倒满。”

女儿给她们倒上酒，扭头冲忠赫做了个鬼脸，说：“她们已经约定了五十件事儿了，要去给奶奶上坟，要回朝阳川豆腐房做一次豆腐，要摘梨，还要在明年春天的时候去看梨花……”

莫莫格

1

出发前，我们被镇子的名字迷坏了，莫莫格，莫—莫—格。像口香糖，在我们的嘴里咬来咬去。莫莫格是蒙古语。镇子里的居民还有一些蒙古族人。我们认定，莫莫格就是那个被德德玛（连他们的名字都如一对上下联）用浑厚的中音歌唱的地方：

美丽的草原我的家。
风吹绿草遍地花。
草原就像绿色的海，

毡包就像白莲花……

所有的人都来了。十二个男生，八个女生，加上班主任赵前。我们一个接一个地从大巴车里下去，在我前面下车的宝玲发出一声惊叫："不会吧……"

我们都有些傻眼。如果说想象中的莫莫格镇是一只凤凰，那我们实际上看到的就是一只麻雀。它和北方其他镇子没什么两样儿，灰扑扑的，没有白莲花似的毡包，只有普通的水泥砖头盖起来的房子。一眼就可以看出，建筑物自打建起来就再也没有清洗、粉刷过。"绿色的海"就更别提了，田野被农田、水洼和公路分割着，中间点缀着几块癞癣似的沙地。我们只能从风吹过来的力量感上，判断这里是草原的一部分。

有三个男人来接我们。他们并排站着，像三块门板，把我们这些刚从大巴车里弹出来的彩色弹子球挡住了。赵前老师上前打招呼，他们打量着他的板寸头，胸前印着一个黑骷髅头的白T恤，腿上破了好几个洞的牛仔裤："你是老师？"

"是。给你们添麻烦了。"赵前老师跟他们一一握手。

他们咧着嘴笑了。

"头一次看见你这样的老师。"

2

他们安排我们住在镇招待所，这是镇子里最大、条件最好的招待所，镇子里最主要的三条街道在招待所门口会合。

我们分好房间把东西放下，回到招待所门口集合。镇长姓张，挨个儿跟我们握手，两个副镇长一个姓翟，一个姓席，站在他身后，也挨个儿跟我们握手。人到齐以后，张镇长带着我们去饭店吃饭。

我们走的是三条路中间的那条，也是镇子里最热闹的一条街道，临街挤着各种各样的店铺。路边停着不少用摩托车改装的“蹦蹦”车。张镇长有一半蒙古族血统（刚刚他自己说的），个子不高，肩宽得有些不成比例，他在前面甩着膀子、腆着肚子那么一走，我们全体变成了他的小跟班儿。街边儿的人都停下正干的事儿打量我们，不时有人指着我们中间的谁谁说道：

“这个长得真白。”

“那个最俊。”

好多饭店的老板娘上来跟镇长搭讪，笑得低三下四的，最执着的那个跟着他走出了十多米远，还不顾我们的挤眉弄眼，给他点了一根烟。

“今天不行，改天我带他们去你那儿。”张镇长挥了挥手。

“一言为定哦。”女人又给两位副镇长各发了一根烟，这才笑着退开了。

“吉祥”酒馆里面膻味儿浓烈，能把人呛个跟头，我们进去时，服务员正把三张方桌往一起拼。

“还没准备好？你们干什么吃的？”张镇长瞪了老板娘一眼。

“为了迎接贵客，下午现杀了一只羊。”老板娘赶紧过来解释，冲我们亲热地点点头。“来了？”

她比刚才那些女人年轻，皮肤也更白一些，她喊服务员倒茶，喊厨师麻利点儿，自己动手把店里的椅子往桌边儿凑。

3

张镇长拉着赵前老师坐在正中的位置，两位副镇长左边一个右边一个坐在我们中间。

菜是用我们从来没见过大木盘子盛的，大块的羊肉，黄澄澄的炒鸡蛋，洒上了孜然辣椒末的烤羊排，刚蒸熟的土豆茄子、洗好的黄瓜大葱都是囫囵个儿端上桌的，大酱是用大碗装的，羊汤一共上了三盆，上面铺着一层葱末和芫荽末。服务员给我们每个人都倒上了白酒。就好像那是矿泉水似的，咕嘟咕嘟来了一杯子。

张镇长端着酒杯站起来，欢迎我们来到莫莫格，欢迎我们来体验生活，要我们把这里当成自己的家，把他和两位副镇长当成自己的亲人。说完，一仰脖把酒杯里的二两白酒干掉了。

我们全望着赵前老师。来之前的一个星期，每位老师上课前都要对我们进行教育，下去体验生活，男同学要戒骄，女同学要戒娇。要尊重当地人，要尊重民族习惯。要设身处地，要入乡随俗。

赵前老师端着杯子站了起来，代表我们说了几句感谢的话，然后在征得张镇长的勉强同意后，代表我们把杯子里的酒喝掉了一半儿。

我们给他鼓掌，一半也是一两啊。

张镇长敬完了酒，翟副镇长和席副镇长也开始欢迎我们。也是说差不多的话，也是一口就干了二两白酒。

赵前老师又站起来感谢了两次，又喝了两个一半儿。

我们照例给他鼓掌。

赵前老师的脸红起来了，接着脖子、胳膊、手，所有露出来的皮肤都红了。那些酒喝进他肚子里好像变成了野火，在他身体里面猛劲儿地烧。他连坐都坐不住了，屁股直往椅子下面出溜儿，老板娘和一个服务员把他扶到后面的沙发上，让他躺下了。

"才喝了这么一点儿就……"张镇长过去看了看赵前老师，挺遗憾地走回来。

"有几个人像你，长了个酒缸肚子。"老板娘笑着说。

"不能喝酒算什么男子汉。"张镇长横了她一眼，"给他们都倒上。"

张镇长和男生们喝了起来，男生也学赵前老师，人家喝一杯，他们喝一半。翟副镇长长着一对土拨鼠眼睛，却很有眼色，盯着张镇长，他跟和谁一喝完，他接茬儿再跟那个人喝。

年轻的席副镇长坐在宝玲身边，非要跟宝玲单独干一杯。

"我不会喝。"

"什么叫不会喝?!"席副镇长笑起来，"你会喝水吧？你会喝汤吧?"

"我不能喝酒，一喝酒就过敏，浑身起芝麻粒大的红疹子。"宝玲把自己的手臂伸给席副镇长看。

"长得真……"席副镇长的目光好半天才从宝玲的胳膊回到她的脸上，"长得白也不能证明就不能喝酒。"

“我真的不行，你跟别人喝吧。”宝玲往周围比划了一下。

席副镇长紧盯着她不放，“我先跟你喝，跟你喝完再跟别人喝。”

“……我真的不能喝。”

“你就沾一沾嘴唇行吗？”席副镇长把酒杯端到了宝玲的嘴边，“嘴唇上沾一些红芝麻，算不上什么大不了的事儿吧。”

听见这话的人都笑起来了。

我们一笑，席副镇长更来劲儿了：“就喝这一杯。”

“我真……”

席副镇长突然站了起来，手上还端着宝玲的酒杯，唱了两句蒙古歌，他个子矮，声音却很高亢。大家安静下来，刚准备好欣赏他的歌声，他停了下来，看着宝玲：“祝酒歌都唱了，你还不喝？！”

“我替她喝，行不行？”坐在我们对面的邓乐站起来，伸手接过了酒杯。

席副镇长没想到会杀出邓乐这匹黑马，手里已经空了，手臂还举了好几秒钟。

“你要喝，就得喝光。”

邓乐看了一眼宝玲，他那一眼相当过分，就好像关小童不在他身边坐着似的，就好像他跟关小童不是一对儿似的，就好像时光又回到我们刚入学报到，他第一次看见宝玲似的。

“喝光就喝光。”

邓乐喝光了酒，张镇长第一个发出喝彩声：“好！好小伙子！我也要跟你喝一杯。”

4

邓乐喜欢宝玲，不是什么秘密。他有一阵子经常给宝玲送零食。宝玲连宿舍门都不让他进，不是跟他说有人在午睡就是说有人睡得早。邓乐只能伸进半条胳膊，把东西递给宝玲，然后离开。

我们把邓乐形容成一条狗，其实挺没良心的。邓乐送的东西大部分都进了我们的胃。我们把宝玲比喻成一根肉骨头，也挺没良心的。宝玲也许不会想到，我们或多或少地都有些讨厌她，我们有了男朋友，都不往宿舍里带。

我们搞不懂关小童是什么时候喜欢上邓乐的，她怎么会喜欢上邓乐的？邓乐对宝玲的苦苦追求，她可是和我们一样尽收眼底啊。他们两个突然好上以后，我们有一阵子相当郁闷。以前说了邓乐那么多坏话，那可都是当着关小童的面啊，如今她成了他女朋友，这不等于是往我们脸上狠啐了一口么?! 宝玲的解决方式倒很彻底，她和关小童彼此当对方是透明人，视而不见，听而不闻。

我们望着关小童，她看上去挺镇定的。用汤匙一口接一口地喝羊汤，好像被汤里的美味迷住了。

张镇长端着酒杯走过来跟邓乐喝酒，关小童站起来，把自己的座位让给了他。

“男子汉就要会喝酒，不喝酒算什么男子汉?!”张镇长看见邓乐把酒干了，咧开了嘴，笑得眼睛都变成一条缝了，问邓乐姓甚名谁。

“邓乐？乐不就是高兴吗？酒就是能让人最最高兴的东西。”

“小邓,”张镇长跟邓乐刚喝完，翟副镇长紧跟着过来了，“我也敬你一杯。”

服务员给邓乐倒上酒。

“邓乐其实不能喝酒。”宝玲说。

“心疼了?”翟副镇长笑嘻嘻瞥了宝玲一眼，冲邓乐举起杯子，“你小子艳福不浅啊。我先干为敬啊。”

翟副镇长把酒喝了。

邓乐看了一眼宝玲：“没事儿……”

他把酒也喝了。

“来，我也敬小邓一杯。”席副镇长朝服务员示意。

服务员又开了一瓶白酒，拿着酒瓶过来。

“不是已经喝过了吗?”宝玲有些急了。

“刚才那杯是替你喝的，你忘了?”席副镇长笑了，“这杯是我敬小邓的。”

“我没事儿，宝玲……”邓乐冲宝玲笑笑。

席副镇长的酒杯一空，他也把酒喝了。

“差不多就行了。都是小孩儿，哪能跟你们这些老酒缸比?”老板娘走过来，扶着张镇长的肩头，“坐下就开始喝，都没怎么吃东西呢，把菜和汤热热，让他们吃点儿饭吧。”

张镇长看了看我们：“喝好了没有?”

“喝好了喝好了喝好了。”我们齐声答应。

张镇长笑了。

服务员去热汤，老板娘把赵前老师拍醒。他睡了一个多小时，酒醒得差不多了。

喝汤的时候能看出邓乐不行了，他的手哆嗦着，舀汤时把汤匙掉进汤盆里，汤水溅起老高，好几个人同时朝后面躲去。

“对不起啊……”邓乐看了看我们。

关小童拿着一只空碗站起来，盛了一碗汤，放到了赵前老师的面前：“你解解酒吧，赵老师。”

“谢谢。”

宝玲看关小童稳稳当当又坐下了，起身盛了一碗汤给邓乐：“你没事儿吧？”她问。

邓乐摇摇头，他的脸色煞白煞白的，坐得比所有其他男生都直。

回招待所时，关小童和赵前老师走在最前面。赵前老师偶尔回头看看后面，问一句，“没落下谁吧？”

我们也朝后看，然后回答：“没有。”

和去时候比，我们的队形拉长了好几倍，有好几个男生吐了。宝玲和邓乐走在最后面，邓乐走一阵，吐一阵，宝玲扶着他，给他拍后背。

5

镇子很快就被我们弄熟了，我们知道在哪里能买到一块钱一个、又沙又甜的西瓜，知道哪个摊儿上的烤羊肉串最好吃，哪个地方能买到漂亮的蒙古刀。刀是弯的，像一个月牙，但没开刃。镇子里的人也都知道我们是来体验生活的。

“你们来体验什么生活？”他们问。

我们也不知道我们体验什么生活。刚上艺术学院时我们交各种各样的费用，引起争议的除了体验生活费300元外，还有影视观摩费200元。但后来我们发现物有所值，我们连续看了日本影片联展，法国电影周，台湾电影展映。我们还看过一台由日本演员演出的舞台剧，进剧场前每人发了一个语音转换的耳机，这样一来，演员们是日语对白，我们听到的却是汉语台词了。

到莫莫格，是我们第一次下来体验生活。我们被圈在一个用不上一个小时就能走完的小镇里，别说电影院了，录像厅也就那么三家，里面黑咕隆咚的，有一股难闻的味儿。相比之下，两家舞厅好得多了，能容纳下三十几个人同时跳舞。我们傍晚在舞厅跳舞，引来不少人看，老板说，等到周六周日，炼油厂的很多人都会来这里跳舞。

他说的那个炼油厂，我们已经在张镇长的安排下参观过了。炼油厂的气势很出乎我们的意料，很现代化。到处是高大的机械设施，厂区内的路能同时并行三辆重型货车，小花圃随处点缀着，虽然是种着普通的一串红和万寿菊，但因为没有什么污染，花的颜色格外艳丽。厂区里面很安静，除了机器的轰鸣声，就是风吹树叶的声音了。

6

第一天夜里邓乐是完全彻底地喝多了。半夜和他住一个房间的男生来敲我们的门，招待所隔音不好，他又太用力，敲门像擂鼓一样。

他在门外喊关小童，说邓乐吐得到处都是，他和另外三个男生都到别的房间去睡了，又不放心邓乐一个人，让关小童过去照顾照顾。

关小童躺在床上一动不动。不管外面怎么敲门，怎么叫她，就是一动不动。

隔壁的门打开了，宝玲的声音传了过来："我去吧。"

接下来的一个小时里，走廊里断断续续地传来宝玲轻盈的脚步声，在邓乐住的房间和水房之间来来回回地走动。她肯定是在替邓乐收拾残局。宝玲还能放下架子侍候男人，真让我们大跌眼镜。

第二天早晨，我们去食堂吃饭时，邓乐和宝玲已经坐在一个靠窗的位置上了。邓乐神采奕奕的，可能是跟宝玲坐在一起的缘故吧，他看上去比平时帅多了。两个人边说话边吃东西，那画面就像果冻布丁的广告。

关小童倒是一副宿醉未醒的模样儿，脸白得发青，眼睛下面有两块黑。我们谁也不敢朝她眼睛上看。

邓乐看见关小童时，动作僵硬了一会儿，很快就把目光转到宝玲脸上了。宝玲还是老样子，当关小童是玻璃人。

"豆浆里有股膻味儿。"关小童说着，用力地抽了抽鼻子。

我们不知道她什么意思，是豆浆真的有味儿，还是在暗喻什么。

"你尝出来了吗？"关小童盯着我。

我喝了一口豆浆。没什么特别的。

"可能是磨碎的黄豆没煮好。"

"你尝出来了吗？"她又问别人。

回答是各种各样的，除了关小童，我们都把豆浆喝了。还吃了一根油条。

那几天，宝玲和邓乐除了上厕所和睡觉，几乎变成了连体婴儿。男生们很不服气，跟宝玲开玩笑：“早知道会这样，别说是酒了，毒药我们也愿意抢过来喝的。”

7

周六那天，镇子里的人一下子多了起来，很多年轻、陌生的面孔出现了。他们是炼油厂的工人。那也是我们在莫莫格呆的最后一天。除了关小童，我们全都到集市上转悠，想买点儿纪念品带回去。

本来我们以为我们已经和这个镇子混熟了，但炼油厂工人们一来，我们又变成异乡人了。就像水消失在水里，新草从旧草中间生发出来，他们在镇子里就像回到自己家里，穿进穿出，硬着舌头用蒙古语和人开玩笑，随手从食品摊儿上抓东西吃。镇上的人对待他们也像是出远门儿的家人回来了，问这问那的，献宝似的给他们看新到的物件儿。

我们走过去时，总会有片刻的停顿。眼神儿，还有语言。不等工人们发问，镇子里的人就会主动告诉他们：“他们是来体验生活的。”

“体验什么生活?”话问得很大声，搞不清是冲着镇子里的人，还是冲着我们。

没有人回答他们。工人们盯着我们，镇子里的人也盯着我们。他们越盯得紧，我们越懒得回答。参观炼油厂时，他们介绍说厂里的工人都是中专毕业，中专毕业就了不起了？他们和镇上的人混得亲如一家又怎么样呢？虽然年轻工人发亮的、瞟来瞟去的眼光也满足了我们的一些虚荣心，但我们更强烈地感受到了一种排斥感，好像我们来到了不该来的地方，活该要被人审视和拷问。我们还觉得自己受到了欺骗，镇里的人原来并不喜欢我们。

晚饭我们是在镇招待所里吃的。张镇长把赵前老师请到家里去了，让他给孩子辅导辅导作文。邓乐和宝玲出去前，说不回来吃饭了。

“人家现在是只羡鸳鸯不羡仙，有情饮水饱。”

有人踢了这个嘴欠的家伙一脚，疼得他哇哇地叫。

关小童这几天瘦得厉害，就像一朵花儿在飞快地枯萎。我们出去玩儿的时候，她自己待在房间里织围巾，织好的部分和暂时未用上的毛线堆满了半张床，她睡觉时只能侧着身子。如果莫莫格是个会喘气儿的家伙，她用那条吉尼斯围巾把镇子勒死都够用了。

吃完晚饭我们回房间，几个男生也跟过来，打扑克之前我们先抽大小，输家负责去外面买啤酒。关小童不跟我们玩儿，她坐在床上接着织她的围巾。

十分钟以后，买啤酒的人和宝玲邓乐一起回来了，几个人跑得上气儿不接下气儿，宝玲脸色苍白，邓乐则是发红。

“搬桌子，先把大门顶上。”

8

宝玲和邓乐是在镇子上吃的饭，吃完饭他们和往常一样去舞厅，以为能在那里遇到我们。进去之后，发现舞厅里人满为患，里面烟雾缭绕，破木头地板被踩得嘭嘭响。宝玲一进去，立刻成了最惹眼的女孩子，有几个小伙子过来请她跳舞，她说不会跳，把他们都拒绝了。

如果他们这时候明智点儿，离开那个是非之地，也就没事儿了。她也确实跟邓乐说要回招待所。

邓乐却想跳舞，说明天就要走了，跳支舞，也算跟莫莫格道个别。

他们就跳了一支舞，这一跳，跳出麻烦来了。刚才被拒绝的家伙过来找茬儿，问宝玲："你不是不会跳吗？"

"你管我会不会跳？"宝玲也不甘示弱。

"你跟我说你不会跳，但实际上你会跳。你骗了我。"那个人不依不饶，"你不愿意跟我跳，可以明说，你为什么要骗我呢？"

"我不愿意跟你跳。"宝玲说。

"现在说这话已经晚了。"

四周看热闹的人都围过来，宝玲和邓乐费了好大的劲儿才挪到舞厅门口。

那个人，还有他的一些哥们儿，不让他们走，非让他们说说清楚。宝玲不想和他们废话，硬往外走，带头找茬儿的那个男的拉了宝玲一把，碰到了不该碰的地方，宝玲急了，顺手抄起门口放着的一个拖布，用拖布把狠狠地戳了那个家伙一下，拉着邓乐转身就跑。他们在离招待所不远的地方遇到买啤酒的同学，几个人一起跑了回来。

宝玲的话音刚落，杂沓的声音沿着镇子的三条道路朝招待所席卷过来，那些脚步声超越了发出声音的人，在招待所走廊里面轰轰地回响着。

“他们追来了。”

我们猜外面至少有二十个人，我们也有二十个人——大家全聚到我们房间来了——赵前老师不在，要是他在就好了。我们相信他会像第一天喝酒那样挺身而出的。有几个男生把买着玩儿的蒙古刀拿出来了，刀没开刃，但刀就是刀。刀一拿出来，气氛立刻变得不一样了。

有人绕到我们房间外面，用力地敲窗子。

“出来啊，你们，”他隔着窗子冲宝玲和邓乐比划：“把事情说说清楚，否则，你们一个也别想得好儿。”

我们谁也不说话。

“限你们十分钟。”窗子被啪啪地拍了几下，“十分钟，你们要是不出来，我们就进去了。”

他们离开了。外面一下子安静下来。我们这才发现房间里也很安静，连街上烤羊肉串儿的吆喝声都能依稀听见，更别提关小童织围巾的声音了。

毛线缠绕在针上，针是钢针，两根针碰一起时，发出轻声的脆响。

也不知道沉默了多久，宝玲开口说：“邓乐，我们出去。”

大家全都抬起头来看着宝玲。

“他们不是想说清楚么，我们就去跟他们说清楚。我就不信，他们敢拿我们怎么样。再怎么说，我们也是镇长的客人。”

“不行。他们肯定是喝了酒，情绪又这么激动，你们现在出去会很危险的。”

“他们确实喝了酒。”邓乐点头证实。

“他们喝了酒，如果我们不出去，那他们肯定会进来的。”宝玲只盯着邓乐，不朝别人看，“那样的话，会连累别人的。”

“他们不会进来的……”邓乐躲开宝玲的目光，“我们是镇长的客人，他们只是吓唬吓唬我们。”

外面“咣”的一声，紧接着“哗啦”一声，一块玻璃被打碎了。

“邓乐……”宝玲叫了一声。

“邓乐你不要去。”关小童突然开口说道。

大家全都扭头去看着她，她的针线活儿放下了，她和宝玲一样，两眼紧盯着邓乐：“人家又不是想跟你跳舞，你去干什么？”

关小童从床上跳下来，把邓乐拉到床上坐下，把围巾往他的脖子左一圈儿右一圈儿地绕：“我特意给你织的……”

第二块石头扔了进来，又一块玻璃“哗啦”变成碎片。

宝玲转身出去了。

我们在房间里，听见有人把堵在大门后面的桌子推开，桌子腿和水泥地摩擦发出难听的声音。

宝玲的声音从招待所门口传了过来：“不是要把事情说清楚么？说吧。”

“在哪儿说啊？”

“你说在哪儿说？”

“……还是回舞厅说吧，不回舞厅只怕说不清楚。”

“那就回舞厅吧。”

外面响起脚步声。

“我操……”有两个男生跑了出去，很快地，吵闹声和踢打声传了过来，又有几个男生跑了出去，带着没开刃的蒙古刀。我们从窗口看不到发生的事情，也一个接一个地跑出去了，只有关小童和邓乐还留在房间里。我们跑到门口，先出去的男生被随后出去的男生扶了回来，脸上青一块紫一块的。

“宝玲呢?”

9

我们满镇乱窜，花了一个多小时才找到张镇长和赵前老师。张镇长又找到派出所的人，我们赶到舞厅时，跳舞的人已经走得差不多了，服务员正打扫卫生呢。

舞厅老板看见张镇长和派出所所长带着我们进来，赶紧迎过来，他说那些人离开以后压根儿就没回来过。

派出所所长掴了舞厅老板一耳光：“说实话。”

“说的是实话啊。”舞厅老板捂着脸嘟囔。

有几个女生哭了。张镇长脸色难看，把舞厅老板臭骂了一顿，冲派出所所长挥舞手臂骂骂咧咧地吼，让他带人往炼油厂追。

赵前老师的脸绷得紧紧的，让男生陪女同学先回招待所，嘱咐我们，谁也不许乱走，哪儿也别去。他跟着张镇长他们一起开车四处找找。

我们回到招待所，聚集在宝玲的房间里，满脑子呈现的都是电影里的镜头。隔壁房间亮着灯，可没有谁提起关小童和邓乐。也没有人想讨论今天晚上发生的事情。大家沉默着。谁也不看谁。会抽烟的男生拿出烟来抽，后来不会抽的也都抽上了。再后来，女生也每人点上烟抽了起来。几盒烟很快就抽没了，大家凑了钱，又买了一条烟回来。

赵前老师回来了，他的脸上一点儿表情也没有，进门后顺手拿起烟来点上了一根。几个女生又啪嗒啪嗒地掉起眼泪来。

我们不是睡着了，我们不可能在那种情境下睡着。是房间里的烟太多了，我们大脑缺氧，才变得迷迷糊糊的，要不然，我们肯定会听到点儿声音的。

宝玲回房间里来过，她还拿走了一盒烟一盒火柴。

喷　泉

“那些水，”每天下了班，老安要在镇中心街边抽几支烟，看喷泉，“又薄又亮又滑，绸子似的，从水管里面变魔术。”

张龙总是直接回家。被煤尘浸透的帆布工作服硬挺挺的，他就像从盔甲里面钻出来，院子里两个大号洗衣盆里的水晒了一整天，暖洋洋的，有几次他身上的泡沫还没冲干净，吴爱云就从后面把他抱住了。

她的疯劲儿也跟喷泉似的，不管不顾，变着花样儿来。有一次她把张龙的脸咬破了，晚上吃饭时连老安都注意到了。

“怎么了？”他倒酒的手停在那儿，“你那脸？”

“真的呀——”往桌上端菜的吴爱云也凑过来看。

“刚才洗澡，”张龙抬起胳膊往外挡她，跟老安解释，“可能搓得狠了——”

“我看，像是女人咬的——”吴爱云吃吃笑，“有对象了？”

“没有，”张龙举起酒杯转向老安，“谁能看上我？”

老安跟他碰了下杯，两个人把酒喝光。

“那可说不定。好汉无好妻，赖汉娶花枝，”吴爱云扭着腰肢，边往厨房走边回头扔下一句，“我这朵鲜花不就插在牛粪上了嘛。”

“别欺人太甚啊你——”张龙说。

“我欺负你了吗？”吴爱云端着一盘削皮黄瓜和炒鸡蛋酱回来，放到桌子中央，偏腿坐到炕上，问老安，“你娶了我，高不高兴？”

“高兴。”老安当了半辈子矿工，皮肤和皱纹仿佛被墨染过，沟沟坎坎密布于脸上，他笑的时候，仿佛有个网被牵动了。

“女人就是花，”老安跟张龙说，“就得漂亮，不漂亮还叫什么女人？”

“要不是我妈那会儿生病开刀，急等用钱，我能嫁给矿工？！”吴爱云给自己倒上酒，举杯跟老安碰一下，又跟张龙碰一下，仰脖把酒干了，“——不过话又说回来了，那会儿就是一条狗一头猪给我钱，我都嫁！”

“让女人这么欺负，”张龙看着老安，叹了口气，“你还笑得出来？”

“张龙从小就是好汉，英雄气概。”老安对吴爱云说，“上中学的时候别人欺负我，追到我家门口，把我吓尿了裤子，张龙抄起菜刀冲出去，把他们全砍跑了。他岁数儿小，那会儿比我矮半头呢。”

“你还好意思说——”吴爱云哼了一声。

“没出事儿是英雄，”张龙把酒倒进嘴里，一小团火，从嗓子眼儿直冲进胃里，“出了事儿就狗熊了。”

“听说是为了个女孩儿，”吴爱云问，“谁啊？我认识吗？”

“连我都不认识。”张龙举起老安刚给他倒满的杯子，“干了？”

“怎么可能——”

“干了！”老安举着酒杯，两个人都不看吴爱云。

“到底是谁啊？”第二天他们钻进被窝时，吴爱云又问。

“我真不认识，”张龙说，“那时候打架也不需要什么理由，就是年轻，没事儿找事儿，乱打一气。”

“不爱说算了，”吴爱云哼一声，“满嘴鬼话——”

张龙上中学时天天带着刀，书包是老安替他背着。他有三把刀：一把是用电工刀改装的，刀身窄窄一溜，磨得锋利无比；折叠刀是钢的，银色外壳上面镌刻着双龙戏珠图案，刀子从槽里面弹出来时发出“咔嗒”的一声；最毒的是把三棱刀，短、窄、立体，刀身是黑褐色，刀刃磨成了三条窄窄的银带子，寒光闪烁，在刀尖处会合。

出事儿那天晚上张龙把三把刀都带上了，电工刀插在袜筒里面，折叠刀揣进裤兜，三棱刀有刀鞘，他用胶布把它缠在手臂上，用袖管盖住。出门的时候，他妈妈的叫声从后面追上来：“黑灯瞎火的上哪儿找死去?!”

他在老安家门口叫了老安两声儿，老安没出来。

张龙在巷口跟几个人会合，到了十字街大路口时，人数增加到二十多个。

马路对面，隔着水泥花坛，十来个年纪比他们大两三岁的少年出现了，他们人数少，但个子明显高过他们，体格也更结实。他们三三两两，分成几列从暮色和夜雾交织的背景中晃晃悠悠地走出来时，变成了能自行移动的山岭，而他们身后的阴影，让这些山岭有了双重重量。

张龙感觉到自己的腹部画圈圈似的扭搅起来，热滚滚的液体从身体深处源源不断地涌出，沸腾翻滚，回旋上升着涌向他的四肢和大脑——他的手伸进裤兜里握住折叠刀，打量了一下身侧及身后的伙伴，那天傍晚，天色死暗，所有的星星都落到少年们的眼睛里了。

当对面的人山再次移动，并且迅速变成几条河流朝他们包抄过来时，“你们记住，”张龙一字一顿，齿缝间龇出的丝丝寒气连他自己都感到吃惊，“软的怕硬的，硬的怕不要命的。”

张龙的妹妹大学毕业留在南方，嫁人后把父母接走了，房子留给了张龙。

初见老安时，张龙差点儿把他当成他爸爸，后来才想起来，20 年过去了，老安早就不是少年了。

不只是老安，当年跟着张龙打拼的伙伴儿，全都娶妻生子、变得灰头土脸的，他们少年时代具有的某些品质，类似翅膀或者爪子，曾像一层釉质让这些少年闪闪发亮，如今都消失不见了。

老安对张龙，还像当年一样谦恭，吴爱云热情好客，厨艺很拿得出手，后来，张龙发现她别的方面也不错。当然她也有不好的地方，胆子比母豹还大，半夜里溜到张龙家里，摸进他的被窝。

“你疯了?!”

“你怕了?!”

暗夜里，吴爱云的眼睛像两颗黑珍珠。

“——总要给老安留点儿面子吧。”

“你占了他的里子，还讲什么面子不面子的——”吴爱云手臂又凉又滑，蛇似的缠到张龙腰间，“放心吧，他睡得跟死人似的。”

吴爱云的身子结实，滑溜，在月光中出了水的白鱼般扭动扑腾着，叫声大得让张龙伸手去堵她的嘴，她把他的手指咬住了，咬痕处渗出了血丝。

“你属狗的。”张龙骂她。

“对，”吴爱云在他嘴唇上又咬一口，“啃不够你这根儿骨头。”

“早晚有一天，”张龙把她推开，“老安拿着菜刀冲进来，把我们剁成肉酱。”

“肉酱就肉酱，”吴爱云慢条斯理地穿衣服，“放点儿葱姜，加点儿芹菜，包饺子。”

溜走的时候，她倒挺麻利，一闪就没了影踪。

白天张龙跟老安一起下井，幸亏是井下，光线暗，张龙不必面对他的注视和笑容。张龙无数次地骂自己是混账王八蛋，但有了吴爱云以后，他再也过不了没有女人的日子了。

“你们那儿没合适的吗?”老安问吴爱云，“帮张龙张罗张罗，成个家。”

“倒有一个合适的，”吴爱云说，“不过，跟你结婚了。”

在井下，矿工们的玩笑粗鲁下流，主人公经常是吴爱云，老安软绵绵的反击只会让矿工们觉得那些玩笑越说越有嚼头儿，张龙努力充耳不闻，但有一天他的动作跑到了思想的前面，他操起铁锹挥过去，差一寸，就抵到那个家伙的喉咙口，铁锹边缘刃边银亮，寒气森森，那张装满了下流话的嘴巴都来不及合上。

“谁跟老安过不去，”张龙的话说得很慢，带着霜气，“我就对谁不客气。”

“他们是开玩笑，瞎咋呼——”晚上喝酒的时候，老安说，“咬人的狗不叫。”

张龙举着酒杯的手臂僵住了：“你什么意思？”

“没什么意思——”

“——我多管闲事儿了？！”

“你想哪儿去了？！”老安直摆手，他脸上炭黑色的皱纹耷下来，笑容里面带着苦相，“我的意思是，咱们这些煤黑子，脑袋别在腰带上，每天有命下到井下，有没有命上来都说不准呢，还计较个啥？”

“拿女人过嘴瘾，煤就白了？就长命百岁了？”

“喝酒，兄弟，”老安举起酒杯在张龙的酒杯上碰了好几下，“兄弟，喝酒。”

酒喝得别扭，张龙身体里面野火烧不尽，在炕上翻来滚去，期待着吴爱云能摸黑过来。等到半夜，回应他的，除了白泠泠的月光，还是白泠泠的月光。

第二天下井的时候，掌子面就老安和张龙两个人。塌方的时候，轰一声巨响，巷道里面雷声隆隆，煤尘云朵般飞扬起来，激流迸射，决口般地冲过来。张龙张开双臂搂抱住头，蜷成一团，任凭唰唰唰飘落的煤粉把自己掩埋。

不知道过了多久。黑暗里面传来话语声。

前两句他没听见。

声音像从煤尘里面渗出来的，闷闷的，似有似无。

“——你想过自己会这么死吗？”老安问。

“——想过，”张龙一张嘴，煤粉呛进嘴里，他吐了半天，“——但没认真往里想。”

就像少年时候，张龙想过杀人，但从没真想杀过谁。

“我想过，还经常做这种梦——最早跟我一起下井的弟兄，要么死要么残废，快占一半儿了。”

张龙没吭声。

“我们死了，吴爱云肯定闲不住，她会再找男人。”

张龙腾身而起，他人世间走一遭，一半时间在监狱里面度过，出了狱，又有一半时间在地底下，女人他是刚刚尝到滋味儿，还是占着老安的灶台炒剩菜。他不甘心，不认命。

煤尘仿佛一条河把他们浸在中间，张龙趟来趟去，终于，脚踢到了硬物。他把镐头捞起来，辨别了一下方向，去刨把他们封闭起来的那堵墙，他叫老安起来跟他一起干，外面有工人，他们肯定会接应、救援的。

老安沉默了一会儿，也过来帮忙了。

从井底下升上来时，艳阳当空，阳光金汤般地泼下来，张龙仰头看太阳，直看得两眼发黑，头晕目眩，泪水在他的脸上肆意奔流，井底下被汗水湿透的身体，又被新发出的水汗透湿。

矿主、工长，一大堆人等在井口，看见张龙、老安上来，矿主抓着他们的肩膀，连骂了几句脏话，他冲所有矿工一挥手：“喝酒去，今天谁不喝醉谁是孙子！”

喝酒中间，张龙出去上厕所，看见吴爱云跌跌撞撞地跑来，她的脸色煞白煞白，看见张龙，直扑进他怀里，伸手去摸他的脸：“我刚听说，吓死我了——”

张龙用力抱了抱她，把她从身边撕开，低声说：“人多眼杂的你别闹了——”

他回到饭店时，矿工们喝得脸色浓油赤酱，呼来喝去，声浪此起彼伏，吴爱云占了他的位置，坐在老安身边，啪嗒啪嗒掉眼泪。

“你有完没完？”老安说，“等我死了你再哭也来得及。”

“嫂子先回家吧，”张龙说，“让我们痛痛快快喝一顿。”

吴爱云点点头，抹着眼睛走了。

张龙坐下后，往窗外看了一眼，心里“咯噔”一声，窗框就像电视机屏幕，什么都看得清清楚楚的。

“咱哥俩儿喝一杯，”他举起杯子冲着老安，“大难不死，祝贺一下！”

“死了也没啥了不得的，”老安拿着酒杯，朝地上啐一口，“死了死了，一死百了。”

“那哪能？”张龙说，“好死不如赖活。”

他们从中午喝到黄昏，从酒馆出来的时候，喷泉在喷水，老安一屁股坐在马路牙子上，张龙犹豫了一下，也陪着他坐下了。

歌一首接一首地唱，男歌手女歌手，声音都仿佛在糖浆里面浸过，又被拉成丝线，织成了绸缎，从耳朵里钻进来，在人的心头上抚弄、撩拔。喷泉里的水，一会儿变成蘑菇，一会儿变成雨伞，有时候像花，有时候像叶片，忽儿浪起来，扭搅着跳起舞来，或者豁出去了，放焰火似的直冲上天去——

老安从地上起身，摇摇晃晃地走近喷泉，站在飞溅的水珠中间，引起围观者发出一阵阵的笑声。

张龙过去拉老安，老安一脸的水珠子，眼泪似的淌。

老安对喷泉的兴趣说没就没了。下班后他和张龙一起回家，他们站在自家的院子里冲洗，隔着木板墙障，看不见彼此的表情，但言行举止却看得七七八八。

老安在吴爱云身上动手动脚，他的突然袭击经常让吴爱云受到惊吓。她的叫声和斥骂好像非但没让老安住手，反而越发挑起了他的兴致，喝酒的时候，老安也越来越经常地在吴爱云胸上屁股上摸来蹭去。

“你的狗爪子能不能消停一会儿?!”吴爱云把菜盘往桌子上面一磏，菜飞了起来，又落下，她去了厨房。

老安嘿嘿笑，捻捻手指，举杯跟张龙碰一下：“喝酒。”

张龙喝不下去。他的食道仿佛塞满了酒精块儿，从胃里往上直垒到嗓子眼儿，梗得难受，他放下酒杯，冲到屋子外面。

“怎么了?”吴爱云跟出来，在他后背上拍打。

塌方以后，他们还没有机会亲近，她的手贴在他后脖颈处，指尖的温热像细钩子，把他身体里散落的委曲一网打上来，刚喝的酒刚咽下去的菜一古脑翻涌奔腾，全吐了出去。

“喷泉啦？”老安跟出来，“没喝多少啊——”

张龙甩开吴爱云的手，直起身子看着老安：“胃里不舒服，我先回去睡了。”

“咋不舒服了呢？酒没烫热？”老安把张龙送到门口，看着他打开自己家门，“——有事儿言语一声儿。”

屋子里面空荡荡的，张龙懒得开灯。月光透过窗户照在炕上，宛若雪白清冷的一床被子。他把被褥铺好，躺下，那床月光一半覆在他身上，另一半空空地笼着。

隔壁叮叮当当地发出声响，两口子好像打起来了。

张龙刚睡着，就被惊醒了。

吴爱云的身体又凉又湿，带着初秋夜寒的气息。

“你怎么——”

吴爱云捂住了张龙的嘴。她全身贴近他，在他身上蹭了蹭，他的身体噼里啪啦地迸起了火星，转瞬间就燃烧起来。他支起胳膊笼她在身下，就仿佛她是只虫子，是只小鸟，是浆汁饱满的嫩玉米，他焐着她，烤着她，让她外酥里嫩，香气四溢。

泪水从吴爱云的睫毛下面渗出来，漫洇在脸上。在灰鸽羽毛般的光线中，她的脸孔仿佛暗影中的镜子。

“怎么了？”张龙问。

吴爱云摇摇头。

“你们在井底下——”离开时，吴爱云穿衣服的动作停顿了下，“出什么事儿了吗？”

“我们被埋在煤里，”张龙反问，“能出什么事儿？”

“老安他——”吴爱云话到舌边又咽了回去，她在张龙肩头上咬了一口，叹了口气，“我走了。”

张龙的回笼觉睡到太阳升得老高。他出门的时候，吴爱云在门口跟邻居家的女人边择菜边聊天。

“老安一早叫了你两声，见你没应，先下井去了。”

张龙到井口的时候，正赶上大家吃午饭。

“昨天晚上干什么坏事儿了？”矿主开张龙玩笑，“现在才来？”

“喝大了。”张龙说。

“——跟我喝的。”老安冲着矿主，补充了一句。

“这多好，”矿主笑笑，“兄弟如手足。”

“兄弟如手足，女人如衣——”说话的家伙目光与张龙遭遇，咳了一声，冲着老安，“——是吧，老安？”

“吴爱云可不是衣服，”有人笑，“是床大棉被——”

没等老安接话儿，他又补充道，“任你铁汉钢汉，也能让她捂化了，浑身淌汗。”

男人们笑起来。

“放屁！”老安笑骂。

午饭后在掌子面儿倒堆儿的时候，老安被装满了煤块的手推车撞了个跟头，他从地上爬起来，嘴唇磕出了血，从煤尘中涌出股黑红来。

“梦游呢你？！”撞他的矿工吓了一跳，“没事儿吧？”

“死不了。”

老安脸上黑黢黢的，牙齿间漫着红血，笑容把他变成了恶鬼。

下班经过镇中心转盘的时候，张龙让老安先回家：“我有点儿事儿。”

张龙打发走老安，坐在马路牙子上看了会儿喷泉，水柱抽穗似的齐刷刷钻出来，颤动着，像风里的水晶庄稼。

20年前那个夜晚，就在喷泉这里，好多人受伤，血在暗夜里发出腥气，还有股奇怪的香味儿。那些血像蚯蚓一样从血管里钻出来，绵绵不绝，粘在皮肤上面，渗进衣服纤维里面。被三棱刀捅过的胸口，血汩汩地涌动，像个小泉眼。那个家伙高出张龙将近一个头，笑着看张龙，“——小兔崽子，还真有种!”

他的笑容恍恍惚惚地，渗进黑夜里去了，在很多个夜晚，这个笑容从张龙梦境深处，浮萍似的荡漾着。

张龙在“老马家的牛肉汤”里吃了碗牛杂汤饭，去澡堂子泡了个热水澡，找人扒皮似的给自己搓了个痛快，换衣服时他站在大镜子前面打量自己，白皮白肉，就连脸都比一般人白，像个书生。

“像个雪人!”吴爱云笑话他。

老安在他家门口抽烟。

“怎么蹲这儿了?”张龙问。

“吴爱云去你那儿了，”老安笑笑，“——不跟我过了。”

张龙进了门，房间里面黑灯瞎火，阒寂无声。他拉了下灯绳，昏黄的灯光像一泼颜料，“叭喇”泼亮了房间，吴爱云坐在炕沿边儿上。

“你干什么——”张龙压低了声音。

“我要离婚。”

张龙走到吴爱云近前，看到她转开的那侧脸，有些青肿，嘴角破了，带着血丝。吴爱云抬头看他一眼，泪眼汪汪。

“我跟他离婚，你要不要我?!”

张龙转身出了门，老安还在大门外抽烟。

“你他妈的真有种啊!”张龙踢了老安一脚，“别人装枪，你就回家放炮?!”

“今天看我自己回家，饭她也不好好做，我说了她一句，她一大堆话等在那儿——”老安朝地上啐了一口，迎着张龙的眼睛，“——刨了一天的煤连口热饭都吃不上，你说她欠不欠揍?”

张龙沉默了片刻：“——那也不能动手啊。”

“她那嘴，我能说得过她?!”

张龙叹了口气：“——你说几句软话，哄哄她吧。”

“还是你去吧。”老安把烟头扔在地上，用鞋底碾碎，“让她回来炒菜，咱哥俩喝两盅。”

张龙回家，走到吴爱云身边，“——你也有不对的地方，怎么连饭都不做了?”

“你去哪儿吃的饭?”吴爱云看着张龙，“有人给你介绍对象了?”

“你胡扯什么?”张龙苦笑了一下，“——我也不能天天跟你们两口子腻歪着啊。”

“我就要你天天跟我们腻歪着，”吴爱云把头埋进他怀里，搂着他的腰，“看不见你人影儿，我一分钟也活不下去。”

天阴得邪乎，黑云蘸了水，大巴掌似的从天上摁下来，矿工们黑蛆般在山坡煤洞口处，进进出出，蠕动不休。

吃午饭时，张龙拿着饭盒独自走到煤堆顶上坐下，煤洞周围的杂草两个月前还是青葱水嫩，娇滴滴的，现在绿火燃遍山坡，绿色也娇柔不复，变得泼辣，阴气十足。

矿工们在井口的木垛上分散坐着，抱着饭盒吃饭，话头儿三下两下又扯到女人身上。

“女人都一样。”

“那哪能？”

“有啥不能？不都是那一亩三分地儿。”

“可不是。”

“有啥不是？你们家吴爱云镶了金还是戴了银？”

“反正——”老安嘿嘿一笑，“区别可大了。”

“还区别？你区别过？”

“他没区别，吴爱云有。”

矿工们笑起来。

“放屁！”老安拉下脸来，“吴爱云真敢龇牙，我打不死她！”

“你打吴爱云？你也不怕风大闪了舌头？”

“张龙——”老安扭头朝上面喊，“他们不相信我打了吴爱云——”

矿工们的头向日葵似的，全都仰了起来。

张龙盖上饭盒盖，往下斜睨了他们一眼：“我也不相信。”

“就你个熊样儿，”矿工哄笑起来，有人把手里的半块馒头朝老安扔过去，“早晚把自己煮了，当供品供你们家吴爱云！”

老安对别人的话充耳不闻，他盯着张龙，目光像条毯子，一直铺到他跟前。

“嘴皮子磨够了吧？”工长看看表，招呼大家开工，“干活儿！”

张龙从煤堆上走下来，老安紧盯着他的眼睛：“你为什么不说实话?!”

张龙径自下了井，老安没跟上来。

张龙推了几趟煤，出来找老安，发现他已经不在了。

张龙回家时，吴爱云听见门响，从屋里出来，两只手沾满了面粉：“老安呢？”

“没回来？”张龙反问。

“看喷泉去了吧——”吴爱云看看身后，沾着面粉的手在张龙鼻子下面抹了两道，低声说，“给你包饺子呢，洗洗就过来吃吧。”

憋了一天的雨在他们吃饺子时下了起来，鞭子似的抽打着，仿佛十字街镇是个什么疙里疙瘩的脏东西，非得仔细冲刷清洗干净不行。

饺子吃完了老安也没回来，雨势倒是弱下来了。

“我找找他去——”

“死在外面才好呢，”吴爱云拉住张龙，“抱抱我。”

张龙用胳膊圈住吴爱云，被她在脸上拍了一巴掌。

“像饺子皮儿包饺子馅儿那样抱！”

后半夜的时候，雨停了一个多小时了，张龙听见隔壁大门门铃叮叮当当地响起来，老安在院子里面走动的声音，仿佛什么巨型动物撞了进来。

“吴爱云——”他声嘶力竭地叫，好像跟她隔着千山万水。

“大半夜你鬼哭狼嚎——”

“噗”的一声，吴爱云的话没了，被人吞掉了似的。

张龙从炕上弹起来，趿拉着鞋蹿出门，隔着木板障墙，他看到老安手里握着一块砖头，脚底下躺着吴爱云。

张龙不知道老安喝的是什么酒，但这个酒显然跟往日不同，平常的酒像蚂蚁蚀骨，一口口，不只把老安的骨头啃成了渣子，他的目光、笑容、言语，也都被蛀得拿不成个儿；这个夜晚被老安喝下肚去的酒，是硬的，冷的，像把刀揣进了老安的身子。

“老虎不发威，”老安晃晃手里的砖头，斜睨着张龙，随着老安的笑容，刀刃的寒气从他的眼睛、嘴巴、脸上的皱纹，密密麻麻地扩散开来，“你们当我是病猫?!”

“你是不是男人?”吴爱云问，“是男人你现在就去宰了他!”

老安的砖头是对着吴爱云的脸拍下去的，她皮肤细嫩，脸颊处擦破了皮，这其实不算什么，皮肤下面的打击才是动真格儿的，几个小时之后，她的半边脸会肿成水蜜桃。

“哑巴了? 怕了?”吴爱云盯着张龙，拂开他拿来的冷毛巾，“不用担心，你杀人，我偿命——”

“闭嘴!”张龙把手里的毛巾往地上一摔，他的心、肝、肺瞬间像烧红的煤块，把胸腔里面烘得热辣辣的，“你懂什么叫杀人?! 什么叫偿命?!”

吴爱云怔住了。

“——滚回家去吧!”张龙拣起毛巾，离老远朝洗脸盆里一掷，“你们两口子的事儿，我管不了!”

吴爱云把外衣的纽扣解开，她的手抖得厉害，纽扣解得很费力。

“你干什么?!”

“我检查检查自己，哪儿出毛病了，这么讨人厌——”吴爱云把衣服脱了下来，扔到地上，伸手去解胸罩后面的挂钩。

“抽什么疯，让邻居看见——”张龙拣起衣服往她身上披，吴爱云在他的手底下挣扎着，把胸罩扯掉了，胸前白嫩的两坨弹跳出来。

张龙的火直窜上头，扬手给了她一个耳光。

“你打我?!”吴爱云泪水薄冰似的凝结在眼睛里，她的目光从冰后面射出来，“老安打我，你也打我?!”

“——你不走我走!”张龙把衣服朝她身上一扔，推门出去。

老安不知道什么时候来的，背倚着张龙家大门，嘴里咬着烟，但火柴盒在他手里变成块湿了水的肥皂。

张龙从他手里抢过火柴盒，擦出火花时，火光映照出老安的脸，皱缩得像个核桃。张龙把火直接塞到了老安的嘴里，他烫得跳了起来，“噗噗”“噗噗”地吐个不停。

“好男不和女斗，”张龙盯着老安的眼睛，“有种你他妈的找男人单挑啊。”

张龙把外衣往身上一搭，去十字街找了个烧烤摊，喝酒喝到半夜，然后去澡堂子洗澡，在那里找了个床睡了。

第二天张龙直接去了井口。

“衣服怎么没换?”工长叫了他一声，追到井口里面，“帽子呢?”

张龙抄起铁锹干活儿。

工头把安全帽硬塞给他。

老安随后也来了，他去“老马家的牛肉汤”吃的早饭，还喝了酒。他把这两样味道都带进了井下。

“想拉你一起去的——”老安冲张龙打招呼，他的笑容也仿佛经过长期间的炖煮，“一个人喝酒，就像一根筷子夹菜似的。”

张龙没吭声。

老安倒也没像张龙想的，跟其他矿工们吹嘘打老婆如何如何。他把支巷木的工人拉下来，自己站在木桩上面。

“你行吗？”那个矿工问他，“酒气比瓦斯味儿还大呢。”

“井底下的活儿，”老安笑起来，“我闭着眼睛都比你们干得好！”

张龙和往常一样在掌子面儿倒堆儿，到了吃午饭的钟点儿，他推完最后一手推车煤，正要上去，“兄弟——”

张龙停下了脚步。整个上午，老安就忙活那几根木桩子了，张龙不想搭理老安，但这会儿除了他也没别人了。

“你站远点儿，”老安站在木桩上，手里拎着把斧头，他指了指井口的方向，那儿有光透过来，“——我想看着你的脸说话。”

张龙没动。

“你不敢站在光下面？！”

张龙走过去，竖井上面的光像束追光打在他的头上。

“你跟吴爱云，”老安有些哽咽，“以后好好过日子吧——”

“你说的什么屁话？！”

“你为我坐了20年的牢，别说老婆，”老安笑得脸上沟壑纵横，手里的斧头划着弧线抡起来，“我的命早就是你的——”

斧头砍下去的声音像深海处的涛声，黑暗如潮，迅疾扑上来，淹没了他们。

老安被救上来，得了什么寒症似的，刚立秋的节气，他把棉袄穿在身上还发抖。棉袄外面，他披麻戴孝。

吴爱云也披麻戴孝。她的脸颊肿胀消了不少，但青紫泛了出来，面相泛出股凄厉。她几天不吃不睡，瘦得脸颊都塌了，嘴角起了一片水泡。

张龙埋在西山下面的煤洞里面。矿主工长找老安商量了几次，尸体不是不能挖，一是成本太高，二是有没有这个必要。这些钱，还不如省下来给他父母妹妹。最后一次商谈前，矿主和工长替张龙算了一卦，卦上说，张龙已经入土为安了，再挖出来恐怕不吉利。

吴爱云冷笑了一声。

三个男人顿住话头儿，看向她，她推门出去了。

月亮当空，又大又圆。吴爱云的心也变成了月亮，虚白的一口井，没着没落儿。

老安夜里睡不踏实。两个月内，连着被埋了两次，他怕黑怕得厉害。

吴爱云半夜醒来，看见老安缩在墙角，用大棉被把自己包得像个馄饨。

“张龙在这儿——”老安盯着房间里面的暗黑，“我一睡着，他就来，就坐在炕边儿看着我，要么就站在那儿——”

老安指指窗帘，“一站站半宿，也不说话——”

“来了好啊，”吴爱云笑了，“我去烫壶酒，炒几个菜，咱仨喝儿蛊。”

“祸水，”老安看着吴爱云，骂了一声，“女人都是祸水。”

“你们在井底下，”吴爱云盯着老安的眼睛，“发生了什么事儿？”

老安没吭声。

吴爱云拿起枕头砸过去。

“——我们被埋在井底下，”老安把枕头甩到一边，“能发生什么事儿？！”

吴爱云僵住了，“——这日子没法儿过了。”

他们替张龙卖了房子，加上抚恤金，一起寄给他父母。他们接到通知后，没来认尸。当年张龙坐牢的时候，他父亲就放过话：“就当没这个儿子。”

吴爱云离开的那天，新邻居正好搬进来。人声喧嚷，噼里啪啦放了两阵子鞭炮。

吴爱云只带走了自己的衣服，一个大提包就装下了。出门的时候，隔壁搬家的人都出去吃午饭了。大门外爆竹皮剖肠破肚的堆着，吴爱云往张龙院里面看，房门开着，黑洞洞的一张嘴，房门口同样堆着爆竹皮，一撮红色，像是房子咯出的血。

秋千椅

欧式大铁门占了门脸的三分之二，装饰图案是纵横交错的花叶枝条，冷眼看密不透风，细品又疏可跑马。店牌鞋盒大小，四周有小花叶装饰，方正立于门楣之上，上面两个字是铸出来的：“午后”。

进了门，经过一个大玄关似的过厅，苏蓉看见康默。他坐在最里面、靠窗的位置，秋千椅是藤编的，从天花板上吊下来，他坐在上面既闲适，又有那么点儿怪异。窗台宽大，通常用来养金鱼的玻璃罐里面养着绿萝，营养液里面根系分明，枝条柔软、叶片翠绿，从罐口蔓出去，沿着窗棂布好的细绳蜿蜿蜒蜒地向上攀爬。

苏蓉向康默自我介绍，李阿雅临时有事，由她来给他做访谈。

“我是实习生，没什么经验。”

“白纸好啊，”康默笑笑，“可以画最新最美的图画。”

康默是电视台节目主持人，周六周日晚上十五分钟的“读书时间”以及每周一次的谈话节目“捕风捉影”——话题多为时尚热点和某些锐话题——收视率很高，他的主持风格优雅、知性、幽默。

苏蓉从双肩包里掏出本子、笔摆在桌面上，寻常的动作因了康默的审视变得有表演性了，她拿出李阿雅交给她的那张纸看了一眼，清了清嗓子，问：“这次您是媒体界唯一入选‘十杰’的，能谈谈入选感想吗？”

“受宠若惊。”

“对您未来的生活会有什么影响吗？”

康默耸了下肩膀：“拭目以待。”

“您怎么看待这个荣誉？”

“我所以伟大，”康默笑了起来，“是因为我站在巨人的肩膀上。”

苏蓉脸红了。她搞不清楚怎么做更好，把本子合上转身就走，还是把他的话实录下来发在报纸上？要是能把他讲话时的神情也描写一下就更好了。她的目光瞥向烟灰缸，发现里面有几支细细的抽了一半的烟蒂，过滤嘴的地方有口红印迹。

康默好像也意识到自己有些过分了，收敛了笑容，问她：“你是哪个学校的？”

“——师大。”

“什么专业？”

“新闻。”

苏蓉想起上大学的第一天，新同学见面会开得热情洋溢，大家的发言慷慨激昂，“无冕之王”频频出现，好像讲台上面堂而皇之就摆着个王冠。

“我们是校友，”康默说，“我是中文系的。”

苏蓉知道他们是校友，也知道他学中文。来之前她上网查过他的资料。

“学中文怎么会当主持人的？”

“我们刚上大学时，流行了一阵子舞台剧，我演过哈姆雷特、周萍，也演过屈原，电视台还录播过，后来他们想办个大学生类的娱乐栏目，就把我要过去了。挺没劲的，是吧？”

“有本事的人，”苏蓉说，“都这么低调。”

康默放声大笑时，某些封闭的东西也随着笑声奔涌出来。像点亮的灯笼，打开的酒窖，或者乌云滑过后喷射出来的阳光。他笑得那么厉害，连他坐着的秋千椅都荡漾起来了。

苏蓉也笑了。

“你们现在流行什么？”康默问，“DV、网恋、暴走，反正这一路东西吧，对不对？”

“你说的这些都存在，但因人而异。”

苏蓉就很少涉及这些时髦的东西。上大学的头半年，她过得相当辛苦。课本上的东西她倒不怕，让她困扰的是使用自动感应水龙头、在肯德基闭着眼睛流利地点餐、学会辨别看着很体面其实是地摊货，而一件破烂儿似的T恤衫却价值过千之类的问题，她还得知道切·格瓦拉的头像、甲壳虫乐队的经典曲目、好莱坞走红影星们的名字、动画片里面的标志性形象，国际一线化妆品品牌以及最流行的文化杂志和网站名称，更别提国内外明星们的逸事和绯闻了。

同宿舍的女孩子都来自大城市，有一个去欧洲旅游过，另外一个东南亚国家差不多走遍了，她们夏天穿大头皮鞋配牛仔短裤脖子上绕一条好几米长的围巾，数九寒天羽绒服里面只一件无袖体恤，她们对在校园里手拉手的情侣做鬼脸，对在宿舍里面过夜的情人却又视而不见。

她们对苏蓉挺好的，但这个好里面，同时还有一只手，在往外推她。苏蓉说不出具体例子，但感觉很强烈。她觉得自己受的伤害都是化骨绵掌，严重却又不露痕迹。

大三下半学期开始，她到报社实习。先是跟屁虫似的跟着别人东跑西颠儿，没钱拿还得倒贴车费通讯费，半年后开始跑边角新闻，新闻版主任觉得她文笔好，人也不错，有心栽培，她现在有基本工资拿，有各种补贴，还有点儿稿费，她很知足。

他们闲聊了一下午，临分手时，康默给了苏蓉一张软盘，让她利用上面的资料随便拼一篇稿子，有问题她可以打电话给他，当然了，纯粹的聊天他也欢迎。

“他帅吗？”

“你又不是没见过。”

“你见的是活的啊。”

“你见的也不是死——”苏蓉一笑，让汤呛着了，刘强替她拍了拍后背，她喘了口气，“——明星嘛，肯定长得不赖了，眼睛特别亮。”

“——你们聊什么呢？”

“他问我怎么看在身体上打洞的事情，还问学校里穿鼻孔耳洞脐环的人占多少比例，通常去哪些地方打？还有纹身的事情，他可能是想做这方面的话题吧。”

“午后”咖啡馆才五月份就开了冷气，柞木桌面有三本辞典摞起来那么厚，桌面凉得镇手，玻璃杯晶莹剔透，康默替她叫的“卡布基诺”也是冰的。苏蓉从咖啡馆出来，皮肤上面一层鸡皮疙瘩，坐在公共汽车上人还是皱缩的，直到回到这间租屋，进门闻到从骨头缝里炖出来的香气，醇厚、浓郁、毛毛雨似的荡漾在房间里面，她的毛孔才醒转了来。

苏蓉和刘强是高中同学，苏蓉是尖子生，刘强是中等生。高考结束那天，他送她一个小盒子。她回家后打开看，盒子里面是颗玻璃心，玻璃心中间有缝，插着个锡纸做的箭，锡纸箭带着淡淡的烟味儿，苏蓉费了不少时间才把箭拆开，抚平，背面有首诗：

“上邪！我欲与君相知，长命无绝衰。山无棱，江水为竭，冬雷阵阵，夏雨雪，天地合，乃敢与君绝！”

和刘强的爱情比起来，那个字条更让苏蓉吃惊，字迹细如蛛丝，小如蚂蚁，真不知道他是怎么写上去的。她想把这个纸条再折成那个箭，但无论如何做不到，最后她把它团成一团，扔进装幸运星的小玻璃罐子里。

他们一起来到这个新城市，这个新城市让刘强很兴奋，简直就是一个硕大无比的玩具，几天的工夫儿，三十多条常用公交线就像长在他手心里面似的，书店、电脑城、手机城、电影院他如数家珍，连菜市场、夜市他也门儿清。他带着苏蓉四处闲逛，在公园骑双人自行车，吃味道和价钱都说得过去的小吃。

为了见苏蓉方便，刘强在师大附近租了间房，周一到周五他在他们学校附件的网吧当网管，周六周日跟苏蓉一起，她看书，他上网研究菜谱儿，三年多的时间，刘强从饭来张口变成美食专家，苏蓉请同宿舍里的女生到刘强这里聚餐，她们说，刘强调的麻辣汤比重庆秦妈火锅连锁店里的汤还地道呢。他的东坡肉、松鼠鲑鱼，让女生们吃上了瘾。大学最后这一年，他们又要写论文又要找工作，肾虚肝火旺，刘强买了个瓦罐回来，茶树菇炖排骨、花生煲猪脚、黄芪党参炖土鸡，厨房里每日香气袅袅，苏蓉不时对着镜子惊叫："天啊，又胖了一圈儿!"

"见到了偶像，"刘强把正嚼的一根黄瓜举到苏蓉的嘴边，"什么感觉?"

"你有完没完?无不无聊?!"苏蓉瞪刘强一眼，筷子往桌上一拍，起身走了。

"跟你闹着玩儿呢。你怎么那么没幽默感啊?"刘强过来哄她，"把饭吃完啊。"

苏蓉不理他，径自上网看新闻。刘强把她剩的饭两口吃完，把碗碟都收到厨房里。

苏蓉把康默给她的软盘输进电脑里，里面都是以前他接受报纸、杂志采访时的报道和印象记，还有几张他的照片，有一张是他在一个寺院门口照的，姿态闲闲，就像那句唱词："我本是卧龙岗上，散淡的人——"

苏蓉给康默打了个电话，她的报道写好了，发表之前，他想看看吗。

他说好啊，说他在碧湖公园，让她现在就打车过去。

到了那儿苏蓉才知道康默在拍MV，她不知道他还唱歌。她把稿子给他，他随手掖进包里，牵手把她带到一个中年女人面前，问："她怎么样?"

中年女人用目光从上到下把苏蓉梳了一遍："试试吧。"

苏蓉被送到化妆师那儿，化妆盒很大，粉残胭脂旧，面刷的刷毛颜色暧昧，睫毛膏粘腻打结，化妆师噼噼啪啪在苏蓉的脸上忙活了一阵。中年女人站在化妆师旁边给苏蓉说戏，说她演的是一个暗恋康默的女生，教她如何用眼睛和身体语言表达爱情。

整个下午苏蓉在导演的指导下跑来跑去，用深情的目光追逐着康默的身影，导演要她做出惆怅的样子，可她不确定如何才算"惆怅"，一个"惆怅"折腾了四十分钟才算通过。康默也比她好不到哪儿去，他一遍遍地唱同一段歌，每次都要做出新鲜、喜悦、深情的表情。

拍完已经是傍晚了。康默想请她吃饭，又有个必须要去的聚会，苏蓉看他那么有诚意，又那么为难，就跟他去参加聚会了。

那些人里面苏蓉只认识卜婵娟。她跟康默是同一个电视台的，也是文艺频道的主持人，她代言的地板广告印在好几条线公交车的车身上。

苏蓉脸上带着厚厚的妆，拍了一下午，加上出汗，毛孔都塞住了。跟大家问过好她跑去洗手间洗脸，听见两个女人说看见康默也在这里吃饭，说他："比金城武还帅。"

苏蓉用香皂洗干净脸，找不到合适的东西擦，甩着水珠儿往回走，在包房门口她听见有人调侃康默："80后都带出来了？真好意思啊你！"

"嘴下留德啊，"康默说，"我们可不是你们想的那样儿。"

"我们想的哪样儿——"

苏蓉进了包房，话题戛然而止。

她坐到康默身边的空位置上。大家开始讨论刚刚倒进杯里的冰红，卜婵娟话少，吃得也不多，不过那顿饭局下来，她一个人喝了将近两瓶红酒。散局时，她面色酡红，眼波流转，对着康默妩媚一笑。

"你送我回家。"

康默连声道歉，说答应了送苏蓉的，他们还有个采访呢。没等苏蓉推托，已经有人自告奋勇当护花使者。

康默带着苏蓉离开，在一个路口等灯时，他指着远处的高楼给她看："我就住那儿。"

"——像个竖起来的珠宝盒子。"苏蓉说。

康默笑了："去坐会儿吧。"

康默的房子是个二百多平方米的复式，连接上下两层房间的是一段S形的扶梯，锻铁栏杆让苏蓉想起"午后"。房间颜色以蓝灰为主，器皿多是玻璃和不锈钢的，坐在客厅望着外面的灯火，仿佛置身于一个幽深的湖里。

康默给苏蓉倒了杯柠檬水，飞快地把她的稿子看完。

"你写得我都找不着北了。"康默说，"你真是天生的记者。"

"我要早知道记者是怎么回事儿，"苏蓉说，"才不做这行呢。"

不光她，实习过的同学大多都后悔学了新闻专业，一致认为“无冕之王”是世间最无耻的谎言之一。同寝室有个女生是娱乐版实习记者，她说记者追逐明星无异于群狗从一根骨头上啃肉星儿，保镖的铜胳铁膊，杵一下半天倒不过气儿来，搞不好腿还会被踹上一脚；即使是明星接受采访，让你在酒店套房，或者餐馆外面等几个小时也是常有的事儿，有一次她倒是被大明星请进了房间，可人家一开口就是：“不介意的话先帮我按摩下腿，好吗？”

过了一周，康默的MV播出了。苏蓉暗恋康默的样子被拍得有些傻气，某些表情还鬼鬼祟祟的，但她穿着白T恤衫，新旧恰到好处的水磨蓝牛仔裤，黄色鞋带的帆布鞋，在光影斑驳的林间小路上奔跑的一系列镜头却拍得非常漂亮，她像个小马驹，奔向美好的新生活。康默有几个特写镜头也拍得挺好，他笑容灿烂，像给牙膏做广告似的。

刘强看这个MV时，就像被一盆看不见的水当头泼过，他身上的T恤衫是20块钱在早市上买的，洗过后垮垮的，但现在好像全靠这件抹布似的衣服撑着，他才没跌倒。

拍MV的事情苏蓉早就告诉他了，去康默家聊天的事情也说了。刘强不相信他们独处了那么长时间，只是聊聊天。

“现在连天方夜谭都不这么编了。”

苏蓉跟他吵了几句。

“你急什么急啊？！”刘强又说，“有理不在声高！”

苏蓉也自我安慰，是啊，清者自清，急什么急？但话说回来，女孩子随随便便接受男人的邀请去家里，即使是聊天，也够暧昧的。

刘强跟钟摆似的，来来回回在苏蓉面前走，叽里呱啦吵了半天，最后把门一摔，自己去厨房生闷气去了。黎明时分，苏蓉都迷迷糊糊睡着了，刘强上床从后面紧紧抱住了她，他凉得像冰块儿，跟她道歉："你心里坦荡才会对我实话实说，其实你完全可以骗我的。我真蠢!"

苏蓉的泪水涌了出来，一只眼睛里的泪水还滑落到了另一只眼睛里面，"比驴还蠢!"她在刘强胳膊上掐了一把。

康默的MV是公益广告，翻来覆去地播，连公交车上面的电视都播，刘强没再跟苏蓉发脾气，他的脾气变成了一个拳击手，每天跟他的理智较量点数，苏蓉好几次想跟他说："你还是发发脾气吧。"

"词曲写得像棉花糖似的，太粘牙了，"刘强跟苏蓉分手的时候，评论了一下那个MV，"但康默唱得挺好的。"

苏蓉没哭，但全身发麻，微微地冒着冷汗。她第一次凌晨被电话叫醒，赶往一个交通事故现场时也是这种感觉。出租车在铁门和重型卡车中间，像被捏瘪的易拉罐。苏蓉不想往出租车里面看，但她必须得看，还得把这个情景用文字重现出来。肇事的卡车司机脸色惨白，扎煞着两手，从表情上无法确定他是醒着，还是仍旧在梦里。

康默有个很大的开放式厨房、从小到大七个"双立人"平底锅像艺术品挂在墙上，刀、铲等其他厨房用具庄重、优雅、冷漠，还有好几套瓷盘，其中一套白底青花的拆了包装摆在橱柜里面。平时他们喝茶喝咖啡用的杯子是从"宜家"买的，好用，坏了也不心疼。

台桌很大，椅子很舒服。

苏蓉做过一顿饭，那会儿她跟报社请假，在家里打毕业论文，接连吃了几天麦片、面包和牛奶咖啡，她的胃疯狂地怀念以往的姹紫嫣红、热火朝天。她去楼下超市买了牛肉、各种辅料以及调味品，花了好几个小时，把一锅牛肉块炖成了黑焦焦的炭块。

为了把附着在锅壁上面的黑斑蹭掉，她的手都快磨破了。她又去买了能让钢锅恢复光泽的洗涤剂，德国产的，一小瓶要一百多块钱，折腾了一下午，最后总算把锅恢复成了原样儿。

“什么味儿啊？”康默一进门就问。

苏蓉蜷在沙发里面，泪流满面。

他们找了一家杭帮菜馆，点了黄焖牛肉。等菜的时候，康默像对待小狗似的，手插进她的头发里，揉了揉她的头顶。

牛肉做得酥烂、软香，但色香味离刘强的手艺差了老大一截儿，苏蓉记忆中的牛肉块从锅里捞上来时，是一碗香气四溢、闪闪发光的金子。

相对食物，康默更在乎饮料。茶、咖啡还有红酒，在他家里都各自有存放的地方，冰箱里的果汁和牛奶总是不等喝完就已经被新货取代。

他们手里总是有个杯子，无论在楼上卧室或者楼下客厅，聊天或者打电脑。他们还经常坐在厨房台桌边儿上喝东西，谈话内容大多跟书有关，经典名著、当下流行、轻松有趣，或者短小精悍。康默承认，他在“读书时间”里推荐的书有很多是书店希望他推荐的，还是“有偿”，每周都有一大包书被快递到他家里来，零零散散寄给他的也不少。有一些书他让苏蓉读，读完后把大意讲给他听，在书页上把精彩段落标注出来，如果能上网查查和这本书有关的逸闻趣事就更好了。

虽然书是苏蓉读的，但康默在节目中的发挥精彩极了，旁征博引，风趣幽默，又总能切中要害。在“捕风捉影”的节目上，有个女嘉宾是人造美女，她直言她就是为了得到像康默这样的男人，才去整容的。

有天晚上，苏蓉洗了澡出来，康默穿着白色棉布家居长裤，白色T恤衫坐在一盏灯下面读书，他的身影映在身后的落地窗上，苏蓉看见了两个康默，一个真实，一个虚幻。

过了好一会儿，康默才发现苏蓉在注视着他。

“你也知道自己很帅很帅，对不对?”

康默笑了，把她拉到他的膝盖上坐下，在她鼻子上点了点：“你知不知道你傻乎乎的?”

“你才傻呢。”

苏蓉心里明白，她是傻乎乎的。他喜欢她的傻乎乎。他跟她承认，他以前谈过几次恋爱，她跟着他出去，也见识了几个女人。她们都跟卜婵娟不乏相似之处，个个都是白骨精，瘦得皮包骨头，靓丽得让人喘不过气来。她们跟康默都很亲近，苏蓉猜不出哪个是他的前女友。也许全部都是吧。

康默的书房挂着一幅油画，上面画着一个女孩子，鼻子尖尖，睫毛长长，眼睛水汪汪的，既写实又抽象，苏蓉总是想起这个女孩子，就像刚掉了颗牙，舌尖会忍不住去舔牙床上的空洞一样。

苏蓉采访时，认识了一个中年房地产商。第一次见面就夸苏蓉长得好，有旺夫相儿。专访见报以后，他请苏蓉吃饭，婉转而又明确地表达了他的想法儿。

“我现在知道自己身价了，”苏蓉对康默说，“市中心地段一套七八十平方米、精装修的房子，加上家具家电，市值七十万左右。”

如果是刘强，这些话会把他变成扔进油锅里的油条，但康默只是笑笑。他的不以为然很像苏蓉同寝室的那些女生，在她的着装、语言模式变得跟她们一致，并且青出于蓝，某些细节闪亮发光时，她们就像康默那样笑。

康默有个大学同学新近当了爸爸，摆百日筵时，他带着苏蓉一起去祝贺。苏蓉没想到会有那么多人，简直就是个大派对，卜婵娟也来了，拿着高脚杯，跟苏蓉拥抱了一下，然后就被几个男人拿俏皮话给围住了。

康默也被人拉走了，除了卜婵娟，还有几个女人相貌或者气质，很引人注目。

苏蓉不认识谁，去逗小女婴玩儿，她生下来时六斤六两，小名儿叫六六。女主人忙着招呼客人，把六六差不多全扔给苏蓉了，苏蓉给她换了两次尿布，喂了一次奶，她的目光偶然碰上了康默，他站在几个同学之间，看着她笑。

抱六六太久，苏蓉觉得自己身上有股奶酸味儿，一回家就跑去楼上冲淋浴。她洗澡的时候，康默进来了，坐在狮爪浴缸边上：“我们也生个孩子怎么样?”

“不结婚就生孩子，你想让我妈打死我啊。”

“那就先结婚。”

苏蓉擦了一把脸上的水珠，看着康默。

他没开玩笑。

“——干吗跟我结婚?”

康默笑了:“为什么不能跟你结?”

他说完就走了。

花洒里的水慢慢地降温，苏蓉仍旧一动不动地站在水底下，她的身体处于一种奇特的状态，就像酒心巧克力。

康默想跟她结婚，还想跟她生孩子。他喜欢她。苏蓉对着镜子打量自己，她并不比他身边的其他女人漂亮，她也不比她们丑。她目光清澈，有一些未脱的稚气，固定的、永久性的表情还要过几年才会在她脸上落足。可能就因为这个，虽然她谈过一次变爱，康默仍然觉得她单纯天真吧。

可她没他想象的那么单纯天真。她留意到他虽然求婚，却没说他爱她，哪怕只是象征性、表演性地说一句。可能他以为她会被喜悦冲昏头脑，压根儿不会注意这些细节，但她注意了，而且介意。

她知道爱是什么。她跟刘强第一次接吻时，他全身颤抖，牙齿咔咔嗒嗒地打冷战，他在电影院昏暗的光线里面打量她，好像她原本是银幕里面的人，某种特殊而又神奇的力量把她送到他的身边;他还曾经用力地抱紧她，恨不能把自己擀成个面皮儿，把她像馅儿那样包裹起来，“我从来没想过身体会这么好!”他在耳边一遍遍地低语，“这么好!这么好!好得不能再好了!”

她去找过刘强。他现在在一家建筑设计公司当制图员，那家写字楼的一楼是咖啡厅，苏蓉把普洱茶从酽红喝到淡褐色，终于在电梯那儿看见了刘强，他瘦了，显得更高，头发短短的，黑色弹力短袖T恤衫配黑色牛仔裤，冷眼一看有点儿像黑客帝国里的里维斯。他夹杂在几个同事中间，离开了。

苏蓉在他们离开后，上楼去他们公司，她说她是刘强的同学。他们说他刚走，要不要打电话给他？

苏蓉说我自己打给他好了。

她看见刘强正在画的图纸，吃惊不小，他的笔触比发丝还细，在一张纸上用三维空间微缩了一栋建筑物所有的细节。苏蓉想起他当年给她的那支锡纸箭，以及他的厨艺，想哭，刘强是三千尺桃花潭水，也是润物细无声。

苏蓉在卧室里检查了一下自己的东西，她的东西大部分都放在她搬来时的两个大箱子里面，康默跟她说过她可以把衣服挂进衣橱里，她庆幸自己没挂。而其他东西在这个家里，根本没有拿出来的必要。

她下楼找康默，他在打电话，笑得很开心。苏蓉知道自己会记住这个家点点滴滴的一切，就仿佛刘强画的效果图似的——螺旋楼梯，凸形落地窗，坐起来非常舒服的那组白色沙发——康默也用玻璃罐子装营养液养绿萝，拳头大小，小小一棵绿萝，点缀在茶几上面——以及那组音符般钉在墙上的“双立人”和美学价值远超过实用价值的青花瓷器，还有书房里的那些书，一直在淘汰，但数量仍像杂草一样在飞快地生长。

还有那幅画。从苏蓉第一眼看到，画中的女人就整夜整夜地徘徊在她的梦里。

康默的电话打完了，也来到书房。

“她是谁啊?”苏蓉问。

康默走到她身后，也往墙上看。

“谁知道。”他说。

去远方

凌晨五点半，我去车站接孜枚。这差不多是一天中气温最低的时刻，天气预报为零下 23 度。

此刻，天还没亮透，从雪地上面浮起的寒气是淡淡的紫色。

除我以外，还有几十个接站的人，全缩在厚厚的防寒服里，有一个中年女人的脸蛋好像两个冻柿子，颜色像，质地看上去更像。她戴着厚厚的棉手套，手里举着一块招待所的牌子。

从广播里传出一个女人懒洋洋的声音，说火车正点进站。大家都松了一口气，冰冻的气氛缓和了一点。又过了一会儿，几个穿制服的女人从值班室走出来，一人把着一个出口站定后，呵欠打得整张脸都撕开了，也不用手挡一挡。接站的人全都聚集到旅客出口的栏杆边儿上，头从帽子里伸出来，脖子抻得长长的，往出站口的方向打量。

出站口仿佛一张扁扁的，巨大的嘴巴，伴随着广播声开始往外吐人，先是几个，然后是一大群，脚步声轰隆隆地朝出口处涌过来。

我站在人群后面，背靠着一根廊柱，同时盯着两个大门，以防孜枚从我的视线里漏出去。

我和孜枚有五六年没见了。她曾经给我写过一封信，说她要去厦门发展。此后的几年她一点消息都没有。三天前，她突然给我打来电话，说她现在在东北，回厦门前想见见我，如果我方便的话，她将从我所在的城市飞回厦门，这样一来，我们有一个白天的时间可以在一起。

我对孜枚说："你一定要来，到时候我去车站接你。"

我的肯定反而让孜枚犹豫不决似了，她沉默了一会儿，又问我："你真的欢迎我吗？"

"当然，我们再不见面的话，我快要记不得你长什么样儿了。"为了表示我的诚意，我大声地冲话筒里面喊了一句，"快来吧，臭丫头。"

孜枚笑了："好吧，我去。"

放下电话后，我又回到写字桌前继续校对一篇小说，我坐了半个小时，连一页纸都没翻过去。孜枚的身影在那些黑字中间隐隐约约地抖动，好像正从文字里面走来，又好像刚预备从文字里面离去。

上初中三年级时我得过一场病，休学了半年后，回学校复读时我插班到孜枚所在的班里，和她坐同桌。孜枚穿着一件款式和质地都很新潮的衣服，拉链从后面一直拉到领子上。可能是她浅巧克力色的皮肤，或者是她嘴唇的那种丰满，孜枚给人以异样的感觉。多年以后我才找到词来形容孜枚留给我的第一印象，她很性感。

我们的班主任叫徐文清，是个瘦瘦的，很寡相的女人，总是梳着直愣愣的短发。我从来没看见她穿过一件颜色鲜艳的衣服。徐文清在管理学生方面有一套独特的办法，她认为只有保证了纪律，才能保证成绩。初三年级的教室是一排平房，徐文清的脸常常出现在某个窗子边儿上，往教室里面打量。如果哪个倒霉蛋儿上自习课说笑打闹时被她抓住了，肯定是要挨上两个耳光了。

每天放学前，徐文清都把犯了错误的学生叫到黑板前面来站成一排，这种时候班里变得鸦雀无声，抽耳光的声音听上去格外响亮。徐文清的脸上泛起红润，眼睛比任何时候都变得更加明亮。我们都猜想徐文清那么热衷于抓纪律，其实是为了满足自己打人的需要。

我插班还不到半个月，就发现徐文清不喜欢孜枚，而且似乎到了恨她的程度。她看着孜枚的眼神儿就好像她是一个多么下流的人似的。

有一天我在操场上遇见徐文清，她很亲切地叫了我一声。

我站住等她。

徐文清走到我面前，她比我只高半个脑袋，但她身子里好像灌了铅，或者铸了铁，很有重量感，压得我不敢抬头去看她。

“最近我经常看见你和曲孜枚一起上学放学了。”

“有时候——”

“你怎么能和她那样的人一起上学放学呢?”徐文清的口气变得不太高兴。

我抬头看了看她，她很温和地望着我。

“曲孜枚可不是什么正经人，以后离她远点儿。”徐文清拍了拍我的肩膀，转身走了。

这件事我从来没对孜枚说过。后来我知道徐文清差不多跟所有与孜枚走近的同学说过类似的话，孜枚知道这些事儿，她恨徐文清恨得牙痒痒。

但是，也不能说徐文清的话没一点儿道理，孜枚的确是个很另类的女孩子。我在高中时代所经历过的震惊，差不多全是通过孜枚带来的。那时候孜枚已经在一所技校读书了。技校和工厂联系得比较多，课程也不只限在书本内，技校的学生每个月都有机会到工厂里实习。在我看来，孜枚已经过上非常社会化的生活了。她给我讲的很多事情也证明了这一点。

有一个星期天，孜枚来家里找我，我们闲聊了一会儿，她突然停了口，表情神秘地问我：“你知道吃什么样儿的药能打胎吗？”

我呆怔了一会儿，很快把目光移到她的肚子上。

孜枚笑了：“不是我，是帮别人问的。”

“你为什么不去问你爸？他是医生。”

“烦他。”孜枚撇了下嘴，说起别的事情来了。

孜枚的爸爸名声不好是出了名的，他经常与女病人发生婚外情，在挑选情人方面，标准随和得让人难以接受。孜枚的妈妈管不了丈夫，一有事儿就对着孜枚哭哭啼啼。

高中一年级那年的暑假，一天下午孜枚匆忙地跑来找我，她穿了一身运动服，还有球鞋，怒冲冲地对我说：“我要去打一个人，你敢不敢跟我去？”

“打谁？”

“我爸又和一个女的搞到一起去了。还想和我妈离婚。我要去教训教训那个臭不要脸的第三者。”

以前我从没有过打人的经历，但孜枚把话说出来后，我毫不犹豫地答应了。

我换上了运动鞋和牛仔裤，坐在自行车后座上，孜枚带着我，一路飞快地蹬着车子，来到一家饲料加工厂。那个女人在这家工厂里当会计。孜枚在找我以前，已经做过调查了，那个女人三十多岁，没结婚，有点胖，平时骑着自行车上下班。我问孜枚她长得什么样儿，“就是一个贱货的模样”，孜枚说。

我们在饲料加工厂外面等了整整一个下午，那天的太阳非常毒辣，把地上的土全晒成了粉末状，我们站在马路边儿上，汽车开过去后，卷带起一阵雾状的尘土，落到我们的头发上，脸上，衣服上，鞋上。我的手心被渗出来的汗弄湿了，黏糊糊的，而嗓子眼儿里却干得冒烟。

我和孜枚反复商量着打人的事儿。需要我做的事情很简单，那个女的骑车或者推车走出单位大门后，我只要上前拖住自行车就行了，孜枚认为她自己足够对付她的。孜枚的腿又长又直，以前在校体育队受过训练，初中三年她一直保持着年级五千米长跑冠军的头衔。我们预定的目标是把那个女人打得面目全非，让别人一看见她的脸，就明白她因为生活作风问题挨了揍。

我和孜枚那一下午让太阳把头皮都晒疼了，也没见到想等的人，后来我们向从工厂里面走出来的一个人打听那个女人，他说她得了感冒，没来上班。

我和孜枚推着车子往回走，孜枚的脸色很难看。走着走着，她突然冒出一句话来："她可能没得什么感冒，待在家里与我爸爸鬼混呢。"

我没说话。整个下午神经绷得太紧，这会儿一放松下来，全身上下有一种懒洋洋的疼痛感。

我看见孜枚从人群里出来了，她没怎么变，头发染成了棕红色，和肤色很配，紧身的皮夹克竖着毛领。她边走边和身旁的年轻男人说着话，他手里拎着一只红色的提箱。

"孜枚——"他们检过票从出口出来，我叫了一声。

孜枚对着我绽放了一个笑容，走过来抱了我一下，她的脸颊贴到了我的脸颊上，身上的皮革气息和车厢里沾染到毛衣上的烟味儿冲进我的鼻子里。

"你的脸比冰块还要凉。"孜枚说。

"给我吧。"我从她手里把一个背包拎过来。

孜枚转身从站在身后的男人手中把提箱接了过来，冲他笑着说："真是太谢谢你了。"

"别客气。"那个男人的目光恋恋不舍在孜枚的脸上咬着，"有空打我手机。"

"好的，再见。"孜枚冲他挥挥手，拉着我往外走。

这会儿，天光已经大亮了。

"你的朋友吗？"我问孜枚。

"不是，在车上坐卧铺时正好对面。他献了一路的殷勤，下车还帮我拎箱子。”孜枚低声说。

“你本事挺大的嘛。”我笑了，拦了一辆出租车，招呼孜枚坐上去。

“忘了徐文清说过什么了？勾引男人是我的特长啊。”

“你还记得她啊？”

“永远也不会忘。”孜枚的嘴唇上抹了银色的口红，在这样的早晨，她不化妆的脸孔看上去冷冰冰的，像个病人。

“你还不知道吧？”坐进车里后，孜枚说，“徐文清的丈夫死了。就是那个胖乎乎的、戴着眼镜的小个儿男人。听咱们班长说他上街买菜，一辆大卡车从他身边开过去，车上装的圆木没捆好，卡车转弯时甩出来一根，正好砸在他的太阳穴上，当时就把他砸死了。”

“这么巧？”

“可不是。徐文清现在是寡妇了，身份变得多时髦啊，我原本打算找机会当面向她表示祝贺的，可惜时间来不及了。今天上街时我们顺便去趟邮局吧，往我们的母校给我们敬爱的徐老师发一封贺电，再送给她一束鲜花。”

“算了吧，她对你再怎么不好，毕竟也是十多年前的事儿了。”

“不能就这么便宜了她。”孜枚笑微微地说。

不能就这么便宜了她。当年孜枚也是这么说的，为她妈妈赌着一口气。

那个下午我们空手而归后，孜枚自己又去那个女人的单位堵过她两次，都没遇上。有一天在街头倒碰上了，她和一个女同事在一起。

孜枚骂了一声“破鞋”就冲了过去，一巴掌扇到她脸上，还顺手扯住了她的一绺头发。那个女的起先被孜枚打蒙了，但她很快就意识到是怎么回事儿了。两个人动起真格的来，孜枚根本不是人家的对手，她的嘴角被那个女人用头撞出了血，脸颊上还被打青了一块。那个女人的同事以拉架做借口，从后面抱住了孜枚，让那个女人趁机在孜枚的肚子上踢了好几脚。

孜枚打不过，就喊叫了起来，把那个女人和她爸爸的臭事当街抖落了个干净，床上床下的毫不避讳，惹来了一大堆人看热闹。那个女人不敢恋战，抡圆了手臂在孜枚的脸上狠狠地抽了两巴掌，然后和同事一起离开了。

孜枚捂着肚子，在地上蹲了半天才站起来。看热闹的人已经散得差不多了，孜枚看见一家五金商店门口站着一个留寸头的小伙子，衬衫白得像雪一样，下摆掖在洗得发白的水磨蓝色的牛仔裤里。他穿得一本正经，眯着眼睛看人的表情却有股吊儿郎当的劲头，一支烟叼在嘴上，来来回回地动着。

孜枚扶着停在路边的一辆自行车站了一会儿，那个小伙子笑嘻嘻地朝她走过来：“你挺勇敢的啊，这么瘦还敢一个打两个。”

孜枚没说话。

那小伙子凑近到她的身边，低声和她商量：“你给我做女朋友吧。我来替你打架，你想把她打成什么样儿我就把她打成什么样儿。”

孜枚没理他，转身慢吞吞地往前走。

他在后面不紧不慢地跟着，自我介绍说：“我叫小于。”

孜枚捂着肚子，在一家饭店门口站住了。那家饭店的大门上镶着两块大玻璃，阳光反射到上面，像镜子一样亮。孜枚被自己的样子吓了一跳。

小于站在她的身后，两手插在裤兜里，表情很友善。

孜枚盯着镜子里的人，问道："你真能替我打她？"

"没问题。"

"打掉她的两颗门牙。"

"行。"

"打肿她的脸。"

"行。"

"打她个鼻口蹿血。"

"行。"

"把她的头发再拽下来一绺。"

"行。"

"打死她。"

小于盯着孜枚的脸。她是认真的，他也变得严肃起来："打死她我们也别想得好儿。"

"你干不干？不干就拉倒。"

"打个半死行不行？"小于问："打两次，每次都打她个半死，合到一起也差不多算是打死她了。"

孜枚犹豫了一会儿，说："行。"

"你们不一起睡吗？"孜枚在我的两室一厅里四处看了看，她注意到每个房间里各有一张单人床。

"我们感情不好。"我开玩笑说，用电壶煮着咖啡。

咖啡的香气弥漫了整个房间，冻僵的身体慢慢地缓过劲儿来，又变得柔软了。“小于怎么样？他也在厦门吗？”

孜枚走过来坐在餐桌边：“我们离婚好几年了，我这次主要是回来看儿子的。”

我盯着热咖啡上面白雾状的蒸汽：“你们的感情不是一直很好吗？”

孜枚笑了笑，用勺子在咖啡里搅起一个漩涡。

第一次见小于时，他站在我们家门前的一棵树下面，个子不高但很挺拔。烟头上的那一点红在夜色里特别醒目。孜枚和我在房间里聊了一个多钟头，她没告诉我有人在外面等她。

孜枚从我家里出来后，小于把外衣脱下来搭在她肩上，冲我笑了笑。我没看清他的五官，但他的那个笑容令人难忘。

我对小于的最初印象和孜枚一样，看他不像街头混混，倒像个大学生，还有一股大学生身上缺少的洒脱劲儿。

我高考那年，小于带着孜枚出去旅游，回来后，孜枚发现自己怀孕了，她和父母翻了脸，搬到小于家里和他结了婚。

小于不再和原来的朋友交往了，找了一份临时工，很认真地做丈夫和爸爸。孜枚和我谈起自己婚后的生活，说她看着小于时，常产生奇怪的感觉，无法相信他以前是在警察的枪口下面混日子的。那几年他们过得很苦，小于三天两头儿的换工作，孜枚在工厂里当化验员也挣不了几个钱，家里有老人需要照顾，又养着一个孩子。孜枚整天蓬头垢面的，顾不上收拾自己，拉扯孩子的形象像个农村妇女。

“后来就决定去厦门了，小于的姑姑在那边开了一家鞋厂，我们倒不想沾什么光，但好歹希望小于能有个稳定的工作，不用整天担心被老板炒鱿鱼。而且南方经济发展得快，赚钱可能容易些。”孜枚苦笑着说，“我们过去之后才发现不是那么回事儿，人一做起买卖来，就没什么亲戚不亲戚的，除了钱以外其他的事情都谈不上了。”

小于做了几个月就做不下去了，他要回东北去，但孜枚不肯。来厦门以前她已经和单位办完了停薪留职的手续，回去后她也和小于一样变成没有工作的人了，这几年来，她对家里困窘的生活越来越难以忍受，对往日的朋友因为她身上的变化发出的惊叹也早已厌倦透顶了。在厦门，没有人认识她，这是一个她想干什么都行的地方。

小于知道孜枚想干什么，结婚五年，他第一次动手打了她，出手很重。孜枚想起当初自己被另一个女人打的情景，想起当年那个穿白衬衫的小于，眼泪哗哗往下淌，她一边流泪一边笑。

小于打不下去了，“离婚吧”。他带着孩子独自回东北了。

除了路费以外，小于把钱都留给孜枚了。孜枚用这些钱买了两套衣服，到酒吧里坐台去了。“那一段时间我总是想起徐文清，她真厉害啊，那么早就看出我是一个不正经的女人，注定要走到今天这一步。”孜枚苦笑着说，“小于也说过类似的话，他说我在骨子里和我爸是同一类人。”

“那种经历，是不是很难受？”喝完咖啡，我们坐在沙发上聊天，我很怕我的话题会伤害孜枚，但又抑制不住自己的好奇心。

“还可以吧。”孜枚笑了笑，“我是个生过儿子的女人了，和小女孩不一样。你想象不到吧？我在酒吧里面还挺受欢迎的。”

“你一向对男人很有吸引力。”我笑了。

"男人们也都这么说，有几个女孩子很不服气，老找我的麻烦。有一次喝酒，我借着酒劲儿骂她们，我说我们这样的女人就像是水泥地上的灰尘，都活到了别人用脚往下踩都踩不下去的份儿上了，还争个屁啊？"

"有没有遇上过好点儿的，能托付终身的？"

"机会还是有过的，但我放弃了。坐台那会儿有一次一个广东人包了我，我们俩在包房里唱歌，他随身带着一个大包，顺手扔在沙发后面。我们刚唱了一会儿，他接了一个电话，急急忙忙地要出去，临走时，他让我在包房等他，替他看着那个包。我以为他一会儿就回来，就答应了，结果一等等了七个多小时，中间好几次我都想甩手走人了，但又一想自己都答应过人家等了，这样一走了之多不好。一直到下半夜两点多了他才回来，他都没想到我还在等他。见面以后我气坏了，对他没什么好声气，我对他伸出手说，赶紧把小费给我，我要回家了。他把钱夹拿出来，让我自己从里面拿钱，随便拿多少。他的钱夹塞得满满的，至少有五千块钱。平时我陪客人唱歌收一百块钱，那天虽然没怎么唱歌但我等了那么久，我决定多拿点儿，就从里面抽了两百块钱，剩下的全还他了。他好半天没说话，从沙发后面拎出那个大包打开给我看，里面一沓沓的全是现金，把我吓了一跳。那个家伙说他走南闯北，没见过我这样的三陪，非要投资让我做生意不可，那时候我心灰意懒的，什么也不想做，就推掉了。"

"这样的机会不会经常遇上的，你怎么轻易就放弃了？"我替孜枚惋惜。

"那个男人也这么说过。但我当时就像跳井似的，明知道有根绳子能拉自己上去，就是不去拉，想试试自己掉到井里以后是什么感觉。”孜枚笑了，她翻出一包烟来问我，“可不可以抽烟?”

我起身给她找了个烟缸放在手边。

“后来我遇上了一个政府官员，挺帅的，我第一次出台就是跟他。我们在五星级酒店里过夜，他很喜欢我，想和我保持长久的关系，对我提出了一些条件，比如不能再去酒吧那样的地方坐台，不能穿露肩膀的衣服，不能单独出去喝酒，要我把烟戒掉，平时看看书听听音乐之类的，弄得我挺烦。还有我们每次去酒店时，他不能和我同时出现，总是计算着时间，一遍遍地用手机联系，确定好了没有人看见我，我才能偷偷地进入他的房间。有一次他被人缠住了，我等了他一个半小时，那天我穿了一双新买的高跟鞋，腿肚子都站得快抽筋儿了，我在心里感慨，妈的，出卖自己还费这么大的劲儿。见面以后他看出来我不高兴了，跟我讲了半天大道理。我说算了吧，我配不上你，我们还是分手吧。他沉默了半天，问我，你想清楚了吗？不后悔？我说我想得很清楚，不后悔。他说那就分手吧。说完他拿出一些钱来给我，我说我不要钱。当时我心里挺不好受的。但他误会了，马上变得非常警惕，问我那你想要什么？我看他那么紧张，心想这又何必呢？我对他笑笑，从他手里拿过钱装到自己的包里。那以后我们再也没见过面，不过我经常在电视上看见他，他还是很帅，很精神。”

“他以后我又和几个人来往过，后来遇见了现在这个。他比我还小一岁呢，已经开了好几个厂子了，和中国台湾、新加坡的商人做生意。我们认识没多久，他给我买了一套房子，包了我。二奶里面很少有我这样快三十岁的，大部分都是二十岁左右。我问他干吗包我呀？年轻漂亮的有的是。他开玩笑说姜是老的辣，后来又对我说他喜欢我做人的方式，话少，带我到任何的场合，我从来不胡乱插嘴。我说这是职业道德。这话让他笑得不行，其实我说的是实话。做我们这一行的，什么人没见过，什么事儿没经过？想过安生日子就得把嘴闭严实。”

“他待你好吗？”

“还行。除了我以外他可能还有人，不过这不关我的事儿。他爱来就来，不来我就和另外几个住邻居的‘二奶’打打麻将，逛逛商场。如果出去吃饭他会提前几个小时打电话通知我，我洗洗澡做做头发，把自己打扮好。他方便就开车来载我，不方便我就自己打车去酒店。他的朋友们也都对我不错，有时把贿赂他的钱直接塞到我手里，这时候，我就得看他的表情了，如果他点头，我就拿着。他摇头，我就说什么也不拿。半年前他给我找了份工作，让我在一家厂子里当出纳，活儿挺简单的，管管钱而已。我这人马虎惯了，有一次付钱时，四百多看了一个零当成四千付给人了。好在那人是老客户，把钱又还回来了。这事儿让他知道了，跟我发了一通脾气，说我除了在床上还有点儿本事外，什么也干不好。”

孜枚的烟灰忘了弹掉，很长的一截，撑在白色过滤嘴的上面。

我看了看表，问孜枚：“中午你想吃什么？我来请客。”

“吃朝鲜冷面吧，”孜枚说，“在厦门吃不到正宗的朝鲜冷面。”

我带孜枚去一家炭火烤肉店，叫了烤排骨，烤牛肉，烤鱿鱼，水果色拉，外加两碗 38 块钱一碗的冷面。

“光说我了，你呢？过得怎么样？”孜枚忽然问我。

“马马虎虎吧。杂志社里人不多，关系倒很复杂，不过也正常，天底下的单位都是一样的。我这人你也知道，不会说领导爱听的话，不招人待见是肯定的。不开心的时候我也想过回家做自由撰稿人算了，可是，在家写东西的日子也不好过，很寂寞，何况也不见得能写出什么成就来。就这么混日子吧。”

“他呢？对你怎么样？”

“他一个月有二十天是在外面过的，跑东跑西的，整天与美女打交道，没准儿在外面也养着人呢。”

孜枚抬眼看我。

“如果是你这样的，我会和她和睦相处。”我笑着说。

孜枚白了我一眼：“你少来这套。”她埋下头去吃东西，好半天没说话。

我有点儿不安：“怎么了？你不高兴了？”

孜枚抬起头，眼睛有点儿红了：“其实，你用不着这样来安慰我。”

“我没有，真的。”

好一阵子都没说话，炭火正旺，我们往烤盘上放东西，响起一阵嗞啦嗞啦的声音。

“小于开了一家烤羊肉串儿的店，挺赚钱的。这些年来我寄给他的钱，他一分也没用，一笔一笔全存在存折上了。”

“孩子呢？”

“快要上小学了，长得很像我。”孜枚沉默了一会儿，笑笑说，“他很讨厌我，就像当初我讨厌我爸爸一样。”

“小孩子都是这样，你长年不在身边，难免会生分些。小于呢？又结婚了吗？”

“没有。这次我们见面，他对我说，如果我愿意留下，他可以当以往的一切没发生过。我说这怎么可能呢？发生过就是发生过。现在你嘴上这么说，到我们真睡在一张床上时，就不是那么回事儿了。”

“你又何必说得这么露骨呢？”

“我说的是真心话。小于是个很爱干净的人。”

我没说话。

“这次回去的时候，我一直住在宾馆里，有两次我留小于过夜，他都不肯。厦门的那个，说我只在床上有本事，可如果别人连床都不和我上的话，我岂不是英雄无用武之地了——”

“孜枚，”我低下头，眼睛盯着面前的盘子，“——别说这种话。”

我和孜枚从饭店里出来时，天色开始变暗了。出来时我们已经把箱子提包带在身边了，预备着吃过饭后直接打车去机场。

“才四点多钟，”孜枚看了一眼手表，说，“厦门这时候还亮着呢，也没这么冷，穿一件毛衣就够了。”

在街边等车时，看见有人抱着一个花篮，从对面的一家鲜花店里出来，他抢了我们叫的出租车。

“鲜花在这样的天气里，娇贵得让人心疼。”孜枚望着对面的男人。“南方就便宜得多了。”

我拦了另一辆车去机场。

到机场后，孜枚办了保险，拿了登机牌。我们一起来到候机室外，在落地窗前站了一会儿，夜幕如一件黑色大氅，正铺展开，缓缓地朝着我们这边覆盖过来。

“要不你留下吧，我帮你找一份工作先安顿下来，以后再作别的打算。”

“算了吧，”孜枚笑着摇头，“我已经不习惯东北的冷天了。厦门的生活挺好的，满街都是不认识的人，漂亮也好，难看也好，哭也好，笑也好，都是你自己的事情，和别人没关系。有时候我在大街上，好像连自己都不认识自己了。然后我就会想起你，想看看你现在的模样儿。看到你，我就能想起自己，”孜枚突然转过身来抱住了我，湿湿的脸颊紧贴着我的脸颊，对着我的耳朵轻声说道，“好好活着。”

然后她松开手，拎起东西走了。

我看着孜枚，她没回头，一次也没有。她办完手续往候机室里走时，我大声冲着她的背影喊道：“孜枚，你也，好好活着。”

人说海边好风光

海就在眼前。很辽阔的一片蔚蓝，风里裹挟着咸腥的味道，海鸥在天上叫着，姿态优雅地划着弧线。天和海宛若两个没有边际的镜子互相对照。

罗晶站在海边，离其他人略远一些。风吹着她的裙摆，发出“啪嗒”、“啪嗒”的声音，浪花像一排排牙齿不断地朝她的脚咬过来，她不无愉悦地想象着海水里的盐分或许会在脚指头被风吹干时，挂上一层白霜似的东西。

罗晶是顶替丈夫李江波的名额加入这个旅游团的。她在大学图书馆里工作，放暑假闲着没事儿，李江波有预定的手术来不了，问她想不想散散心，她一时心血来潮就来了。在机场和医生们一碰面，罗晶就后悔了。

这个旅游团加上导游小姐一共才 10 个人，除了她和导游小姐外，全是医生，其中包括来自肿瘤医院的一对新婚夫妇。

“放心吧，我会像保护眼珠一样保护好她的。”杜新颖对李江波大包大揽地说，还像哥们儿似的在他肩上拍了拍。

导游小姐杜新颖活泼漂亮，她以前为医药公司带过几次团，和很多男医生们都有交情，他们平时也经常叫她一起出来吃顿饭喝喝咖啡什么的。医药公司这次出资组织旅游团时，有两个医生打电话给旅游公司，点名要来她带团。

杜新颖的话并未让李江波放心，他忧心忡忡地看着罗晶，罗晶走到安检处隔着人向他挥手告别时，还觉得他在犹豫着要劝她留下来。

罗晶顶替李江波，成全了新婚夫妇，按原定计划，新娘得和杜新颖住一个房间。李江波没来，罗晶和杜新颖住，新郎新娘也得以团圆。医生们出来放松，闲着无聊整天拿新婚夫妇打趣儿，话说得没深没浅。罗晶抱怨医生们没有口德，杜新颖却不以为然，说新婚夫妇在肿瘤医院工作，生生死死的事情早已经见怪不怪，这几句玩笑话太小儿科了。

杜新颖年纪不大，对人对事却很有自己的见地。这次旅行，她们朝夕相处，虽然只认识了几天，但由于分享了彼此的秘密，已经成了很亲密的朋友了。

来海边前，在酒店门口上车时，杜新颖用手肘捅了罗晶一下，让她朝新娘看。

新娘油脂过剩，脸上长了许多痘痘，除非不得已，她从不靠近杜新颖和罗晶，像一只家雀整日栖息在新郎的臂弯中。新郎身材粗壮，一副老实相儿，三分之二的语言都用笑容代替了。

“往身上看。”杜新颖提示了一下。

新娘穿的七分裤和短衫都是时下正流行的，亮丽的花色把她的皮肤衬得更黯淡了不说，腰长腿短的毛病也一览无余。

“她的腰很硬。”杜新颖为罗晶指点道，口吻仿佛是资深的医生，“这样的女人在床上通常没什么趣味儿。”

罗晶被逗笑了，又有些难为情。尽管她与杜新颖的某些谈话令她自己也感到惊奇，但那毕竟是夜晚的话题，是受到灯光的诱惑不由自主地说出口的。在光天化日之下，杜新颖说的这些话让她很不自在。

如果没有杜新颖，这次毫无趣味可言的旅行，很可能会让罗晶提前踏上归途。大家一日三餐围着同一张圆桌吃饭，医生们轮番讲黄色笑话，也不管嘴里是不是有东西，笑得没遮没拦的，罗晶提心吊胆地望着他们，他们是医生，不会不知道会咽软骨受气流的波动，一个不小心，食物就会蹿进气管。

那可不是闹着玩儿的。

除了讲笑话，男人们都抢着和杜新颖说话，彼此间很夸张地争风吃醋。杜新颖像幼儿园的阿姨分糖果似的，把甜美的笑容和同样甜美的抚慰话均分给除了新郎以外的所有男人，还能分出精力来实现对李江波的承诺，照顾罗晶，她在饭桌上把一些清淡的菜品转到罗晶面前，果盘上来后总是先替她挟上几块。

罗晶很服气杜新颖，她比她还小几岁呢，但是狂成熟。“狂”也是罗晶刚跟杜新颖学的形容词。她对男人有亲和力，对女人也是一样。

可能与她们是在机场认识的有关，她们的友谊在很短的时间里迅猛发展，旅行刚刚开始，她们已经为回家后制订了很多到哪家餐馆吃饭，到哪家商场逛街以及在哪家美容院做香薰等一系列计划了。

罗晶为能认识杜新颖而高兴。本来她是一个连电视都很少看的人，休闲的时光大部分都用看书打发了。而杜新颖回房间的第一件事就是打开电视机，用声音把房间装满。哪怕是睡着了，电视也是开着的。屏幕上发出的彩光在黑暗的房间里闪烁，夜晚变幻莫测；更令罗晶吃惊的是，杜新颖每次在浴室里冲完凉，总是光着身子就走出来，一边用浴巾擦头发上的水，一边对着镜子打量自己。

杜新颖身材很棒，腰细腿直，乳房很丰满。由于经常带团外出，她的皮肤晒成了巧克力的颜色，只有乳房和下身那一段得以幸免。有一天夜里杜新颖站在罗晶面前，让她看看自己的身体有什么异样。

“你什么意思?”虽然都是女人，但杜新颖这么一丝不挂的，罗晶觉得很窘迫。

“我可能是怀孕了。”杜新颖打量着自己的身体，“月经推迟了快十天了……人家说如果怀孕的话能看出来。”

罗晶结婚好几年了，却没怀过孕。李江波和前妻有一个儿子，对要孩子的事情不大起劲儿。而她一想到怀孕时变形的身体，还有抚养孩子要应对的琐碎事物，先就怕了。

罗晶在杜新颖身上看不出什么所以然来。

“要不，让新娘子过来看看?”她提议。

杜新颖笑了：“那我还不如找个男医生看呢。”

话题很自然地落到杜新颖的情人身上，她坦言自己有过好几个情人，在她肚子里留下隐患的这个，半个月前与她刚刚分手，他是医生，也是有妇之夫。

“刚开始我们没想怎么样，他有个同事，老开我们玩笑，见面就问他，你是不是看上杜新颖了？看见我就问我，你和谁谁谁上没上过床啊？有时候当着我们俩的面也这么问。其实是他自己想泡我，但我从来不搭他的茬儿，他就老拿别人垫背。不过他老这么问来问去的吧，时间一长，我看见那个人的时候，就有些不自然了，他也和我一样。有一天我们凑巧在外面碰上了，他问我去哪儿？我说回家，他说我跟你回去行不行啊？他那样子半真半假，像开玩笑似的，我也开玩笑似的应了一声，说行啊，跟我走吧。我们就这么着一起回家了。”

罗晶猜出了杜新颖的情人是谁。罗晶看见他和她在酒店咖啡吧里一起喝咖啡。他叫陈朋，和李江波是同事，在飞机上，杜新颖挨着罗晶坐，指指点点地把每个人的背景都给她介绍了一遍，指到陈朋时，他好像有感应似的转过头来看了她们一眼，罗晶一下子就记住了他。

昨天罗晶给他们照相时，在镜头里看到的东西也很有意味。新婚夫妇还是自成一体地躲在一边，其他的男人们都试图能离杜新颖近一些，她的腰被一个人圈着，肩膀却被另一个人搂着，她的头朝站得笔直的陈朋倾斜了过去。

平时男人们围着杜新颖献殷勤时，陈朋的态度也很微妙，虽然他处于热闹的圈子中间，但不怎么说话，倒是杜新颖，经常拿他当盾牌把别的男人挡出去。

“我喜欢话少的男人，”杜新颖毫不掩饰对情人的留恋，“他平时不爱开口，但我们俩在床上时狂和谐，我一到他手里就全身发软，随便他把我摁扁搓圆。”

“你们为什么分手？被他老婆发现了？”

“不是。”杜新颖笑得有些苦涩，“我把以前和别的男人之间的事儿告诉他了。纸里包不住火，有些事儿早晚会传到他耳朵里去的，我还以为我自己坦率说出来，对我们之间的感情有好处呢，结果倒好，他把我当成狂不正经的女人不说，还因为这些事儿是我主动告诉他的，他更觉得我厚颜无耻了。”

“你本来就狂不正经，你本来就厚颜无耻。”罗晶心想。

虽然此时此刻的杜新颖一副可怜巴巴的模样儿，虽然罗晶拿她当好朋友，但她还是站在了那个隐身的受害者的一边。杜新颖讲述故事的口吻让罗晶不舒服，那么自然，好像她在说一件平常事。

“你怀孕的事儿他知道吗？”

“连我自己都没搞清楚呢，他怎么会知道？”杜新颖叹了口气，“我从来没遇上过让我这么着迷的男人。他也知道我喜欢他。他可能因为这个害怕了，怕我破坏了他的家庭，我把以前的那些事儿告诉他，没准儿正中他下怀呢，他做出一副很介意的样子来表示他爱我，在乎我，然后再用感情受到伤害的理由来跟我提分手，岂不是两全其美？”

“你怎么跟个分析家似的？”罗晶笑了。

“分手以后我每天都想他，像录像带倒带似的把我们俩的事一遍遍地重放。他有几根花花肠子我早就有数了。”

杜新颖这么清醒，罗晶也没什么话好说。

“别总说我了，说说你吧。”笑容又涌上杜新颖的脸，把刚刚呈现出来的忧愁挤走，“你有没有过婚外情啊?”

罗晶笑了：“当然没有。”

“什么叫当然?!”杜新颖哼了一声，“没有什么事儿是当然的。就算你现在没有，也不能说你以后就没有。”

她的态度让罗晶有些不舒服：“我以后也不会有。”

杜新颖的笑容里面充满了不相信。

“那李江波呢?”

罗晶愣了一下：“……也没有吧。”

“他跟你说没有，还是你觉得他没有?”

“我觉得他没有。”罗晶想了想，回答道。

杜新颖的脸像电视屏幕一样飞快地变换了好几种表情：“你凭什么认为他没有呢?”

罗晶想说“他不是那种人”，但立刻觉得这个回答十分荒唐，当初她和李江波谈的那场恋爱，也是婚外情啊。

“李江波这种类型的男人对女孩子最有吸引力了，成熟，成功，有钱，有风度。”杜新颖自言自语般地说了几句，冲罗晶笑了，“不过你很安全，李江波很爱你，开口晶晶长闭口晶晶短的，唯恐别人不知道他有一个漂亮可爱的老婆。”

早晨罗晶和杜新颖去餐厅吃早餐时，杜新颖新换的一件红色的牛仔短裤引起了男人们的注意，说她的屁股像两个煮熟的螃蟹盖子。只有陈朋说了一句：“T 恤很漂亮啊。”

“李江波送我的。”杜新颖说。

陈朋愣了愣，看了罗晶一眼。

罗晶笑笑。T恤衫是两个月前李江波送给罗晶的生日礼物，她平时很少穿休闲的衣服，这次度假才把T恤衫带了出来，她到浴室里冲淋浴前把T恤衫放在床上，出来后，发现杜新颖穿着那件T恤衫在镜子前面左扭右摆地照来照去。罗晶就做了一个顺水人情，把T恤衫送给了她。

吃完饭他们先去水族馆参观，天气闷热，水族馆里人挨着人，味道很浓烈，罗晶被熏得头晕脑涨的。那些隔在玻璃幕墙后面的鱼们也好受不到哪里去，整天给这么多眼睛盯着，偶而闪光灯那么一闪，不吓出病来才怪呢。

“我以前见过你。”陈朋对罗晶说。

“是吗?”

“在医院的电梯里。”陈朋说，“你得了病毒性感冒，李江波带你去打针。你身上披着一件乳白色的羊绒大衣，头发比现在还要长。虽然生病，但头发却又黑又亮。”

那是两年前的事儿了，陈朋的记忆力让罗晶吃惊，还有他讲起往事时的语调，成心要提醒她他话里包藏了很多意义似的。

罗晶也留意了一下陈朋。他是医生，却有一张多愁善感的脸，喜欢用眼睛而不是嘴说话。在刚刚结束的学期里，罗晶被一个大学三年级的学生弄得焦头烂额，他每天到图书馆里来，罗晶对他的冷淡丝毫也不影响他熊熊燃烧的爱情之火。被比自己小十岁的男生爱上是件很可笑的事情，不只是同事，连李江波也偶尔拿这件事开罗晶的玩笑。陈朋和那个男生长得有些相像，尤其是盯着人看时的眼神儿。

“你在大学里工作？”

“在大学里的图书馆工作。”

“啊，难怪。”陈朋笑了，“你一点儿也不像老师，当老师的身上都有一股灰扑扑的味道，身上有一层粉笔灰似的。”

“不一定吧。”罗晶想说现在有些老师上课已经不用粉笔了。

“我是说那种感觉。就好像我们身上总有一股消毒水味儿，有时明明没有，但别人一知道我们是医生，我觉得他们的目光立刻变成了能闻到消毒水味儿的目光。”

罗晶笑了笑。

“你们说什么呢？”杜新颖在前方等着他们走近，“告诉你陈朋，别打罗晶主意啊，我跟李江波保证过要做护花使者的。”

“你做她的护花使者？”陈朋笑得很不简单，“你想办法护自己吧。”

杜新颖瞪了陈朋一眼，拉着罗晶走了。她有些激动，抓着罗晶胳膊的手指有些抖。

罗晶很懊恼，觉得陈朋真是卑鄙小人。他和李江波是同事，不至于愚蠢到打自己的主意，他讨好她的唯一解释是为了和杜新颖划清界限。

回酒店时，陈朋坐到了罗晶的身边，那个位置一直是杜新颖坐着的。罗晶很不自在，想换一个座位，又担心小题大做，被别人看出端倪反而不好。杜新颖照例是等所有人到齐后最后一个上车，她看见座位被陈朋占了，随便找了个位置坐了下来。

将近一个小时的路程中，罗晶专心致志地望着窗外，仿佛被外面的景色迷住了。蓝色的海随着旅行大巴的飞驰在视觉里变成了大幅的绸缎，被风吹起了一连串的褶裥。

他们在餐厅吃完饭才回房间休息。杜新颖心情不好，对男人们的玩笑话爱搭不理的。午饭的气氛很沉闷。回房间以后，杜新颖和往常一样打开了电视，但声音放得比平时响，仿佛是在提醒罗晶，她不想说话。

如果说在餐厅，杜新颖甩脸色是给陈朋看的，但回到房间里还沉着脸，那显然就是冲着罗晶来的了。罗晶觉得自己无端被卷入一件不干不净的事情里去了。下午去游览植物园，她说身体不舒服不想去了。

杜新颖睡了午觉冲了淋浴，又变得活泼开朗了，她硬把罗晶从床上拉了起来，让她洗脸搽防晒霜。罗晶体会出杜新颖的动作里有婉转道歉的意思，也就不好再计较别的了。这一折腾花了不少时间，她们下楼的时候，其他人已经在酒店门口等着了。

陈朋还坐在上午坐的位置上，身边的座位空着。罗晶到车后面找了个位子坐下，杜新颖最后一个上来，坐在陈朋身边。一路上，陈朋给杜新颖出脑筋急转弯，两个人有说有笑的，其他人也跟着帮腔，车里打情骂俏热闹起来。杜新颖的脸色一放晴，外面的阳光也格外灿烂了似的，罗晶望着窗外，觉得自己像被甩出来的人。

植物园建在山上，树木葱郁，但因为季节的缘故，绿得没什么层次。倒是一些供游客休息的木椅、草棚因为涂上了鲜艳的色彩，增添了一些观赏性。杜新颖边走边讲，男人们围在她四周，如同绿叶衬托鲜花。

罗晶落在人群后面慢慢地走，她看见新婚夫妇开小差，踅向一处种满了郁金香的路，便朝着与他们相反的树林里走去。

树林里温度一下子降了好几度，空气也清爽起来。罗晶的心情慢慢地沉静下来。

杜新颖虽然耍耍小性子，可这几天自己不也是在她的照顾下，才玩得很开心吗？明天他们就要回家了，有什么事儿是将就不了的。

罗晶想着心事，有人碰了碰她，她才扭过头来，不知道陈朋什么时候也溜了出来，手里拿着两瓶矿泉水，他递了一瓶给她。

“一个人在林子里不怕吗？”

“有什么好怕的？”罗晶犹豫了一下，接过水。

“也许有蛇。”

“我不怕蛇。”

“那男人呢？——像我这样的男人？”

罗晶看着陈朋，一圈一圈儿地拧着矿泉水瓶的盖子，有另外一种话语正从他的眼睛里面源源不断地往外流淌。

她喝了两口水，笑了笑：“你这样的男人？你是哪样的男人？”

“我是哪样的男人，这得由你来回答。每个男人在每个女人眼里形象都是不同的，打个比方说吧，在杜新颖眼里我还挺不错的，但你怎么看我，我就不得而知了。”陈朋朝罗晶靠过来，从树叶间隙漏下来的阳光好像都掉到他的眼睛里了。

罗晶的太阳穴突突突地跳着，仿佛有人在她的脑袋里面打鼓似的。她甚至来不及生气，很奇怪地看着陈朋，真是色胆包天啊，他和李江波是一个单位的，和杜新颖有不清不楚的关系，和自己一共也没说过几句话，他凭哪一点认为我是个轻佻的，可以随便勾引的女人呢?!

“你找错人了。”罗晶轻声说。

“其实，”陈朋盯着她，看出她是认真的，有些尴尬地笑笑，“我只是开个玩笑——”

罗晶没笑，转身往林子外面走。

“生气了?”陈朋在后面问。

罗晶没说话。

“——真生气了?”

罗晶还是不声不响。

“李江波也经常和女人开玩笑的，比我过分得多了。”

罗晶站住了。树林外面阳光像金色的大雨，晒得人睁不开眼睛。她把插在头发里的墨镜拿下来戴上。

“他在外面有很多女人呢，你不会一点儿不知道吧?”陈朋走到近前，“杜新颖也和李江波睡过。”

罗晶站在树林边儿上，眼看着陈朋的身影在阳光中变得白花花的，直至完全被融化掉了。如果不是手里握着矿泉水的瓶子，刚才发生的一切简直可以被当作是灼热的阳光给她制造的一次幻觉。

罗晶在一个凉亭里坐着，脑子里嗡嗡直响，和草丛里知了的叫声混在一起。她试着回想这几天来发生的事儿，除了李江波在机场时欲言又止的表情外，其他的印象都变得支离破碎了。

杜新颖跟李江波拍着肩膀，跟他保证说她会像保护眼珠一样保护罗晶。

“你可真是有眼无珠啊。”罗晶嘲弄自己。

手机响了，罗晶从包里掏出来看了看，屏幕上显示着杜新颖的电话号码。

“你跑哪儿去了？”杜新颖大呼小叫的，说了一个地点让罗晶赶紧过去跟大家会合，他们要从另一个出口下山回酒店。

罗晶走到约定的地点时，只有杜新颖一个人在等她。

“他们去参观飞禽馆了，”杜新颖指着不远处的飞禽馆给罗晶看，“我说里面的味儿让人恶心，劝新娘子别进去，但她说无所谓。她和她老公都快变成连体人了。”

罗晶根本没听清杜新颖说的是什么，她盯着杜新颖，她的脸在阳光中闪闪烁烁的，和灯光下不同。她的脸在灯光下面像女巫一样有股魔力，她们在一起度过的第一天夜里，她就在这张脸孔的诱惑下说了三年前她跟李江波在这里度蜜月的事儿，他晚上可以不停地做爱不说，白天在海边帐篷里也缠着她不放。他们的头顶上有人踩着沙石“啪嗒”、“啪嗒”地来回走，罗晶担心别人听到李江波的喘息声，伸手捂住了他的嘴——在杜新颖的提醒下，那些往事连罗晶自己都有些意外，她从未想过这些事情那么完好无损地保存在她的记忆里。

虽然杜新颖喜欢赤身裸体，但真正赤裸的那个人其实是她。

“我快被晒昏了，”杜新颖低头看了一眼手表，“再有一刻钟他们才能出来，我们找个地方坐一会儿吧。”

离飞禽馆不远有一个山坡，山坡上有几棵树，像伞似的撑起一片荫凉。杜新颖拉着罗晶朝树下走去，最粗的那棵树下有两块石头，她们坐了下来。

罗晶打量着坐在她前面的杜新颖，她身上的这件T恤衫真的是李江波买的生日礼物吗？也许本来就是杜新颖买的罢，她送给李江波，凑巧赶上罗晶过生日他没有买礼物，就把它转送给她了。现在T恤衫绕了一圈儿，又回到了杜新颖的身上。罗晶由T恤衫想到被它遮蔽的身体，想到那两个未被太阳晒黑、宛若白色拳击手套的乳房，想到李江波曾经把头埋在它们中间——一股冷气像蛇一样从心底里涌上来，罗晶在36度的高温天气中忍不住发抖。

"——明天就可以把你还给李江波了。"

罗晶回过神儿来，听见杜新颖说的后半句话。

"你呢？还想去找你的情人吗？"罗晶问。

杜新颖背对着罗晶，沉默了一会儿，笑了："我的情人可多了，你问哪一个？"

一个想法儿随着杜新颖的笑声钻进罗晶的耳朵里，然后在她的脑海里迅速地生根发芽，充满诱惑。她看了看四周，一个人也没有。在她们面前是一个很大的山坡，如果她假装跌倒把杜新颖撞倒的话，她会从山坡上一直滚到山下——

罗晶被自己的想法激动起来，神经像一根根乱麻朝着同一个目的拧紧变成一股绳子，只要飞起一脚——

这对杜新颖来算不上什么，她早就和男人摸爬滚打地练出好身手了。罗晶想看到她啃一嘴草的样子，那些草根会让她尝尝苦涩是什么滋味儿。

理由后找都来得及。罗晶对自己说。

太阳晒得她头晕，她根本什么都没看清楚时，杜新颖就滚下山坡去了。事后她可以这么跟医生们说，这几天她和杜新颖的亲密关系他们都看在眼里，谁会怀疑她呢？即使陈朋有那么点怀疑的话，他也不会轻易流露的，他们是一条船上的人，拔出萝卜带出泥。

杜新颖突然站了起来，罗晶的心随着她的动作一下子提到嗓子眼儿。

“他们总算出来了。”杜新颖指着飞禽馆的方向说，她转头朝罗晶看过来时，愣了一下，“你怎么了？脸色煞白煞白的？”

杜新颖伸手过来摸罗晶时，她把她的手臂挡开了，不过力量不大，至少不足以把人推倒。

“你去哪儿了？”杜新颖身上裹着一条浴巾，用遥控器在调电视频道，“李江波刚才打过电话，我告诉他你跟男人幽会去了。”

“是吗？”罗晶在床边儿坐下，她也朝电视上面看，两个没有节目的频道显示出时间，差半个小时，就是新的一天了。

她的身体还处于兴奋的状态，不光是有一小瓶威士忌在她的肠胃里作祟，她的肌肤上面印满了陈朋的吻，就像树上挂满了树叶一样，她一活动，那些吻也变得生机勃勃的。今天是他们在这个城市里度过的最后一夜，晚饭后杜新颖带着大家去广场看街舞。罗晶说身体不舒服想回房休息，陈朋也跟杜新颖说不去。

吃饭的时候他没什么精神，小心地躲避着罗晶的目光。

在电梯里罗晶跟陈朋提议开房时，他的表情好像听到了什么噩耗，变得僵硬了。她只好又重复了一遍。

“李江波怎么知道酒店电话的？”虽然身体上的倦怠不断地往上涌，但罗晶的理智却和身体作对似的保持着清醒。

杜新颖顿了一下。

“我打给他的。”罗晶笑嘻嘻地说，“在机场的时候他跟我说了几句悄悄话，让我做他的卧底，监视你的一举一动。看完街舞回来我发现你失踪了，这还了得？我立刻向李江波做了报告。坦白从宽抗拒从严，你今晚到底去哪儿了？手机也不开。”

“你不是说我跟男人幽会去了吗？”

“真幽会去了？”杜新颖望着罗晶，“我可当真了啊。”

“本来就是真的啊。”罗晶一脸认真，“你现在就打电话告诉李江波吧。”

“想拿我当传真机用啊？”杜新颖仿佛在嚼着嘴里的字，以确定它们的分量似的，慢吞吞地说道，“我才不干呢。”

“李江波对你那么好，你不帮他谁帮他啊？”罗晶笑笑。

“——你喝酒了？”杜新颖朝罗晶凑过来闻了闻。

电视上的女人忽然尖叫了一声，虽然音量开得不大，也还是吸引了她们的注意力。那是个广告，女人睁圆了眼睛，又惊又喜。

“喝酒就像给脑子里的零件上油，平时想不明白的事儿喝了酒一下子就想开了。”罗晶笑着回答。

“真受不了你。”杜新颖笑了，“平时老板着脸，冷不丁儿开起玩笑来，谁知道你是真是假啊？”

“你跟李江波很熟吗？”罗晶等杜新颖笑完了，问她，“他从来没提起过你。”

“——我跟医院里所有的医生都很熟。”杜新颖说，又开始揿遥控器，“我跟他们一起出去吃过几次饭，他们找我当花瓶。我无所谓，反正得吃饭，有机会白吃白喝不是更好？患者家属请客时个个都像百万富翁，什么贵点什么，病得不轻！”

罗晶与杜新颖从上飞机开始建立的友谊就像一件新衣服，刚刚合身就到了需要洗涤的时候，她们坐飞机返回时，这件衣服已经缩水，穿不上身了。

李江波在出口处接罗晶，杜新颖抢先一步冲过去和他拥抱了一下，她的胸部像两支枪口紧紧地顶着他。李江波一副被绑架的姿势，冲罗晶笑了笑。

“你昨天晚上怎么不在房间？”回家的路上李江波问罗晶。

“房间里有人。我进去不大方便，就去楼下酒吧坐了坐。”

“——这么说，”沉默了片刻后，李江波淡淡地笑了，“杜新颖又有新情人了？”

三岔河

“虎哥来了!”司机说。

公路边有个很大的牌子，上面写着“三岔河市欢迎您”!“河”字掉了个“可”字边，变成三滴水，“您”字下面的“心”也丢了右边的一点。

牌子下面停着辆越野车，三个男人站在车旁边吸烟、说笑。

吕悦乘坐的车放缓速度时，他们转过身来。李虎虎背熊腰地站在两个年轻人中间，黑色T恤黑色牛仔裤，脸也是黑红色的。

“辛苦了，吕悦。”李虎迎上来。

“不是说不用接的吗?”吕悦下了车，说。

“那哪能呢，”李虎说，“有朋自远方来，不亦乐乎；有美女自远方来，不亦接乎？”

他介绍两个年轻人给吕悦认识，瘦高的叫小武，乐呵呵的那个叫二平。

“虎哥一直在说你的事情。”小武说。

“果然名不虚传啊。”二平笑。

“你说我什么了？”吕悦问李虎。

“就以前我们上高中时的那些事儿。”李虎让接吕悦的司机跟小武二平坐一辆车回去，他跟吕悦坐一辆车。

“累了吧？”

“还行。”

“谢谢你啊，”李虎说，“这么大老远的把你折腾回来。”

“别客气，”吕悦说，“杨正明也是我的同学啊。”

“是啊，”李虎叹了口气。“前几天，正明请我吃狗肉火锅。他平时高傲得要命，跟谁都不联系，我当时想，这家伙肯定是摊上什么事儿了！那天市长有客人让我陪我都没去，骗市长说我妈生病了，跑去见正明。结果他啥事儿也没有，就是找我喝酒说话儿，聊从小到大那些鸡毛蒜皮的破事儿，同学、朋友，聊了四个多小时，他翻来覆去的念叨你，说当年每次你往教室里一进，那真叫蓬荜生辉啊！你穿的衣服他现在还记得，一件一件给我数，就好像你的衣橱摆在我们眼前似的，你有一条海军衫似的连衣裙，穿上以后跟山口百惠一样一样儿的，还有一件白色连衣裙，大荷叶领，风一吹就翻卷起来——”

“没错儿，”吕悦笑了，“确实有过那么一条裙子。”

“你还有件蝙蝠袖的短夹克衫，黑红格子的，穿上显得腿特别长。”李虎说，“你的事情，正明全都记得，吃火锅那天他跟我说啊说啊，说得我直想掉眼泪，他对你真是——”

李虎哽住了，过了一会儿，咳了咳，才又开口：“那天正明喝多了，特别絮叨，说二十年没见了，不知道吕悦变成什么样儿了。我说咱把吕悦找回来，同学们聚聚，到时候你就知道了。他说好啊好啊，我真想见见吕悦。”

车子开进了市区，三岔河市比吕悦记忆中的县城大了好几倍，街道边儿上种着剪了树冠的榆树，像一堵堵绿色矮墙把街道隔开了，桃红李白，花开得正当时，空气中有一股香味儿。街区中间的小树林消失无踪了，二十年前，那里是白天妇女们聊天、晚饭后老年人散步、夜幕降临时年轻人谈恋爱的地方，也是案件高发的犯罪现场。雄浑壮阔的松江在吕悦的作文本里常被比喻成腾飞的巨龙，现在锋芒尽收，水流平缓，像是进入了暮年；松江边冬季他们滑冰，用雪砖冰石垒碉堡、砌战壕的地方，几十栋新楼盘拔地而起，这些楼刷着粉色的涂料，像水泥盾牌被整齐有序地摆放着。

李虎把车开到贵人酒店门口，小武、二平已经在等着他们了。酒店相当豪华，吕悦入住的套房，站在窗前可以看到远处的山脉，低头则是蜿蜒的松江，远远回望，能看见两条河入江时形成的“Y”字。房间有客厅、小酒吧以及两个卫生间，宽大的茶几上面摆放着功夫茶茶具和一些小包装的麦斯威尔咖啡，卧室的床头柜上，花瓶里插着香水百合，还有一大盘洗好的水果，造型漂亮的水果刀是双立人牌的。

李虎说这套房他常年包租，专门招待朋友和客户的。“你多住几天，正明的事儿办完以后，我带你四处转转。”

吕悦简单地洗漱了一下，化了点妆，换了衣服。李虎在小客厅里抽烟，听见吕悦走出来时转过脸，他的目光在她身上停留了片刻，想说什么，话到嘴边打了个转，又咽下去了，“——我们去二楼吃饭。”

二十多个同学在包房里等他们，吕悦乍一走进去，只觉得满屋子都是人，到处都是笑脸，她的眼睛看不过来，对七嘴八舌的问候和问题，也只能先以微笑来回敬。

“这阵势弄得，”李虎笑着说，“像大明星来了。”

“吕悦就是咱们班的明星偶像啊。”班长王美蓉笑着说，“你还认识我不？”

“当然了。”吕悦笑着拍了拍她。

王美蓉老得很明显，眼角嘴角，皱纹如菊。除了王美蓉，其他女生都发福了。有一半吕悦记不住名字了，但五官相貌还有些印象。男生们也大多挺着肚子，脸色油光光的，有两个开始谢顶了。

饭桌是吕悦见过的最大的圆桌，二十四个同学围坐，还松松快快的。男生女生们插开坐，李虎让吕悦坐在主宾位上，他的另一侧是王美蓉，吕悦身边的位置，他特别地空了出来，“这是正明的位置”。

他们喝的是特级松江醇，“嘎嘎纯，”李虎对吕悦介绍，“喝多少都不上头。”

“七百多块钱一瓶呢，”有人感慨，笑嘻嘻地问李虎，“管够儿不李总？”

“废话！”李虎给吕悦倒酒。

“我不喝酒的。”吕悦说。

“喝不喝是你的事儿，”李虎说，“我只负责倒上。”

李虎给杨正明那个杯子也倒得满满的。

其他人有的互相倒酒，有的是服务员在给倒酒，李虎看大家的杯都倒满了，端起酒杯站了起来，酒桌边嘻哈说笑的声音渐渐消隐，大家都看着李虎。

“这第一杯酒，咱们为正明喝一杯，正明是我高中时最好的哥们儿，跟亲兄弟没什么两样儿。”李虎看着吕悦身侧的空位置，仿佛那里坐着人似的，他伸臂在那个酒杯上碰了一下，“正明，西出阳关无故人，你一路走好啊。”

说到最后，李虎声音有些哽咽了。

大家都站了起来，先是够得着的几个同学跟杨正明的杯子碰了碰杯，其他够不着的也陆续走过来，表情凝重肃穆地跟正明的杯子碰了碰，几个女生眼睛里浮现出泪光，王美蓉的泪水把她的妆都弄花了。

吕悦最后一个跟那个空杯子碰了碰，杨正明高中时又瘦又高，整天在操场上打篮球，他爸是三岔河县的副县长，他逃课或者不上自习，老师们都睁一只眼闭一只眼。偶尔他在教室里上课，篮球也放在书桌下面，他用脚踩着。他们有限的几次对视中，他的目光幽幽如夜晚的小巷，让吕悦紧张不安。

大家把酒都喝光了，吕悦也把酒喝了。酒像一个小彗星，热辣辣地从舌头、经过食道，直蹿进胃里，留下一股湿润的灼热。

李虎把杨正明那杯酒洒到了地上，招呼服务员给大家把酒都满上。

热菜开始上了，都是生猛海鲜，还有三岔河的清炖鲤鱼，是用过滤后的松江水炖的。服务员在他们每人面前放下个大盘子，一只清炖蛤蟆伏在生菜叶上，四条腿伸展着，好像在冥想。

“我的天!”吕悦哭笑不得。

“有人把这道菜叫林参，”李虎说，“比海参还有营养呢。”

吃完蛤蟆，李虎提第二杯酒，给吕悦接风。

“吕悦二十年没回三岔河了，昨天我打电话跟她说起正明的事儿，人家二话没说就答应回来了，”李虎说，“这是啥？这是同学情义!”

这通电话她本来不想接的，陌生的号码，尾数是六个8。电话接通后李虎自我介绍了半天，问她：“你还记得三岔河吗？记得三岔河一中吗？你记得一中三班的老同学杨正明和李虎吗？你记不记得因为我们形影不离，新年联欢会上咱班同学还拿我们俩打一成语，名叫‘羊入虎口’?”

吕悦从来没想到自己会记得这些事情，但李虎一连串的问题就像一根线，往事像风筝似的被拉回到她眼前，她当然记得三岔河，记得三岔河一中，记得杨正明，包括那次新年联欢会。那天杨正明弹了吉他，唱了一首外国民歌，叫《多年以前》。大家拼命地给他鼓掌，那是他在她记忆中最光彩照人的一次。

“你这次能回来，”李虎跟吕悦碰了下杯子，“正明地下有灵，会非常非常高兴的。我替他谢谢你。”

“情义无价，情义无价!”大伙应和着，纷纷跟吕悦干杯，吕悦只好把酒又喝掉了。

第三杯是为了老同学聚会，全体干杯。

接连喝下去的几杯酒，像热乎乎的巴掌，从身体内部拍打着吕悦，把她拍得又松又软又轻；这些酒又像波浪，一阵阵地翻卷冲击，让她头晕目眩。眼前的老同学们都变成了皮影，飘来飘去，很多人在说话，高一声低一声的，有人说着说着哭了，有人却笑个不停。

有人过来给吕悦敬酒，说她仍旧漂亮得让人喘不过气来。

“不是仍旧，”另外一个过来敬酒的同学纠正前一位的话，“吕悦比以前更加漂亮，更有风韵。”

“吕悦不能再喝了。”李虎伸手把他们的酒杯挡住，让小武拿了瓶蓝莓汁放到吕悦面前，“你用这个跟他们干杯。”

“就你会怜香惜玉?!”有人说李虎。

“那对呗，”王美蓉在旁边接过话头儿，“要不他能离三次婚?”

“为了吕悦我可以离第四次。”李虎说。

杨正明躺在黄白相间的菊花床上面，穿了一套挺括的黑色中山装——王美蓉在吕悦耳边说，那身衣服是李虎买的，“柒牌”男装，一万多呢——他比吕悦记忆中的样子矮了些，车祸毁了杨正明的脸，现在的脸是用石膏重新固定好，又化了妆的。吕悦没敢往那张假脸上看，她不认为遗照上面那个瘦寡寡，脸颊凹陷的中年男人是杨正明，她宁愿保留记忆中他的样子，头发乱乱的，细长的单眼皮，皮肤被太阳晒成了棕色，笑起来牙齿显得特别白。

参加葬礼的人不多，除了同学，就是杨正明单位的一些人。他从三岔河一中毕业后被保送到师范学校，师范学校毕业后又回到三岔河一中。他们校长声音洪亮地致悼词，把杨正明形容得像张思德同志。杨正明父母都过世了，前妻没露面——“他们结婚不到三年就离了，没有孩子。”王美蓉低声对吕悦说——站在亲属位置上还礼的，是杨正明的姐姐、姐夫。李虎穿着黑西服，白衬衫，打着黑领带，挨着杨正明的姐夫站着。

杨正明单位的人跟遗体告别完毕，李虎走到吕悦身边，牵着她的手，把她领到正对着遗体的地方，李虎和吕悦他们并肩站着，给杨正明鞠了三个躬。绕着棺木走了半圈儿，瞻仰完遗容，他把她带到杨正明姐姐、姐夫面前，说："这是吕悦，特意赶回来参加葬礼的。"

"谢谢你啊。"杨正明的姐姐、姐夫分别跟吕悦握了握手。

李虎回到杨正明姐夫身边站好，吕悦独自走出追思厅，小武拿着酒瓶子让吕悦冲洗一下手，二平拿着饼干盒子，让她拿一块吃。

吕悦对二平摆了摆手。

殡仪馆院里停满了车，从其他的追思厅里面，传来撕心裂肺的哭声。昨天夜里喝了酒，吕悦睡眠质量很差，睡着以后，她老觉得房间里面有个人走来走去，穿着天蓝色带白杠杠的运动服，身上带着股汗味儿，他在床头站了好长时间，低头笑微微地看着吕悦，当她费了九牛二虎之力撩开湿重的梦帘，惊醒过来时，房间里面就只有橘色的夜灯在闪亮。

"正明跟别的同学不太联系，偶尔倒还去我店里坐坐，"王美蓉走出追思厅，眼圈儿红肿，用纸巾用力地撸着鼻涕，"我劝他多少回了，再找个老婆结婚，趁不太老，生个孩子，一个人这么过日子有什么意思啊?!他嫌我烦，说我跟他妈似的。"

又有几个同学从追思厅出来，听见王美蓉最后几句话，笑了。

"你看人家吕悦，"有个女生打量她阳光下的脸，"细皮嫩肉，跟小姑娘似的。你看咱们这老脸糙皮的，一样是同班同学，差距怎么那么大呢?!”

“可不是嘛,”王美蓉说,“我要跟吕悦上街,那才真像娘俩儿呢。”

“胡说什么啊你——”吕悦让她们说得不好意思了。

“她这个狐狸精,”在税务局工作的曲丽萍笑嘻嘻地说,“让杨正明惦记了一辈子。”

“不止杨正明啊,”另外一个女生拍了下巴掌,“咱们有一次写作文,谈理想,李虎在班级里说,他写的长大以后当科学家,那纯粹是胡扯,他真正的理想是以后当大官,变有钱,娶吕悦当老婆。”

大家都笑起来,随后出来的男生们朝她们这边走过来:“在这种地方你们笑那么大声,成何体统?!”

中午饭安排在一家鱼馆里吃。店不大,刚好够参加葬礼的这些人坐满。吕悦头疼得骨头都裂开了似的,胃里火辣辣的。

“我就不去了吧?”她悄悄对王美蓉说。

“那哪儿行呢?”王美蓉说,“这是白席,都得去帮着撑撑场面。”

出乎吕悦的意料,这顿白席居然吃得热热闹闹的,大家推杯换盏,跟杨正明单位的校长、工会主席还有几位老师,敬过来敬过去。每次有人过来敬酒,吕悦都会被重点介绍一下,她不得不从座位上站起来,跟人握握手。

“陪一杯呗?”喝酒时总有人要求她。

“我身体不大舒服。”吕悦说,“不好意思。”

饭吃到一半,李虎赶了过来,他说正明的事儿都办好了,挺顺利的。离开殡仪馆后他先回家洗了个澡，换了衣服。

“来，”坐在吕悦身边的曲丽萍起身说，“我这个宝座卖给你。”

“真懂事儿。”李虎笑嘻嘻地说。

两个人错身时，他在她腰上拍了一下。

“我替正明谢谢大家。”李虎举起酒杯。

“我们也替正明谢谢你。”大家纷纷响应。

“你怎么不喝？”他问吕悦。

“昨天的酒还没醒呢。”吕悦说。

“喝了这杯酒就醒了，”李虎替吕悦端起酒杯，“相信我，没错的！”

大家都笑，其他桌的人都往他们这边看。

吕悦看着李虎，她不知道李虎是做什么的，但他显然做大了，气势雄浑，连敬杯酒都弄得乌云压城。

“我不舒服，”吕悦说，“不想喝。”

“那我替你喝，”李虎还举着酒杯，“行不行？”

“那是你的事情，”吕悦说，“我可做不了你的主。”

李虎把她的那杯酒喝了，把老板叫来，让他给吕悦炖小鱼汤，“把鱼收拾干净，有一点儿腥味儿我跟你没完。

“这杯你替吕悦喝了，再敬吕悦你替不替啊？”有人问李虎。

“替！全替！”

大家都来跟李虎敬酒，也给吕悦敬酒，李虎喝完了自己的，再喝吕悦的。每替她喝完一杯，他把空酒杯码在吕悦的桌前，从一个码到了二十多个。

“差不多行了啊，”王美蓉说那些还要过来敬酒的人，“李虎这几天忙乎正明的事儿，吃不好睡不好的，别再让他喝了。”

“我们也没敬他啊，我们敬吕悦，他非要英雄救美。”

“对，我愿意。”李虎也笑，“我喝死了正好儿去跟正明做伴儿，到阎王爷那儿发展篮球运动，打打阎BA啥的。”

“呸呸呸，”王美蓉骂他，“你个乌鸦嘴！”

吃完饭李虎把同学们安排到茶馆喝茶、打麻将，他要带吕悦去看三岔河“天翻地覆”的变化。

“你喝了那么多酒，”吕悦说，“快回家休息吧。”

“别啊，你难得回来一趟，”李虎替她拉开了车门，一副请君入瓮的架势。

“你行吗？”吕悦犹豫着。

“说谁不行啊？”李虎说，等着上车的同学听见他的话，哈哈笑起来。

“没事儿，我天天这么喝，你放心上来吧。”

吕悦上了车，车里面弥漫着浓重的酒味儿，好像有瓶他们没看见的酒洒在车里了。

他们在市区里转了转，李虎问吕悦想去哪儿，她想了想：“以前我们住的房子还在吗？”

“在。”李虎边答边掉转了车头。

二十年前，吕悦住过的这栋三层红砖楼是三岔河县的标志性建筑，住户除了县领导，就是吕悦妈妈这样从省里来的专家。“小红楼”如今破败不堪，住户们在窗外拉起绳子，晾晒着衣物，楼前的水泥花坛残缺不全，里面被人种上了白菜和小葱。

“佳人已乘黄鹤去，”李虎跟着她下了车，伸了一个懒腰，“此地空余黄鹤楼。”

“你还挺酸的呢，”吕悦笑了，“像个文艺青年。”

“我是陪我儿子背古诗时，背下来几首诗。”李虎说，“上学的时候哪正经上过课啊，天天跟正明打篮球了。”

“走吧。”吕悦说。

李虎带吕悦去看市旅游局刚开发出来的景点，景点在市郊，车子停在松江边儿上一个新崭崭的凉亭旁边，一个牌子上面写着：“定情谷”。

吕悦四下看了看，问李虎：“定情谷在哪儿呢？”

“那儿！”李虎指了指前方的一处崖壁。

那处崖壁像一幅宽银幕从山上垂挂而下，直至松江，青山隐隐，绿水悠悠，确实是处好景致。

“看那上面，像不像有两个人依偎在一起？”李虎指着崖壁，“像不像小龙女和杨过？他们身后那两条岩缝，像不像两把剑？我们第一次来看的时候，正好是雨季，岩缝里有流水，被阳光一晃，真是刀光剑影啊。”

“那也不能叫定情谷啊，定情崖更贴切点儿。”

“对，下次我让他们改过来。”

回来的时候李虎带吕悦顺路去了他的煤矿。李虎的煤矿很大，是中等国营煤矿的规模，挖掘出来的煤堆得像山一样。见李虎来了，两个面色跟煤差不多的中年男人走过来，李虎给他们递烟，三个人把烟抽完的时候，李虎的事情也交代得差不多了。他扔了烟头，用鞋底踾碎，走过来指着矿井跟吕悦说：“别看只有这一个入口，里面却有五条巷道呢，从山的底部插了进去。”

“像一个魔爪。”吕悦笑着说。

晚饭王美蓉请大家吃狗肉。她自己经营着一个不大不小的狗肉馆，在三岔河市小有名气。她让朝鲜族厨师现杀了一条五十多斤的黄狗，用喷火枪烤光了狗毛，烧焦炭架大铁锅，锅里面添加了各种香料、几味草药，以及黄豆、辣椒、干白菜丝炖了四五个小时。

店里弥漫着热气和湿气，直扑到人脸上来。

“闻到狗肉香，”有人感慨，“神仙也跳墙啊。”

“我们是小本买卖，条件简陋，”王美蓉跟吕悦客气，“跟李虎比不了，人家是大老板大手笔。”

“我还有大的东西呢，”李虎冲王美蓉笑，“你想看看不？”

“去死！”王美蓉笑啐了李虎一口，请大家入席。

“看，”李虎让吕悦坐在自己身边，指了指吧台说，“‘白蛇传’。”

店里吧台上有个特别大的玻璃罐子，里面泡了几颗人参，一只灵芝，还有一青一白缠绕在一起的两条蛇。

“好玩儿吧？”王美蓉笑嘻嘻地说，“今天咱就喝‘白蛇传’，这酒可有劲儿了。”

吕悦又恶心又害怕，直摆手。

李虎给小武、二平打电话，让他们送几箱特级松江醇过来，还特别嘱咐他们给吕悦带两瓶五味子酒来。

“一样是老同学，”有人打趣，“差距怎么这么大呢？”

店面小，二十多个人挤在一个房间里，光坐着都会流汗。几盆狗肉汤热气腾腾地端上来，房间简直变成桑拿房了。狗肉汤炖得绵长浓香，一碗热汤喝下去，汗湿衣衫。席间有人间或感慨了几句杨正明的英年早逝，但大家主要的话题都放在了同学情谊上。有一个男生跟吕悦单独喝了杯酒，说：“当年，你是咱们学校的林青霞啊。”

“可不是嘛，全校有一半男生都在暗恋吕悦。”

有一个小地痞头目也看上了吕悦，带着几个兄弟来学校，并跟以杨正明、李虎为首的班级男生打过一次群架，“那真是场硬仗，”有人冲李虎笑，“你的头上还有个疤呢吧？”

“可不是。”李虎把身体屈向桌面，指了指自己头顶上的一块疤，“正明管这道疤叫马里亚纳海沟。”

“我怎么不知道呢？！”吕悦很吃惊。李虎受伤的事情她有印象，他以前上学时总穿他哥哥的旧鞋，那些鞋又大又旧，趿拉着，他的头上缠了绷带，斜背着个破旧的书包，像个俘虏惹人发笑。

“他们也没占着什么便宜，”李虎说，“我那块有机玻璃板你们记得吧？格尺那么宽，有一厘米厚，玻璃板的尖角正好敲到那家伙的脑瓜顶上了，那血呼啦涌出来，跟个红盖头似的把他的脸都盖住了，我当时以为把他打死了呢。”

“我也以为出人命了呢。”

“幸亏正明他爸是副县长，有公安局长替我们撑腰，要不然，那些地痞不血洗了县一中才怪呢。”

“那天打完架是正明陪我回家的，”李虎说，“我爸万万没想到我跟县长的儿子是好朋友。那次他非但没因为我打架揍我，还对我刮目相看，让我妈给我煮了两个鸡蛋吃呢。”

“——是因为我吗?!”吕悦难以置信，“你们没弄错吗?!”

“当然是因为你!”有人说。

“有一段时间晚上放学的时候，总有一些男生跟在你后面，你记不记得?”

吕悦记得的。因为这些男生的尾随，她妈妈还拿话敲打过她，要她自尊、自爱、自重，还含沙射影地讲了一些生理卫生方面的事情。她又委曲又憋闷，好几天吃不下饭，对跟在她屁股后面的男生面寒如霜，怒目相对。

“那都是为了保护你，怕那些小流氓对你下手。”

“这些事情我们都知道，”王美蓉说，“你怎么会不知道呢?”

“我真不知道。”吕悦说。

“吕悦那会儿对正明都不正眼看，不知道也很正常。”李虎说，“她不食人间烟火嘛。我记得有一次咱们去东山秋游，在山上野了一天，都滚得跟泥猴儿似的。下山的时候一溜儿土坡，路陡得收不住脚，到了山底下休息时，咱们都把鞋脱下来，磕鞋窠里的土啊、小石子啊什么的，吕悦脱了鞋，脚上的白袜子雪白雪白的，我和正明想来想去想不明白，咱们一样爬山，一样下山，别人都是两脚泥，她的袜子怎么就能跟两只小白兔似的呢?”

事情一做完，吕悦就起身去浴室了。

花洒喷出来的凉水让她一激灵，但她没躲开，任由凉水冲刷着头发，直至冷水转温，温水又转热，水流变成一件大衣，从头到脚覆盖、拥裹住她。

她的头还是晕的，酒精让她血液发了疯，在血管里面横冲直撞。但在她身体的内部，在某个房间里面，意识黑衣黑面，在对她刚刚犯下的罪行进行审判。

你怎么能跟李虎上床呢？

是很愚蠢。她承认。

吕悦洗了好半天，一遍又遍地打浴液，她没带浴衣进来，她用两条毛巾把头发缠好，把两条浴巾全扯了下来，一个裹紧身体，另一个披肩似的搭在肩膀上，她从镜子里面打量自己——非洲病人。

打开门，她先听到李虎的鼾声，像漏气的手风琴，伴随着咝咝的呼气声，高一阵低一阵地响着。房间里弥漫着酒和香水百合混杂的气息，既暖昧浓烈，又含混污浊。她的目光渐渐适应了房间内的光线，家具、物品、鲜花、水果，从幽暗中显露出轮廓。她从自己的箱子里找出干净的衣服，抱到小客厅里，仔细穿好。被李虎从她身上扯下来的衣服，散落在床的四周，她一件件地捡起来，这些衣服像路线图，勾勒出事情发生的脉络。李虎的手劲儿很大，身体很硬，哀求她的时候却像个小孩子。

“我爱了你这么多年。”他受了委屈似的叹息，“从来没有一个女人能让我这样。”

她试图把他推开的时候，摸到了他头顶上那个“马里亚纳海沟”，她的理智在那一瞬间踉跄了一下，栽进马里亚纳海沟里去了。

吕悦在小客厅打开了一个壁灯，烧水给自己冲了杯咖啡，她的身体很疲惫，脑子里像个蜂房，无数的蜜蜂在跳舞。蜜蜂是用跳舞来表达思想的，吕悦的思想却变成蜜蜂般的碎片儿。她需要理顺一下思路，让飞舞的蜜蜂回到各自的蜂巢。在远方城市里当大学教授的生活，时不时地，会让她觉得沉闷无趣，但当她的视线从三岔河出发时，她发觉她的象牙塔生活如此高雅脱俗，气度雍容，那些刻板的秩序、规定，从远处看，像一块块古堡的基石，确保了生活的稳固和安全。

好吧，吕悦对自己说，她回三岔河参加了一个葬礼，就让这个葬礼把有关三岔河的一切都埋葬掉吧。

喝完咖啡，吕悦打开了窗子，夜风像歌剧里面绵长的高音，时而高亢激昂，时而婉转悠远，而风声的下面，松江水流淌的哗哗声，则是乐队不眠不休的演奏。

吕悦醒来时，发现自己仍旧躺在沙发上，阳光明媚，从窗外直泻而入。她的身上盖了一条毛毯，她掀开毛毯坐起身时，毛絮在阳光里面跳动着，宛若显微镜下的细菌。

她看了眼表，快中午了。

吕悦洗漱完毕，化好妆，刚要收拾行李，有人敲门。

“我看你睡得那么香，没舍得叫醒你。”李虎举起手中的袋子，“新鲜的苹果芒，特别甜。”

李虎的T恤衫也是黄色的，质地精良，衬得他的皮肤越发地黑红、粗糙。吕悦想象了一下他穿着这身衣服，开着“宝马”越野车出现在她学校的情形，偶尔遇上她的同事，他再甩几句古诗，那可真够热闹的。

李虎把芒果拎进卫生间洗了洗，甩着水珠出来，他没找到合适的盘子，把芒果放到了功夫茶茶台上面。他从卧室把水果刀拿出来，“我来吧。”吕悦把刀接过来。

“我一会儿就回去了。”吕悦坐下来，拿起芒果削皮。

“急啥啊？好不容易来一趟，”李虎在她身边坐下，“多住几天！”

“我是来送送正明的，”吕悦往后挪了挪，专注于手头上的刀和果皮，“事情办完了，当然得回去了。”

“正明的事儿办完了，那我的事儿呢？”

“你的什么事儿啊？”

“你说呢？”

吕悦抬起头，把削好的芒果递给李虎。

“一个芒果就把我打发了？”李虎接过芒果时，问。

“芒果是你的，”吕悦又拿起一个芒果来削，“你自己打发自己。”

“到底是教授啊，”李虎笑了，“说话跟俄罗斯套盒似的。”

吕悦没接他的话茬儿。

李虎往她身边凑了凑：“你是不是特瞧不起我？”

“你胡说什么啊？”吕悦又往后挪了挪，后背顶到沙发扶手了。

“那就是瞧得起我了？”李虎又往前蹭了蹭，“我要是追你，能追得上吗？”

吕悦放下手里的芒果，身体朝后倾斜，看着李虎：“你真的离过三次婚？”

“当然了。”

“为什么？”

“抵挡不住诱惑呗。现在的女孩子都老生猛了，话直接给我撂到桌面儿上了，她们有美貌和青春，我有金钱和智慧，大家资源共享，OK不OK?!哪有像你这样儿的，跟个果子似的挂在树尖尖上，只能看，不能摸——”

“我和你认识的那些女孩子不一样。”吕悦打断了李虎，清了清嗓子，“我——昨天的事情是个意外，是一场梦，现在天亮了。”

“天还会再黑的——”

李虎注意到吕悦的脸色，收敛了笑容。

两个人沉默了片刻。

“其实我也是这么想的——”李虎咬了一口芒果，从茶几的纸盒里面抽出几张纸巾接住滴落的果汁，“真他妈甜！你尝尝——”

“你先吃吧。”吕悦示意了一下手里正削着的芒果。

李虎把芒果吃完，把果核扔到纸巾里，随手放到茶几上。

“昨天的事情倒不是什么意外，但咱们这个年纪了，经历的不少，见过的就更多，谁还会为谁一片丹心在玉壶啊？正明倒是惦记了你一辈子，算是海枯石烂了。那有啥用啊？如果我不打电话给你，你可能这辈子都不会再想起这个人。”

“你别胡——”

“就是这么回事儿。”李虎说，直视着吕悦，“你敢说，你想起过三岔河吗？想起过杨正明吗？当初我们差点儿为你把命丢了，你不也不知道吗?!”

吕悦说不出话来。

“你看你刚才紧张的，脸绷得跟个石膏像似的。”李虎笑，“你怕啥啊？怕我纠缠你?! 像电影里那个男的似的，天天上你们家楼下喊：‘吕悦，我爱你!’——”

房间里面突然沉寂下来，静得能让吕悦听见“吕悦，我爱你”发出的声波在空气里微微震动着，她也能听见李虎的心跳声，以及自己的心跳声，她还能听见窗外，松江水水流的声音，仍旧像乐队的伴奏，从容舒缓。

李虎的眼睛向下看着自己的胸部，惊异的表情好像那把刀不是吕悦捅进去的，而是刀自己从他的身体里长出来的。

“我不知道怎么会——”吕悦也看着那个刀把，她也觉得那把刀是自己长出来的，“——我只是想让你闭嘴!”

神　会

聂珊在 15 楼电梯口等我们。她个头儿高挑，穿了身绛紫色的丝麻衣裤，宽肥袖口，衣摆飘飘，里面的衬衫是鲜嫩的黄色，整个人笼在窗口漫漶的光影里，靓丽摇曳。

打过招呼后，她带我们去房间，走廊像一个被拉长的 S 形，我们停留的房间外，几个女人轻声交谈着。聂珊给我们做了介绍，人多，光线幽暗，记不住谁是谁。

“我先带她们进去——”聂珊摆摆手。

房间里面阳光明媚，我们被介绍给一位张姓中年女士。这位张姐矮且胖，穿了一身的黑色，裤子边角嵌着水钻，衣服领口袖口，镶着很多蕾丝。头发烫过，盘在脑后，用抓梳拢着。

“师父在楼上休息呢，”聂珊解释，“你们先在这里坐会儿——”

房间里还有一个女人，聂珊没来得及介绍，被门口的人叫出去了。

我和波波，张姐和另外一个女人，陌生对陌生，除了微笑大家一时无语。

大观从外面进来：“你怎么来了？”

我笑笑：“你呢？”

他也笑笑，坐在我身边的沙发上。

聂珊回来，在波波旁边拉了把椅子坐下。

“珊姐姐越来越漂亮了，”波波嘴巴甜，“好像瘦了嗳。”

“阿弥陀佛。”聂珊浅笑盈盈，“最近修行，心情特别愉快。”

“我刚刚拜了个师父。”昨天在电话里，我已经领略了聂珊的激动和喜悦，鲜活荡漾，翩然欲飞。

“你都拜了多少个师父了？”

“这个不一样。”

“哪个师父是一样的？不是没有分别心吗？”

“阿弥陀佛，分别心当然没有。”聂珊说，“不过这次我是专门去南华寺拜的师父。”

我想不出哪次她不是专门去的。第一次是妙因寺，拜格桑师父。那次我们同行。去的路上，她说想跟格桑师父谈谈皈依的事情。

那会儿她跟大观还是恋人关系，两个人风一阵雨一阵的，阴晴不定，电闪雷鸣是经常事儿。

“修行的路是很漫长的，就像唐僧取经，”聂珊说，“大观就像是那些妖魔鬼怪，火焰山盘丝洞，是命中注定的对我的考验。”

“你都想得这么清楚透彻了，还皈什么依？”

“皈依才能得到拯救。”

到了妙因寺，我们在大殿上拜了拜，就去找格桑师父了。格桑师父在大殿旁边的佛堂里，虽然是个自用的佛堂，但足够几十个僧众做法事的，案台上除了释迦牟尼佛，还有文殊菩萨和大势至菩萨。佛堂里面供奉着鲜花，三炷线香袅袅缭绕。格桑师父永远笑容满面，嘘寒问暖之后，聂珊问格桑师父：“我可以皈依吗？”

“现在吗？”格桑师父反问。

聂珊的手机响起来，她的手机铃声是《心经》的朗诵版：“观自在菩萨，行深般若波罗蜜多时——”仿佛一个人，突然介入了谈话。

聂珊把手机交给我，我出去接，对方是大观。

“干吗呢你们？电话也不接？”大观问。

我跟大观略讲了几句，回来的时候，聂珊正在大拜磕长头，整个人匍匐于地。磕了三个长头后，她跪在格桑师父面前，格桑师父把手放在她头顶上，念了一段经文，给聂珊起了个名字：善缘。

聂珊泪流满面。她掏出钱包，把差不多一万块的现金全拿出来放到佛龛前面。

“有点儿激动，呵。”格桑师父微笑着说。

一年前聂珊刚做过肿瘤切除手术，可能她被囚在病房里太久了，思绪纷杂，出院以后，一有烦恼，她就喜欢跑到寺院里去。

“你身体没问题，”格桑师父每次都这么说，“不过，还是要好好调理和休息。”

“真的没问题吗？”聂珊追问，“我最近在念《地藏菩萨本愿经》。”

“很好啊。”格桑师父说，“《地藏经》消业。”

“老念经不吃东西也不行啊。”有一次大观也在，他跟格桑师父告状，提到聂珊的饮食，“素得厉害，什么肉都不吃，她现在体能这么差，这样下去怎么可以？”

“顺其自然。”格桑师父对聂珊说，“素食当然很好，但你饮食里面的营养不够，就要吃很多药，而药里面，也包含着很多生灵的生命。”

“好的。”聂珊说。

“可以喝酒吗？”我问格桑师父，“酒是素的。”

“可以啊，”他笑笑，“不过少喝一点儿比较好，酒多乱性。”

“你们就当佛是个朋友。”我们离开之前，格桑师父说。“有时间，就来寺院里面坐坐，聊聊天，静静心。”

聂珊在妙因寺皈依之后，每年总要找机会过去几次，方便的话，我就跟她一起去。大多数时间，我作壁上观，听格桑师父和聂珊谈话。聂珊读经书，看高僧大德的光碟，陈晓旭死的那段时间，前生后世，究竟如何是他们经常谈论的话题。不过，他们从来未曾在某个问题上真正深入进去，都是问问，答答，蜻蜓点水。相比之下，网络上面的评议热烈得多了，热闹得近乎胡闹。

聂珊的第二个师父是她在北京雍和宫拜的。从一开始我就没记住名字，我只是反问她：“你已经有师父了啊？”

她解释说这没关系，修行是很漫长的过程，也分很多层次；师父可以有一个，也可以有很多个。师父者，传道授业解惑也。

“你先给他们介绍下吧。”聂珊对张姐说。

张姐坐在床头，跟我们说话时，身体朝我们这边歪转着，别别扭扭的。

“我们这位师父，学问很大，道法很深，主要是修《华严经》。这个《华严经》在佛教经典里面，非常高深，力量大极了，如果修成了正果，将来我们西行时，十方诸佛都来接引，你想上哪个极乐世界就能上哪个极乐世界——”

“一世成佛！”聂珊强调。

“对的。不只一世成佛，而且我们在现世，在当下，就能受益。求事业，求财富，求福报，求子女，求什么都可以圆满。”张姐接着说，“你们看聂珊是不是越来越漂亮，越来越精神？她这么光彩照人，可不是用了什么化妆品，她是修《华严经》！”

我们都把目光放到聂珊身上，检验这位《华严经》代言人是不是果真金光闪闪，神采奕奕。她以前是电视节目主持人，早就习惯了成为众人目光的焦点，她回望着我们，那么从容不迫，还真是有点儿宝相尊严呢。

“今天的机会可遇而不可求，”张姐说，“能来的人，都有福了。”

“听见没？”聂珊看着大观，“待会儿好好听着，好好接法。”

大观连连点头：“好，好，好。”

聂珊看看表，说是可以见师父了。她边说边起身。大家站起来，跟在她身后。

我和大观走在后面，他低声跟我说：“怎么听着像法轮功啊。”

“谤佛？”我瞪大观一眼，“罪莫大焉。”

“我和这个姐姐特别有缘。”在走廊里，聂珊回身指着张姐对我说。

“我们的缘分可不止一世呢。”张姐笃定地说，“不知道多少辈前，我们就认识了。一直持续到现在。”

她的自信让我无语。修行的人，似乎都把自己弄得千丝万缕，行藏神秘，过去和未来交织成蛛网，而现世，就是那个端坐在蛛网中间的蜘蛛。

师父非常年轻，个头高大，灰色僧袍外面套着黄色僧衣，肚腩颇明显。他和一个男护法住的是个套间，小客厅里面摆满了花篮和花束，满室芬芳。

按昨天聂珊电话里嘱咐的，我和波波也带了花束过去，黄色的玫瑰和粉色的香水百合，之前放在车里，像两个花幽灵，美得明艳，香得诡异，现在跟其他的花束放在一起，立刻变得平凡了。

聂珊把所有的人都给师父介绍了一下，师父对每个人微笑、点头，很有领导风范。介绍完毕后，师父气度雍容地坐在沙发里面，挥臂请我们坐。

但除了他坐的沙发外，根本没有别的椅子、沙发之类能安顿人坐下的东西。

大家说，就站一会儿吧。

波波说：“没想到师父这么年轻。”

“我可不是显得年轻哦，我是 1982 年出生的，”师父呵呵一笑，说，“我就是非常年轻。”

他从南华寺来，却是地道的辽宁口音。

“我是辽宁辽阳人。”

聂珊说，大家过来是先跟师父打声招呼，人太多，已经决定把下午的活动转移到一个朋友的私人会所里举行了。她看看大家，贴墙站立，挤挤搡搡的，建议说，要不，大家现在就去会所吧？

刚刚一片云似的拥进房间里的人，又开始向外移动。

我们是头一拨儿进电梯的，后面的人断断续续，走廊里面话语隐约，逶迤悠长。

“我们先下去吧，”有人说，“不能让师父等着啊。”

师父没说什么，只笑笑。

于是就关上了电梯门，下了楼。

“你怎么掺和到这里来了？”出了电梯，我问大观，“你看一大群红花，就你这一片绿叶。”

“我还勾了几个人，一会儿直接到会所。”他看看周围，低声笑着说：“我跟那哥儿几个说了，今天有好多女老板参加聚会，有钱还单身，参加聚会相当于淘宝。”

他这一说我才注意到，酒店门口发动的汽车，不是“奔驰”，就是“宝马”。

我坐进车里，问波波：“感觉如何？”

她万语千言不知从何说起的样子把我逗笑了。

“——好像格桑师父更靠谱儿些。”波波说。

从酒店转出来时，波波走错了路，在一条商业街上绕了个弯子。街道边人来人往，各种店铺促销的音乐声既各自独立又响成一片，滚滚红尘，我们一时不知何去何从。

“还去会所吗？”

“——既来之，则安之吧。”

会所很大，占据了一间中等酒店的整个三层楼。分布成好几个区，保留了三间 VIP 餐室。实木家具，中式风格，我们一走一过，聂珊随手指点，三言两语对我介绍。

大家围坐在会馆大厅的中央会客区。会所整体背景相当华丽，但这个会客区的条案和桌椅却是朴拙的田园风格，桌面上各种茶点水果巧克力，摆得满满登登。器物考究，既统一整体，又在细节处有些分别。

师父独自坐在方桌正中间足够两三个人共坐的木椅上，右边是他的男护法，张姐坐在他左边。两个人都尽量往角落里略偏转了身体，形成双星拱月之势。其他十几个人依次围着桌子坐下，有几个女孩子也就二十出头儿。

离讲法还有段时间，大多数人沉默不语，也有人边吃东西边跟邻近的人轻声聊几句。

“这个会所的老板是完美主义者兼独身主义者。”大观对我说，“这里的一草一木，一杯一碟，连枚钉子都是她自己搞定的。”

“又想讽刺我恋物癖？”女主人就在我们身后的茶架上面挑选普洱，听见了大观的话，接了一句。

“夸你呢，”大观笑着说，转头问我，“带你去看看她的佛堂？”

我不知道大观和女主人熟到什么程度，都能半个主人似的带着客人参观了。聂珊在朋友交往方面一向有“共享”的习惯，她和大观的很多矛盾和冲突亦来源于此。

这个会所居然有三间佛堂，都不小。一个在楼梯旁边，一个在会所中心位置，一个在里面，毗邻女主人的办公室。佛堂中案台上面佛像众多，除了释迦牟尼佛、观世音菩萨外，一时也分不大清西方三圣、华严三圣之类，总之是布置得层次复杂，用心良苦。供桌上面供奉着鲜花果品，鲜妍艳丽。香炉里面三根线香细细地燃着。

“是沉香，”大观说，“相当纯，香灰烧到手上都不会痛。”

“把所有底细都摸得门儿清？”

“那哪儿能？”大观笑。

我们回到桌边坐下。茶刚刚沏好，从紫砂壶里倒出来，茶香脉脉，暖意袅袅。

张姐不知道在回答哪一位同修的问话，她说她最初去南华寺的时候，见到师父这么年轻，颇不以为然。跟她同去的另一位资深佛友拜了师父，她没拜。从寺院出来下山时，她突然莫名其妙跌仆在地上，无论如何努力也起身不得。当时，师父跟另外一位师父走在前头，她就冲着师父背影喊：“师父，师父——”师父回过头来看着她，她说，“我要拜你为师！”师父点点头，说声好，继续往前走，而她也随即站起身来，又继续走路了。

师父微笑着，剥着石榴，仿佛张姐在讲别人的故事。

聂珊四下里招呼大家，比女主人还细致，她过来坐在我身边，显然她早就知道这个故事，微笑着点头。

聂珊佛友众多，我跟她平均半年见一面，也认识了七八个人。这些佛友十之八九是女性，差不多都经历过一些神奇事件或者某些神秘时刻，她们分享的时候，就仿佛在晾晒各自的私藏珠宝。先不说这种神奇性的主观臆造占多大比例，就算都是事实存在，不修行的人其实也同样拥有类似的事件或者时刻，只不过，水消失在水里；不像佛友们迷恋这类事件，喜欢渲染和强调它们的特殊意味或者启示性。

觉得我冥顽不灵，又不想跟我争论时，聂珊就念阿弥陀佛或者其他的咒语，替我消业。有一次我们去妙因寺的路上，几乎在每个聂珊津津乐道的问题上我都提出了相反的观点，惹得她替我辛苦消业了一路。

不知道是不是在等其他人到来，法会仍然没有开始。大家吃东西，喝茶，闲聊，有几个人传递着师父写的书。

“我读了师父的书，深受感动，”聂珊对我说，“专程去了南华寺拜师。”

师父开了口。讲前几天在广州，他和另外几个人在茶馆里面喝茶，有人听说有高僧在此，过来拜谒。

“师父，我对佛教很有兴趣。”那个人说。师父说：“好！”“师父，我不是个好人，我也不是个坏人，但我会努力做个好人！”师父说：“好！”“师父，我现在对佛学还一知半解，但我愿意好好修行，天天向上。”那个人说。师父说：“好！”“师父，那，那没啥事儿，我先走了？”师父说：“好！”

大家都笑。

“如果他能按他所说的去做，”师父强调，“真的很好啊。”

“是啊，是啊。”

“现在社会上，自省的人太少了，喜欢批评别人的人太多了，”师父看看大家，“难道不是？”

“当然是!”聂珊一拍桌子，神情凝重地说，“太是了。”

“这个世界，神马都是浮云，但修行就不是。”师父笑着说，“我们修行，能让现世安好，消除对死亡的恐惧，最重要的是在未来进入光明世界。《华严经》能施众生于万千法门，成就富贵、欢乐果实。”

“大家有什么问题，”聂珊看看周围，“只管问师父。”

“《金刚经》上说，过去心不可得，现在心不可得，未来心不可得，诸法空相。”波波问，“《华严经》有这么神奇吗？那不是跟《金刚经》相悖吗？”

“《金刚经》是修智慧的，”师父看了波波一眼，“而《华严经》是释迦牟尼佛成道以后，给文殊菩萨、普贤菩萨们讲的经典，是‘经典中的经典’。《华严经》是大乘法的代表，是一切法的代表。能够让众生脱离苦海，速成佛道。”

波波正欲再提问，有个手指间缠着念珠的女孩子先开了口，她说她超爱佛法，但不知道如何能够脱离苦海。

“断恶向善。”师父说，“《华严经》是普度众生最好的法门。正如经文中所说，如是虚空界尽，众生界尽，众生业尽，众生烦恼尽，我此行愿，无有穷尽。念念相续，无有间断，身语意业，无有疲厌。既可以自度，也可以度人。”

大观回头笑。

我顺着他的视线转身，不知什么时候，好几个人坐在我们身后，成为法会的一部分。其中有两个人以前见过，我们点头，算是招呼过了。

张姐给师父添上热茶。

“任何问题都可以问，”师父喝了口茶，看看围坐在身边的众人，“佛法就是要不断地求证，越证越明。”

“好吧，那我问个可能会让你们觉得不靠谱儿的问题。”

“我们今天讨论的问题。”师父转向我，笑着说，“哪一个是靠谱儿的？”

他的反问让我一时语塞，“——我想知道，我的前世是什么？”

“有生就有死，有死就有生，我们都在六道中轮回，天、人、阿修罗、畜生、恶鬼、地狱。我们现在在人道，人道最容易涅槃。”

我看着师父：“我只想知——”

“答案是有的，但我如果说了，马上就会有别人也问同样的问题，”师父转向旁边，“是不是？”

好几个人点头称是。

“沈阳有条街，”他的男护法开了腔，“密密麻麻摆满了卜卦的小摊子，随便哪个人都会告诉你这个问题。”

我啼笑皆非，无言以对。

“为什么大家都传说，”有个女孩子问师父，“《华严经》是从海里来的呢？”

“你这个问题提得非常好。”师父表扬她。

女孩子高兴得脸都红了。

“这个事情要从龙树菩萨说起。龙树菩萨学完当时所有的佛经以后，对释迦牟尼说的法不以为然，认为不够圆满。龙王就邀请龙树菩萨到龙宫去阅读他所收藏的佛经。龙树菩萨有过目不忘的本领，他骑着马跑了四十九天，连《华严经》上本中本的目录都还没读完。这下子，他知道了什么叫天外有天，由此对释迦牟尼佛五体投地，了解了佛法精深，玄妙无穷。我们现在看到的《华严经》只是下本，而流传的经本实际上又是下本的略本。”

坐在我对面的女孩子，突然挺身而起，双手合十，神情庄严：“那么师父，我可不可以代表现场的诸位佛友向您请《华严经》呢？”

张姐和男护法面带微笑，转头看着师父，师父但笑不语。

真正重要，或者说，真正严肃的时刻来到了。大家纷纷起立，椅子挪动的声音响成一片。聂珊转向会所老板，问她哪里更宽敞些，能让这些人跪得下。

会所老板扬手招来个领班之类的人，让她帮忙找个合适的地方布置一下。

趁着混乱，我跟聂珊说：“我得走了。”

“你怎么回事儿啊？”聂珊低声责怪我，“这样千载难逢的好机会，什么事情不能先放一放？”

“放得开当然就不走了啊，”我朝那一团热烈的人群中看看，“我就悄没声儿地走了吧，不带走一片云彩。”

聂珊恨铁不成钢地“嗯”了一声。

会所女主人笑眯眯地送我走，她提供场地，提供服务，却没有坐到桌边参与谈话。

“心到佛知。”她说。

三个小时后，波波到我家里来。聂珊昨天电话里说过活动结束后，她要请大家吃饭，我还以为波波跟他们吃饭去了。

“没有，仪式刚刚才结束。”

“这么久?”我很难理解，“聊出什么新料了?传法是怎么个传法?”

“就是大家要请法啊。第一次请，师父不允；再请法，师父还不允；第三次请法，师父允了。然后传法给我们。这个过程有说道儿，叫作一请二请三请。”

“呵呵，一二三，”我很好奇，“请出什么奥秘了?”

“也没什么特别。教了我们一些诵读《大悲咒》的方法。”波波说，“师父传了诵读前的仪轨，还讲了讲诵读之后回向之类的问题。”

“怎么是《大悲咒》?不是一直在讲《华严经》吗?”

“传法传的是《大悲咒》。”波波说，“《大悲咒》不是愿力很大吗?念大悲咒，以往的一切重罪恶业全能消灭，除病去祸，安乐自在，还能常得富贵，将来往生的时候，十方诸佛皆来授手，想往哪方净土去，就往哪方净土去。”

我笑：“——还有呢?”

“我现在讲给你听的，可是不让外传的。”波波说，“师父传了一些手印给我们，想求财有求财手印，想求子有求子手印，一共几十个手印，在他给我们的书上都能找得到。你想求什么就在念咒的时候，想着观世音菩萨的手势手印，照着做，效果就会事半功倍。另外，诵读了《大悲咒》，四大金刚，天龙八部，都会来护持你，能自然成就三十二相，八十一随形好。”

“这不等于是极乐世界了吗?”

“对啊。”

“然后呢?”

“请法完毕之后，每个人都起了个法名，同修佛友们彼此间可以以法名称呼。定期安排些活动，大家一起参加。”

“——没了?”

“最后是供养师父。拿多少的都有，但全都供养了。我拿了五百，算是正常的吧。有个人拿了两千。不过，她好像额外跟师父求了什么。”

“大观他们也待到最后了?”

“谁好意思走啊?”波波说，“——他和聂珊不是分了吗?”

“分了很久了。可能就是因为时间长了，才分久必合，又能做朋友了吧。”

“那老章呢?”

“聂珊跟他分了一段时间了。”

聂珊跟大观分手后，被她正儿八经领出来介绍的男朋友，是老章。

老章的年龄和财富是成正比的。聂珊还是节目主持人时，他喜欢上她，不过没有机会。二十年过去，聂珊转到幕后，他制造机会跟她见面，展开热烈追求。

聂珊第一次带老章见过我后，打电话问我对他的印象如何。

“你觉得好就好啊。”

聂珊说，他们这段缘分是早就被预言了的。她跟老章的纠结早在前世，或者前前世、前前前世就开始了。百年修得同船渡，千年修得共枕眠，这些话不是夸张的比喻，而是事实。

“也就是说，命中注定你都中年不惑了，还要再当回小三儿?”

“他们夫妻间，”聂珊很严肃，“二十多年前，关系就名存实亡了。”

聂珊很诚实地说，不想离婚的是老章。理由是当年他穷光蛋一个，人家无怨无悔地嫁了；他发财了，外面再怎么风花雪月，彩旗飘飘，家里还得是糟糠之妻坐正堂。

“人家老章是有情有义，那你呢，打算怎么办？”

“好好修行啊。”聂珊说，“爱情是苦海，人生也是苦海，修好了，才能了断，去极乐世界。”

我无语。

聂珊和老章边爱边修，他们和任何平常情侣一样，起初一日不见，如隔三秋，他们出门旅行，购物，甚至还装修了房子。与此同时，厌烦、猜疑、嫉妒、争吵，蚂蚁似的蛀进他们的浓情蜜意，起初被他们忽略不计，但渐渐地，他们的情感堡垒被掏空了。

“缘分尽了。”有一天聂珊对我说，“这样挺好，下一世我就清清爽爽，了无牵挂了。”

“你怎么知道？”

“我怎么会不知道？”聂珊反问我，“一丝一毫，佛悉知悉见，真实不虚。所有那些经过我们脑海中的意愿，你以为一闪即逝，了无痕迹？告诉你，所有的好念头，坏念头，佛悉知悉见！好事，坏事，每个人经历的任何事情，都背在自己身上，有的看得见，更多的看不见，但全都清清楚楚，真实不虚。”

我们说这番话的时候是在聂珊的房间里面。我们在茶台前面相对而坐。房间的门外，走廊的另外一边，是她的佛堂。喝茶前，我们刚刚去里面拜过。案台上面，释迦牟尼本尊，观世音菩萨，以及其他十几个佛像，大大小小，前前后后，错落摆放。几卷佛经，各种法器，还有鲜花果品摆放其间。香炉里线香端正，淡淡三抹白烟，似摇头，似点头。

“阿弥陀佛！”

水边的阿狄丽雅

每次我去相亲，和陌生的男人对坐着，谈完了天气，谈完了工作，谈完了爱好，连喜不喜欢吃辣椒这样的话题也谈了几句以后，我多半会把朗朗扯出来谈上两句。

我有个朋友叫苏朗，平时我叫她朗朗。她抽烟（如果对方正在抽烟的话，我就这样说道）。但她不抽云烟，她抽女士烟，从免税店里买的。里面有薄荷，朗朗说（我犹豫一下，如果对方长得还算讨人喜欢的话，我就把下半句说完，要不，就微笑一下了事），抽这样的烟接吻也不会让人讨厌。朗朗就留着这样的发型（如果我们身边恰巧有女人走过，而坐在我对面的家伙把目光盯在她身上的话，我就用这个话头儿把他的目光钩回到我脸上来）。这样的发型一般人打理不起，洗一次压一次，既费时间花钱又多。朗朗那样的女人当然没问题，她的男朋友个个是大款。朗朗说，男人不能太穷，太穷就酸气，穷酸穷酸，最难相处了。朗朗也会弹钢琴（我和男人见面的地点，最近差不多都定在咖啡馆里，这样的地方简直像强盗，不把人的话语打劫得干干净净就不甘休似的。好在这样的地方差不多都摆着一架钢琴），她小时候学了五六年，会弹一些简单的曲子，她以前在贵都酒店弹了几年。弹琴挣的钱不少，还有小费，但也就够朗朗买几件衣服的。她花钱花得很吓人。朗朗总是和我开玩笑，她说我的优点是保守，我的缺点是太保守（当男人打听女人以往她恋爱时，和男朋友交往的一些细节时，是不是意味着挑逗?）。我和朗朗是好朋友，但我们之间思想观念的差别却非常大。她的男朋友变得比天气还快呢。

朗朗是我与人闲聊时的金矿，男人们听到我讲朗朗的故事时，四处飞动的目光会收紧翅膀，老老实实地停留在我的身上。他们听我讲上一会儿以后，表情就变了。他们的微妙的笑容成为我在日后回想他们时的主要内容。只有一个冒失鬼开口问我，你现在打电话叫你的朋友过来吧。我没说话。这个叫陈明亮的男人刚才进来时，身后跟着的介绍人用手扶着他的腰，好像用枪指着他的后腰似的。他是我见的第七个男人，身份是师大的体育老师，表情却仿佛是博导。介绍人为我们彼此做了介绍，他的两手插在裤兜里，冲我点了点头。

介绍人给我们介绍完就走了，留下我们两个。他放松身体坐进椅子里，两条很长的腿分别伸到我坐的椅子两边，让我想起一把大剪子。他的话全是短句，也像被剪过似的。我们坐在一个靠窗的位置上，阳光的爪子穿透玻璃朝他身上扑过去，抓挠着，似乎这是当时唯一让他感到惬意的事儿。他喝咖啡的样子也和别人不一样，不捏着杯子把，也不跷着兰花指拨动小匙，而是用手握着杯子喝。我们沉默了大约五分钟，为了打发掉喝完一杯咖啡的时间，我和他说起了朗朗。我说我有个朋友，会用茶叶算命。她能说出很多初次见面的人的性格特征，还有大致命运。陈明亮身子没动，但眼睛抬起来对着我，一脸怀疑地对我说："我不相信。"我说我也不相信，但有很多人相信。她给一些人算命时我在旁边看着，我觉得她根本就是在故弄玄虚。可是被她算过命的很多人后来带着自己的家人和朋友又回来找她，他们说她算得很准。

陈明亮的表情经过一阵微妙变化后最后定格为一个讥讽的冷笑："我不相信，除非你把她现在就找来，当场表演给我看。"

"你以为朗朗是服务生？招之即来？"

"不敢来了吧？"陈明亮冷笑一声，"女人就怕动真格儿的。"

"不是不敢来。"我心平气和地纠正他，"也没什么好怕的。"

"那你让她来。"陈明亮好像得了理，嘲弄地盯着我，"我很了解女人。"

我笑了。

"不敢了吧？"陈明亮把头凑近到我身前来，他的表情和刚才判若两人，仿佛就在阳光里睡足了午觉的猫，刚刚清醒了过来。他掏出手机拍到我面前，"你现在就打电话叫你的朋友过来吧。"

"她不会来的。想来也来不了，她在外地。"

陈明亮眯着眼睛瞧着我，好像我这个人与我嘴里的谎言已经融为一体了似的。

“女人都很会撒谎。”陈明亮恨恨地说。

“你愿意这么想，是你的自由。”我喝完了杯中的咖啡，招手叫来侍应，“买单。”

我从背包里往外拿钱包时，陈明亮伸手在我手上拍了一下，把我的钱包打落到背包里。

“我来买。”他说，“我是男人。”

我没和他争，出于礼貌，我等了一会儿，和他一起走出门去。

“再见。”我站在咖啡馆门口，和脾气暴躁的体育老师道别。

他掏出烟来点上，吸了一口，朝一家酒店的方向吐了口烟，问我：“开个房怎么样？”

我没想到他还有这一手：“你……什么意思？”

他笑嘻嘻地瞧着我：“还能有什么意思？”

我并没真的生他气，但我打了他一耳光。然后我转身走了。

过了一会儿，喊声从我身后传来：“这样你就纯洁了？你就处女了？”

我站住了，慢慢转身看着他：“你怎么知道我不纯洁？我不处女？”

陈明亮站在咖啡馆门口，他最后留给我的表情让我很愉快。

三天后，我接到介绍人的电话，她问我对陈明亮的印象怎么样。

我说就那样儿。

她说陈明亮对你印象很好。

是吗？这我倒没想到。我让司机在一家书店门口停下来，一边付车钱，一边对介绍人说，我得进书店了，书店里打电话不方便，改天再聊吧。

介绍人好像意犹未尽似的，问我在哪家书店。

我说了名字，跟她飞快地道了再见，就把手机关了。

我拎着一兜书出来时，陈明亮手里拿着几张报纸在门口等着，见到我，咧着嘴笑笑。“买完书了？”

我没说话。

陈明亮很自来熟儿地拎过我装书的袋子：“这么沉？你买这么多书什么时候能看完？”

“关你什么事儿？”

“你看你，怎么这么不友好？”陈明亮笑嘻嘻地说。

“你找我干吗？还想开房？”

“你看你，怎么这么说话？”

“那怎么说？”

“你看你……”陈明亮的笑容在脸上皱了起来，他清了清嗓子，接着沉默了。

“话说完了？”我从他手中把袋子拿回来，往前走。

“哎……”陈明亮在后面追我，“我们找个地方喝咖啡好不好，随便聊聊。”

我没理他，径直往前走。

“你不是有个朋友会用茶叶算命吗？她怎么样了？”陈明亮很从容地迈着步子，他一步顶我三步。

我停下来：“你还想让我给你介绍我的朋友？”

“不是……当然认识一下也无所谓……哎，你别误会我，你看你用这种眼神儿看着我就好像我怎么着你了似的。”陈明亮口齿有些不清楚了，“那天……我情绪不好，胡说八道，再说你不也打了我一耳光吗？我还以为咱们扯平了呢。”

“谁跟你扯平了？”我一时没绷住，笑了。

“笑了好笑了好，你一笑，阳光都跟着灿烂了。”陈明亮也笑了。

我们在街上站了一会儿。

“我请你喝咖啡。”陈明亮指了指马路对面的一家咖啡馆。

我犹豫了一下：“上次你请我喝过了，这次我请你。”

“你请也行，但钱由我付。”陈明亮从我手里又把书拎过去。

咖啡馆新开张不久，装修后油漆气味没散尽。我和陈明亮待了一分钟就出来了。“怎么办？”他问我。

我四下看了看，指了指前面的一幢高楼：“去贵都吧。二楼有咖啡座。”

我们往贵都酒店走，人行道旁边的铁栅栏上面缠绕着的藤蔓植物叶子开始变红，那种颜色细究起来很像一种铁锈。

“你相过几次亲？”陈明亮问。

“记不清了，你呢？”

“就跟你这一次还是我们家人硬替我安排的。”陈明亮说，“我以前有女朋友，处了好几年，前一段时间刚分手。”

“为什么？”

陈明亮迟疑了一下。

“不想说就别勉强。”

“也没什么大不了的，她把我蹬了。”陈明亮笑笑，“除了我她还有个男朋友。我骂她一只脚踩两只船。她说她自己才是船，而我们不过是桨，她用两支桨划了一阵子，择优录取了其中之一。”

我笑了。

“好笑吗？”陈明亮看了我一眼，“当时气得我浑身都哆嗦了，我们交往了五年我不过就是一支桨？但我又说不过她，她是教语文的。我打了她一耳光，我说你拿我当桨涮了那么长时间，我抡你一巴掌也不算什么。她捂着脸哭了。我说你还委屈了？你偷着乐去吧。幸亏我是个桨，我要是把匕首你现在命都没了。”

我看了陈明亮一眼：“恶向胆边生？”

“吓唬吓唬还不行啊？要不然，我怎么出胸间的这口闷气？”

我们走到贵都酒店门口，在旋转门前，我后退了一步，看着陈明亮被几扇门页搅进去。他发觉我没进去，又出来了。

“怎么了？”

“我突然不想喝咖啡了。”

陈明亮的表情变得谨慎起来：“怎么了？我哪句话又说错了？”

我笑笑。

“你别这么笑，你这么笑我心里没底。”

“……你为什么又来找我？”

“……因为你打了我。”

我望着陈明亮，笑了：“你欠揍？”

“没错儿。”他也笑，“你是不是觉得我特犯贱？”

有一段时间，我和陈明亮经常把见面的地点定在“贵都”，那里的咖啡味道纯正。但陈明亮好像是冲着落地窗去的，每次都挑靠窗的位置坐。“我最受不了咖啡馆的灯光，像卧室一样。”陈明亮沐浴在阳光中，褐色的脸孔宛若葵花仰了一会儿，朝我弯过来。“你说呢？”

我只管搅动着咖啡。

陈明亮突然把我的眼镜摘下来：“你不戴眼镜像换了个人似的。”

我伸出手，陈明亮的胳膊立刻伸到了我够不到的位置。

“还给我。”

“你挺漂亮的。”陈明亮笑嘻嘻地说。

“你再不给我我生气了。”

“你生气的时候很性感……”陈明亮慢慢把眼镜还给我。

“你总是这么和女孩子开玩笑吗？”我把眼镜戴上。

“那你呢？你跟男人在一起总是这么严肃吗？”

“差不多吧。”

“因为你是处女？”陈明亮的眼睛熠熠生辉，他凑近到我身前来，“你知道你身上缺少什么？”

我盯着他。

“女人味儿。”陈明亮兴奋起来，“所以你给男人的感觉总是硬邦邦的。”

“什么硬邦邦的？”我瞪了陈明亮一眼，“你当我是死人？”

“没说你是死人。你读书太多，该敏感的不敏感，不该敏感的特别敏感。”陈明亮换到我身边的沙发里来，“我的意思是说，你应该换一种活法儿。”

“你要是想老话重提，趁早免开尊口。”我笑了。

“你看你……”陈明亮笑了，“该一点就透的时候你非不一点就透，不该一点就透的时候你不点也透……”

我冲他摆摆手，示意他闭嘴。

一个头发披到腰上的女孩子走过来，她的皮肤好像透明似的，眼皮上面涂了蓝色的带亮片的眼影，眨眼时眼波横流，别有一股妩媚劲儿。她谁也不瞧，冷冷地走到钢琴前面，坐了下来。每次弹琴，她都从“水边的阿狄丽雅”开始。

“朗朗以前也在酒店里弹过钢琴的。”

陈明亮贴近我的耳边儿说：“我也会弹……”

我盯着在我大腿上放着的手。这只体形硕大，颜色怪异的蜘蛛拿我的大腿当独木桥，来来回回地游走着。后来，它像迷失了方向似的，停了下来。

沉默了一会儿，陈明亮又坐回到我对面去了，一条腿压着另一条，手好像两只正在拥抱的蜘蛛爬在最上面的膝盖上。他独自生了会儿气，点上了一支烟。

“朗朗在酒店里弹琴，”我觉得嘴里的话就像陈明亮嘴里的烟雾，不知怎么就蹿出去了，“经常有男人来找她，谈好了价钱，她就和男人开房。”

陈明亮张大了嘴巴。

“为了挣钱。”我说。

“……多少钱?”

“一次一千。”

“她要那么多钱干么？买衣服?”

“为了她妈妈。她妈妈在监狱里。”

陈明亮又坐到我身边的沙发上。“发生了什么事儿?”

“朗朗的妈妈是化妆师。”我冲陈明亮笑笑，“不过不是给活人，是给死人化妆的。她跟朗朗的爸爸结婚时说自己是护士。过了好几年，这事儿才暴露了。朗朗的爸爸他是个写话剧的，一点儿名气也没有，这下可神气了，在家不是打就是骂的，天天在外面喝酒，逮谁跟谁倾诉。朗朗的妈妈要跟他离婚，他又不离。反正越闹越厉害，朗朗的妈妈夏天在家也得整天戴着手套，这也不能让朗朗她爸爸满意，他跟人说，早晚有一天要把老婆的死人手剁下来不可。谁也没拿他的醉话当真，但他有一次喝多了以后真动手了，两人打起来了，结果是朗朗的妈妈一时失手，剁到朗朗的爸爸的手腕子上，可能是碰巧割断了静脉什么的吧，血流得太多，后来也没抢救过来。朗朗的妈妈过失杀人，判了二十年，朗朗想早点儿把她妈妈从监狱里弄出来。”

“后来呢?”过了一会儿，陈明亮问。

“嗯?”

“朗朗把她妈妈弄出来了吗?”

“出来了。但过了一阵子她又回去了。她在外面已经不适应了，觉得监狱好。监狱里有工厂，织手套的。她妈妈回去当技术员去了。”

天气一天天地冷了。第一场寒流到来的那天，陈明亮来学校找我，要带我去吃火锅。我们在火锅店里遇见了他的三个朋友。他们都是漂亮小伙子，带着各自漂亮的女朋友。桌子中间放着一个很大的火锅。周围行星似的摆着装满食物的盘子。陈明亮一本正经地告诉他的朋友，我会用茶叶算命。我们的银河系立刻响起一片瓷器的声音，接着就有一杯茶伸到了我的眼皮子下面。

“我不会算命。”我看了陈明亮一眼，“最多能看看爱情。”

“就是让你看爱情。”陈明亮笑着说，“我们最在乎的就是爱情了。”

“就是就是就是。”他们一迭声地附和。

我看了一眼杯里的茶叶，又抬头看了一眼端着茶杯的女孩子，她的头发长长的，脸上一直挂着笑容。

“你是个很聪明的女人，”我把目光重又投向茶叶，“也很有手段，擅长把握男人的心理，你做事不一定非要显山露水，但你更容易占上风。你能让男人围着你团团转，但转到一定时候，就会出现问题。他也许会突然清醒过来，慢慢摆脱你的控制。”

她的笑容像一层油，凝在了脸上。她把茶杯放回到自己的眼前：“看来，我得早点儿嫁人了。”

“那也没用。形式感改变不了命运。”

她的笑容彻底没了，脸色苍白，像一块冻硬的猪板油：“什么是命运？几片儿破茶叶？”

“有时候就是几片儿破茶叶。”陈明亮在桌子底下踢了我一脚，我扭头看着他，“你踢我干吗？”

“你看你……”陈明亮的脸红了。

“不是你让我看的吗？”我冲那个沉着脸的女孩子笑笑，“刚才我是跟你闹着玩儿呢，你千万别当真啊。”

“没事儿。”她笑笑。

我们把茶水放到一边，喝起酒来。几杯酒下肚，微笑又回到我身边的长发女孩子的脸上。她和陈明亮拼酒，他们在我眼前碰一下杯，然后把酒喝下去。她男朋友劝了几次，她不听。

“来，陈明亮，再来一杯。”

“我不行了，我认输了，行不行？”

“不行，你他妈的今天不喝你就没种。”她挥手时把茶杯碰掉了，白瓷杯子摔成几片儿，茶叶和水淋了一地。

“你别闹了行不行？”她男朋友生气了。

“我又不是故意的……你瞪什么眼睛？”

“买单。”她男朋友招手叫服务员。

“我还没喝够呢……陈明亮，咱们去酒吧接着喝。”

“我喝不动了，真不行了。”

“你他妈没种。”

“对，我没种。”陈明亮笑嘻嘻地说，“我没种行了吧？”

我和陈明亮坐上出租车，他让司机去“贵都”。我扭头看了他一眼：“你不回家睡觉吗？喝了这么多酒……”

“我们得谈谈。”陈明亮说。“要不然我睡觉也不踏实。”

我们去了“贵都”，他径直走向服务台开了一间房。

“你什么意思？”

“谈谈，只是谈谈。就我们两个，想说什么就说什么地谈一谈。”陈明亮一眨不眨地盯着我，举起两只手在我眼前晃了晃。“我保证不会碰你一根手指头。”

房间挺不错。陈明亮进门后先去洗澡。我把房间里所有的灯都打着了，还冲了两杯即溶咖啡。

陈明亮从浴室里出来后，我们对坐在椅子上，一人端着一杯咖啡。

“朗朗现在在哪儿？”陈明亮问我。

“我不知道。”我说，“怎么又想起她来了？”

“她的故事好像没完似的。后来她怎么样了？”陈明亮问我。他的身体在刚套上身的毛衣里散发出湿润温暖的气息。他连牙也刷了。

“朗朗弹琴的时候，遇到过一个男人。他是听朋友们说起朗朗的特殊身份的。起初他不相信，他说看上去比早晨的露珠儿还纯洁剔透的女孩子，怎么会干这个？别人说你不相信干吗不去试试。他就去试了。结果证明在社会的某一方面他是个天真幼稚的男人。他们过了一夜。天亮时他们分手了。朗朗接着去做自己的事儿，男人也接着过自己的生活。半年以后他离婚了，两年以后他和另一个女孩子谈起了恋爱。一年以后他们决定结婚。这期间他去一所大学开学术会议。在那里，他遇见了一个女研究生。她身上的很多东西都和以前不一样了，连名字都改了，但他还是一眼就认出了她。”

我把咖啡喝掉，脱掉外面的大衣，对陈明亮说：“我去洗个澡。”

我冲淋浴的时候，陈明亮开门走了进来。我吃了一惊。我还是第一次从年轻男人脸上看到如此温柔忧伤的表情。

“我全都明白了。”陈明亮说。

我叹了口气：“你这个傻瓜。”

松树镇

我们到达松树镇的时候是下午三四点钟，在火车上度过的最后一个小时，空气已经变得清新沁凉，夹杂着怡人的松香气息。火车站很小，还是三四十年代时日本人修铁路时盖的，灰扑扑脏兮兮的。几棵美人松也是那时候栽的，早就有了腰身，拧着股劲儿一直拔到天上去。

来车站接我们的赵红旗、张景乾、小莫都是我堂兄的朋友。他们四个加上另外四个男孩子，年纪差不多少，从小一起长大，既是同学，又是邻居，性情相投，初中时候燃香磕头拜过把子。八个少年形影不离，好勇斗狠，名噪一时，连社会上的混混也让他们几分。

赵红旗是典型的东北大汉，个子高，块头大，像截铁塔似的，是私营煤窑的煤窑主；张景乾是副镇长，是“有身份的人”，举手投足里面总有股“看山是山，又不是山”的劲儿；三个人里面，小莫最有亲和力，他长了一张喜洋洋的脸，笑口常开，我们这次住的旅馆就是他家开的，他们开来的丰田越野车则是赵红旗的。

松树镇坐落在山间，四条街组成个“井”字，也有小贩叫卖也有妇女站在街边聊天，孩子四处跑，但松树镇就是给人一种很沉静的感觉。夕阳西下，云彩在山顶上飘荡，像镶了金边的婚纱裙子。

他们在镇子里最大的饭店给我们接风。而“最大”也不过四五十平方米、放六张桌子而已。老板娘高大丰满，眉毛文得像毛毛虫，上下眼线也都文了，在眼角处向上那么一挑，把眼睛变成了两尾写意小鱼，嘴唇抹得红通通的，她跟赵红旗、张景乾、小莫熟得很，招呼我们坐下喝茶吃瓜子。

赵红旗不看菜谱儿，交代老板娘：“挑好的弄一桌。”

“你们来这里拍电影？”赵红旗问，“这里有什么好拍的？”

“这个电影是写生活在煤矿的几个初中生的故事。”我说。

“什么样的故事？”

我大概地讲了讲这个故事，讲到主人公男生被录像厅老板娘勒索，后来跟同班女生借钱不成，差点儿杀了这个女孩子时，赵红旗他们没有流露出任何惊奇的表情，他们似乎把这个故事当成了真事儿，听完后，觉得不过瘾似的说起学校里其他的一些恶性案件。有几个初中生，把学校里刚分来的英语老师强奸了，事发时教室里还有另外几个男生旁观；还有几个女生，只因为一个女生长得太漂亮，让她们看不顺眼，就上去一顿拳打脚踢，差点儿毁了她的容，她们被抓到派出所后，还跟警察叫板：“我们没到法定年龄呢，又没杀人放火，你教育我们几句不还得把我们放出去嘛。”话题逐渐扯远了，他们又说起其他的社会案件，最近镇里有个很有名儿的煤窑主被人枪杀了。这个人和另外一个人合开煤窑，开始时也是小打小闹，但慢慢地干大了，几百万资产是至少的，他想和合伙人拆单单干，结果没等签合同，他就被干掉了。

“绝对是他身边人干的。”小莫说，他跟这个老板是朋友，事发后他接到消息，赶在警察前面去了趟现场，室内也没有打斗的痕迹，从伤口上看，是凑近了太阳穴开的枪。

“活儿干得相当专业。”

“说这些事儿，”张景乾提醒小莫，“也得看看地方。”

“不就我们这一桌嘛。”小莫说。

我们说话的过程中老板娘开始上菜。

“好好侍候着，”赵红旗跟她开玩笑说，“他们是来拍电影的，没准儿弄个三陪小姐之类的角色让你演演。”

“你又有老婆又有老铁，还有好几个小蜜，”老板娘笑微微地说，“哪轮得上我啊。”

小莫正咬着瓶盖，听见老板娘的话，哏哏笑。

我们喝的是白酒。来之前我给周为和方磊讲过，煤矿的人野，直率爽气，跟他们喝酒，能喝要喝，不能喝也要喝。如果你有酒量却不喝，他们就会认为你很假，不实在，瞧不起人。而一旦给他们留下坏印象，事情就不好办了。

周为和方磊喝得很痛快，半小时没到，两个人就先后冲到卫生间吐了。

“不能喝你们不早说，”赵红旗说，“看你们上来就干杯，我还以为碰上高手了呢。”

张景乾叫老板娘泡壶热茶来。

老板娘泡了壶茉莉花，还洗了山楂。

“吃山楂解得快。”她把盘子放到周为和方磊的面前，跟赵红旗说，“别往死里灌人家，跟土匪似的。”

“你跟我这么说话，”赵红旗说，“就像土匪老婆似的。”

“土匪老妈还差不多。”老板娘笑着回敬了一句，抓了把瓜子，到外面跟厨师聊天去了。

我们吃完饭出来，天黑得透透的，星星像是从很远的地方射过来的长矛，穿透黑夜的帷幕，露出点点银亮的矛尖。镇子很静，在酒桌上听了那些故事以后，这种静谧变得阴险和杀机重重了。

小莫家的旅馆是一栋两层小楼，一共八个房间，厕所是公用的，没有洗澡间。唯一一间带浴室的房间，是小莫自己用的，他带我们去看他的浴盆，他介绍那两条金龙鱼的样子就好像它们是他的儿子。

第二天一早起来，夏末秋初的季节，洗脸的水居然冰手。洗过脸后，神清气爽，我们散步走过两条街，去昨天吃过饭的饭店。街上不少骑自行车上班的人，铃声丁零零响，树上还有雾气没有褪尽，像丝丝缕缕的白絮。空气又凉又湿，有重量似的。

赵红旗和张景乾先到了，餐桌上面摆着煮鸡蛋，馒头，葱油饼，小米粥，几个凉菜都是大盘的，老板娘跟我们打了声招呼就进了厨房，接着听到里面一阵声响，她又端出四盘热菜来。

“弄得太隆重了，”我说，“平时我们都不吃早餐的。”

“也没什么好吃的，你们将就将就，”赵红旗说，“晚上我看看能不能弄个野狍子，烤着吃吃。”

“千万别，”我们几个直摆手，连说好几遍，务必让赵红旗相信我们是认真的，不是跟他客气。

“那吃蛤蟆吧，现在的蛤蟆最肥。”赵红旗问小莫，“哎对了，老吴不是会捉蛇吗？让他捉两条来。”

“千万别千万别。”我们又开始猛摆手。

“我最怕蛇了。”我说。

“切成段炖熟了，你根本看不出是什么玩意儿。”小莫说，“女孩儿吃毒蛇还美容呢，脸上不长疙瘩。”

“我宁可长疙瘩。”我说。

周为和方磊也坚决反对吃蛇，“从现在开始除了绿叶儿的东西其他的我们都不吃了。”

张景乾让我们逗笑了，对赵红旗说：“给他们弄点儿新鲜榛蘑炖老母鸡。”

吃完了饭，张景乾去上班，赵红旗开车，带着小莫跟我们去山上。公路像层层捆缚山的绳索，我们像陀螺似的转了一圈儿又一圈儿，往下面看时，松树镇变成了一个漏斗的底座。又开了一会儿，一些小煤窑开始出现在我们眼前，规模不大，大部分是斜井，往外运煤的小火车车厢，跟棺材差不多大小，开动的时候晃里晃荡地响。工人们每天坐着这些小火车进掌子面工作，下班再坐这小火车出来。

赵红旗和小莫谁都认识，方磊和周为拿着摄像机取景的时候，他们跟煤窑主，或者主管聊天。

他们无一例外地问我们是干什么的。赵红旗说我们是拍电影的，他们的回答全都一样："这地方有什么好拍的?!"

"是煤矿里一些中学生的故事。"赵红旗说。

他们很快谈起真正关心的事情，贮藏量怎么样？煤质如何？找到买家没有？今年冬天的煤价是涨还是降？他们都为钱焦虑，工人的工资拖欠得太久了，再不赶紧把煤发走弄回钱来，不知道哪天刨煤的大镐头就刨到他们的脑袋上了。

"你们早晨醒来，一抬头看见的是太阳初升，"赵红旗对我和小莫说，"我每天睁开眼睛，先得琢磨这样那样的费用，没有个三千四千的，推不开门啊。"

"进钱的时候你怎么不说呢，"小莫跟我说，"有钱的时候，唱卡拉 OK 他给我们一人找三个小姐。"

我们的笑声在山坡上滚动，方磊隔着百十来米，把镜头转向我们，赵红旗踢了小莫一脚。

赵红旗的矿在小煤窑里算大的，除了一个斜井，还有个竖井，他说这个竖井是以前国营煤矿留下来的，现在也能用，但太深了，有二百米呢。

我拽着井边防护用的绳索，探头往下看，黑黑的一柱空洞，通向地心，看得人眼晕。

方磊没敢上去，他是南方人，白白净净的，现在脸色更加苍白，他见我从上面下来，说我："真是个心狠手辣的女人。"

"你知道左拉吧？法国作家？"

方磊说知道名字，但没看过他的作品。

我说左拉有一次去煤矿做实地考察，在一百五十多米的井下，看到一匹高头大马拉着满满一车煤在隧道中走，他问向导：“你们每天是怎么让这匹牲口进出矿井的？”矿工们以为他在开玩笑，都笑起来。后来发现左拉是认真在问，才回答他说，“这马还是小马驹时，还能塞得进我们下来时乘的罐笼时，就被运下来了，这马是在井下长大的，因为没有光亮，一两年后它的眼睛就全瞎了。它在这煤道里面拉车拉到死为止，然后被埋在这里。”

“左拉把这件事情写到了他的小说里面。”我说。

方磊的眼睛湿湿的，转身走了。

周为和赵红旗他们也听见了我的话，谁也没说什么。

我们在山上看到更多的被废弃的矿井，井口边煤渣石成堆地堆着，一度被工人们踩出来的小路重又被荒草覆盖，斜井像个既敞开又遮掩的房间，仿佛是专为罪行和勾当准备的；有一些竖井没有任何防护措施，深度少则十几米，多则几十米，有的井口边上长满了杂草，周为说这些杂草是“塞壬的歌声”。

赵红旗和小莫不知道什么是“塞壬的歌声”，我解释了几句。

“你们文化人，”赵红旗说，“说话带拐弯儿的！”

“景乾没准儿能知道。”小莫说。

“你觉得这地方行吗？”我问周为。

“我想要的东西，这里差不多都有。”

周为想在山坡上面找一棵树，不要树林，要孤零零的一棵，越老越高越粗越枝叶如伞越好，最好是梨树。他描述我小说里面的场景，问赵红旗和小莫有没有可能找到。

“就算有那样的树，”赵红旗说，“也早让人砍了。”

临下山前，小莫采了一大把雏菊放到车的后备箱里。

我们回饭店吃午餐，第三次登门，才注意到牌匾上面的五个大字：甜蜜蜜酒家。

饭店里另外有两桌客人，喝得脸红脖子粗的，张景乾坐在他们中间，脸已经是猪肝色了。我们一进门，赵红旗和小莫立刻被人拉过去，一直到我们这边菜上齐了，他们才回来。

“我看你们吃得都不多，”张景乾说，“让他们少炒了几个菜。”

少也还有八个呢，而且桌中央的蘑菇炖老母鸡是用盆盛上来的。赵红旗问喝不喝酒，周为说，下午还要去学校看景，不喝了吧？

“行，不喝就不喝。”赵红旗一边让老板娘盛饭，一边给我们每人倒了杯啤酒，“当水喝，爱喝多少喝多少。”

我们的饭没吃上两口，邻桌有个人拎着三瓶啤酒，带着杯子走了过来，他说他是红旗、小莫，镇长——说到张景乾时他冲他嘿嘿一笑，“我有点儿高攀哈。”——的朋友，而我们是他朋友的朋友，当然就是他的朋友。

“朋友肯定是朋友，”没等我们接腔儿，赵红旗先站了起来，很亲热地拍拍来人的肩膀，掏心掏肺说什么机密话儿似的凑近那个人耳边说，“昨天他们喝了两杯啤酒就吐了。这样行不行？他们一人喝一口，剩下的我来。”

“看出来了吧？”来人指指赵红旗冲我们笑，“大哥是个讲究人！”

“那是那是。”我们说。

“别喝多了，就一人一口。”小莫提醒我们。

我们一人喝了一口，赵红旗挨个端起我们的杯子，把酒喝光。

“我也喝三杯。”敬酒的人自己给自己倒酒，啤酒沫像花朵在他的杯子里面盛开了三次，未及凋谢就被他吞下肚去，“这旮旯穷山恶水，有用得着我的地方，吱声!”

他刚回去，另外一个人就走了过来，也是带着三瓶啤酒和一个空杯子。话也说得和前一位差不多少。还是赵红旗替我们挡，我们喝一口，剩下的由赵红旗来。这一位又换来另一位，另一位接另另一位，每个人都过来敬酒，赵红旗、张景乾和小莫轮流上场，有时候，对方还会抢着替我们喝，我们三个人的杯子沾过多少人的口水，已经数不清了。但每次轮到我们三个人喝那表决心似的一口时，我们谁都没含糊。

午饭吃完，已经三点多钟了，为了醒酒，他们让老板娘沏热茶，厨师去市场买了一筐无核野枣，名字叫枣，实际上是微型的奇异果，皮是绿色的，很薄，酸里面夹着甜味儿，是长白山山区的特产。

小莫揭张景乾的老底，说他以前是文学青年。写过诗，其中有一首他还记得，叫《山》:“这山望着那山/那山望着这山/这山觉得那山高/那山看着这山好/这山崇拜那山/那山爱慕这山/这山望着那山/那山望着这山/地老/天荒。”

我们鼓起掌来:“真棒嗳。”

张景乾的脸本来就是紫红色的，也看不出他有多窘。

“我谈恋爱的时候跟我对象动不动就来首诗，弄得她老崇拜我了。”小莫说，“结婚以后她才知道诗是景乾写的。”

下午四点半钟，我们终于要离开“甜蜜蜜”了，这时去学校已经来不及了，赵红旗带我们去看国营大煤矿。

国营大煤矿到底气势不同，井口有十来米宽，高度也差不多有十来米。这张大嘴把整座山变成了巨大的青蛙，沿着井口墙壁点亮的灯光，像一个个泡泡从青蛙的嘴里吐出来。

我们刚好赶上白班工人下班，几百个工人，戴着带探灯的安全帽，穿着覆盖了煤尘的工作服，脚蹬着长筒胶靴，手里拎着装着饭盒的网兜，从井口深处走出来，先是黑暗的一部分，然后从黑暗的背景中挣脱，朝我们走来。他们个个高大健壮，几乎都不说话，黑黑的脸让他们看上去既深沉又阴沉。

“这感觉太棒了！”周为激动起来，他盯着工人的模样儿，就好像他电影里的人物要从那中间跳出来似的。

方磊扛着摄像机在拍摄，有个工人经过他身边时，问他：“你们是焦点访谈的吗？”

“不是。”方磊回答。

赵红旗、小莫、张景乾在离我们几米远的地方说着话儿，这时都转过头来朝我们这边望着。

“那你们是哪儿的？”

“电影学院的。”周为回答。

那个工人转身走开，跟另一个人说：“他们是电影学院的。”

随着他的声音在空气中的传播，某种紧张感舒缓开来，仿佛原本有个无形的、巨大的系结，被扯开、抻平了。

晚饭我们又回到“甜蜜蜜”，中午变成了啤酒战场，大家都没怎么吃东西，进门的时候，发现老板娘和厨师在给我们包芹菜馅饺子，菜绿盈盈的，加了很少的精肉，看上去很清爽。

“你真是我肚子里的蛔虫啊，”赵红旗跟老板娘说，“知道我惦记啥。”

“肚子里的蛔虫是宠物啊。”小莫一本正经地说。

“狗嘴里吐不出象牙。”老板娘笑骂，转身跟我们说，“买到山梨了，你们先吃几个，解解酒，开开胃。我这就烧水下饺子。”

山梨个小儿，皮糙肉硬，但味道绝佳，是很硬的时候摘下来，放到一种特殊的蒿草里面捂熟的。

“以前没发现你这么善解人意啊。”赵红旗咬了口梨，冲着老板娘笑，“你就像这梨，越捂越有味道啊。”

小莫的脚在桌子底下朝赵红旗踢，但却踹到了方磊的腿上，他疼得叫出了声，从椅子上直跳起来。

“哎哟，对不起对不起——”小莫说。

老板娘跟厨师收拾好东西，回厨房去了。

“大哥啊——”小莫冲赵红旗说。

“一撅腚就知道你拉什么屎。”赵红旗脸沉下来，做了个让他闭嘴的动作。

“你拉完屎倒是痛快了，”小莫哼一声，“擦屁股的时候别找我啊。”

“在饭桌上呢，”张景乾敲敲饭桌，“文明点儿！”

小莫起身走出去，不一会儿带着一大把雏菊回来，他钻进厨房，弄了个大雪碧瓶子剪成的花瓶装着花，抱出来放到我面前：“送你的。”

“猪脑袋长犄角，”赵红旗哼一声，“净整那洋（羊）事儿。”

吃完晚饭回到小莫家的旅馆，赵红旗他们找了个人，组成了麻将局，周为、方磊和我聊了会儿天，“‘甜蜜蜜’那个老板娘要是能演我们电影里那个三陪，还真行，”周为说，“这个老板娘，成熟体贴、有心机、绵里藏针，对于一个初中男生来说，对付老板娘，就像小鸡跟老鹰叫板，戏剧性多强啊。你写的那个原来看着也行，但一比较，就觉得有些轻飘飘的了。”

“她不会演的，”方磊低头看着小腿鸡蛋大的一块瘀青，小莫那一下子还真是踢得不轻。“在这样的地方，演了三陪，她还不得让人说闲话说死。”

“不一定非让她来演，但可以把那个人物朝这个方向改改。”周为问我，“你说呢？”

“行啊，试试吧。”

赵红旗他们打麻将打到了天亮，吃早餐时，没精打采，呵欠连天的。张景乾吃了饭直接去上班了，我们要自己去学校，赵红旗和小莫不肯。

镇中学走路也就十五分钟，建在一个山坡上面，有高高的砖砌围墙，进入大门前有几十级水泥台阶，进门后正对着大操场，大门口往右，麻将牌似的建着四排房屋，每排有八间教室，房屋中间有一条通道，通向后操场，后操场的两边，有长长的水泥砌的厕所。进大门往左边走，是一座二层小楼，是教职工楼。

校长是个五十来岁的女人，矮，胖，既矜持又和善。来之前小莫说，她之所以能在校长这个位置上坐稳当，是沾了她派出所所长弟弟的光。

校长看了周为和方磊的教师证身份证，也看了我的记者证，她很认真地挨个打量我们，她不相信我们，但又找不出可疑之处。

“是个什么样的电影呢？”她问。

“就像《阳光灿烂的日子》。”周为回答说。

校长没看过《阳光灿烂的日子》，但她显然听说过，电影的名字似乎也让她放心不少。周为又说了这部电影如何蜚声国际影坛，拿了多少大奖之类的话，绘声绘色是他的本事，别说校长，连我这个故事的原创者都忍不住顺着他现在的思路走下去，禁不住去想，真的啊，我们是可以拍成《阳光灿烂的日子》的啊，那也不用“地下”了啊。

我们得到了校长的允许，去初二初三班寻找演员，学生们听说来了拍电影的，都炸了锅似的兴奋起来。先前的几个班都不理想，在初三（3）班，女班长听说我们的身份和来意后，脸涨得红红的，眼睛紧盯着我们，身子动来动去，惟恐我们的目光会错过她。

“我当然不会错过她，”事后周为跟我说，“这个女孩子张扬、卖弄、渴望名利，还有她那长相举止，再合适不过了。”

但他故意忽略她，目光停留在一个神情羞怯的女生身上。

“你愿意和我们谈谈吗？”周为问她。

她点点头，脸红得像苹果。

我们往外走，走到教室门口，周为像突然想起什么似的，回头看看那个女班长，她眼泪汪汪的，仍然紧盯着我们。

“——你也来吧。”周为说。

女班长低低地叫了一声，她从座位上站起来时，把桌椅弄出很大的响声。加入到我们阵营后，她紧紧地拉住同学的手，两个人交换了一下又惊又喜的目光。

我们来到学校外面的水泥台阶上，校长被市教育局打来的电话叫走了，方磊举着摄像机对着这两个女孩，比较内向、羞怯的，叫孙甜，女班长叫张今芳。

“你们要拍什么样的故事？”张今芳问。

“拍的时候会有剧本。”周为说，“现在还只是看外景和选演员。我们有可能选中你们，也有可能选不中。”

两个女孩子沉默了。

“除了学习，你们有什么业余爱好？”周为问。

“我喜欢唱歌跳舞。”张今芳说。

孙甜没吭声。她是个小美人，很耐看。

“她唱歌跳舞也挺好的，我们开联欢会时，都是一起排练一起演出，”张今芳替孙甜回答，急不可耐地问我们，“如果我们拍了电影，是不是就会像魏敏芝那样？”

“你想像她那样吗？”

“当然想了。”张今芳说，“我很想当明星。”

“你想当明星吗？”周为问孙甜。

孙甜点点头。

“可我不是张艺谋啊，你们会不会失望？”

“不会，”张今芳说，“总归是拍电影啊。”

我们还需要找到一个男孩，这是电影里面最重要的角色。刚才在八个班里挑，没有一个男生适合。

张今芳听见我们的话，推荐她的男朋友，“刚才你还拍他来着，坐在我们班最后那排的高个儿男生。”她跟方磊说。

方磊倒回带子，周为伸头看了看那个男生，“我们考虑考虑。”周为说，问孙甜，“你有男朋友吗?”

孙甜摇摇头。

“追她的人多着呢。”张今芳说，“比追我的还多。”

孙甜用胳膊肘推了张今芳一下。

“她们行吗?”往回走的时候，小莫问。

“差不多，”周为说，“具体拍的时候，还得好好调教调教。我们想要她们本色出演，只要她们到时候不怵场就行。”

“这样就行了?!”赵红旗问。“那我不是也可以演?”

“可以啊。”周为说，“到时候有什么角色适合真找到你，你可别推啊。”

“算了吧，”赵红旗说，“我可不行。”

我们走下山坡，拐向小莫家的旅馆时，经过一个市场，在市场的头儿上，有个很大的西瓜摊，老板说西瓜是昨天刚运来的，给我们搬来个小圆桌，几个小凳子，老板拿着刀唰唰几下，把西瓜剖好，递给我们。

有个少年在不远处，跟一条大黄狗在玩儿，“蹲下!”“起来!”少年在驯狗，狗要是听话，他从兜里掏出几粒花生米给它，狗要是不听话，他就打狗爪，一边打一边还叫：“打爪！打爪！打爪!”

方磊举起摄像机对着男孩子拍了一会儿，倒过来给周为看。

“你们认识他吗?”周为问小莫。

小莫问西瓜摊老板：“谁家的孩子?”

“老白家的，”老板叫了一声，“白云飞，你过来!”

白云飞回头看看，带着狗过来。人和狗都脏兮兮的，同时也都有股难以言传的快乐和自由。

“你怎么不上学呢？”周为问。

“你是老师吗？”白云飞反问。

“我还真是老师。”周为说。

白云飞愣了一下，上下打量着周为，“——不可能。”他看看方磊，“你们是电视台的吧？”

周为不置可否，问他，“你想不想上电视？”

“我上电视干啥？我也没做啥好事儿——”白云飞说，“也没做坏事儿！”

我们都让他逗笑了，周为看了我一眼，我也觉得他很合适。

“我们是拍电影的，”周为说，“你想不想拍电影？”

这回，白云飞是认认真真地看着我们了：“——我能拍什么？”

“那先不管，你就说你想不想拍？”周为问。

“——想。”

“你走近点儿，”周为说，“看着镜头，你做一个很恨的样子。”

白云飞犹豫了一下，对着镜头瞪了一下眼睛，他脸上单纯的笑容瞬间回缩攥紧，挤压出恶相，还有股狠劲儿。

“再笑一个，越高兴越好！”

白云飞好像还被刚才的情绪控制着，过了一会儿，才笑出来，他的牙挺白的，很整齐。

“我们中午带着他一起吃饭吧？”周为问赵红旗，“我需要和他多接触。”

“你带他睡觉我们也管不着啊。”赵红旗呵呵笑着说。

我们把白云飞带到“甜蜜蜜”，老板娘听说这是我们挑中的演员，很好奇地打量他，厨师也跑出来，他认识白云飞的爸：“后山那个老白，对不对？”

白云飞点点头。

“吃完饭去你家看看，行吗？”周为问。

“行啊。”他很爽快。

赵红旗和小莫还是陪着我们，他们把车开到山脚下，说好了在这里等，我们就单独跟白云飞走了。山坡上面的房子错落地建着，每家都有前后院，方磊跟白云飞落在后面，嘀嘀咕咕的，周为低声跟我说：“他们聊私生活呢。”

“这个小家伙挺有点儿意思的。”

刚才吃饭时，白云飞承认自己有女朋友。不过不在这里，在另外一个镇上，他经常沿铁路走两个小时去看她。

“我今晚还去！”他说。

他等不及要把自己要演电影的消息告诉她。

白云飞的家在一个歪歪扭扭的胡同里面，院子里面种着棵沙果树，小果子结在树上，正在从青转红，房子是三间红砖房，挺破败的，后院子里种着的向日葵，有两三棵长疯了，一直蹿到房顶上，黄艳艳地仰脸追逐着太阳光。

周为和方磊激动得不得了，四处找角度拍向日葵。

一个中年女人走出来，看到那么多陌生人跟着儿子回来，其中一个还扛着摄像机，吃惊不小。

她的眼睛跟白云飞很像，年轻的时候，想必也是让很多男人心动过的。但长期的愁苦在她的脸上生了根，改变了她的容颜，她的薄嘴唇紧紧地闭着，像两片小刀子。

我们为这样贸然登门跟她道歉，她点点头，恨恨地盯一眼白云飞。我们说要请她的儿子演电影时，她又惊奇地打量他，好像突然之间他变陌生了。

白云飞家所有的一切，都沾着煤味儿，走进屋里，仿佛夜晚提前降临了。墙壁发黑，厨房炉子上面的墙壁则是墨黑，上面浮着很厚的煤粉和灰尘，炉子上的饭锅和水壶，被煤烟熏得乌涂涂的。橱柜里面的盆盆罐罐，盘子碗筷子非残即旧，既旧且残。

房间一共有三间，两间带窗子的房间，家具很少，无非是地桌，木凳和箱子，箱子上面摞着被褥。在厨房的旁边有一间很小的房间，开门就是炕，没有窗，炕上面坐着个女孩子，光着身子，皮肤黑黄，表情憨痴，瞪着跟妈妈和哥哥很像的大眼睛，“咯”地一笑。

我的心一紧，好像被她的笑容咬了一口。

白云飞的妈妈过来，抬手放下了门口的布帘。

“生下来就傻。”她跟我说话，眼睛却望着方磊。那个摄像机似乎让她很不安，仿佛那个是枪口。

“如果我们用白云飞，”我悄悄问周为，“会给他多少报酬？”

“没多少，”周为说，“意思意思而已。”

我们离开的时候，白云飞也要跟我们走。

“你留在家里吧。”周为说，“我们一个月后回来找你。”

“你们肯定会回来吗？”他问。

“当然了。”周为笑笑，“你得好好上学，好好听父母的话啊。”

白云飞点点头。

赵红旗和小莫在车里睡着了，老远就听见他们的打鼾声。我们说演员定了，景也看了差不多了，今天晚上就走。

他们不让。“哪能说走就走?”赵红旗说。

“反正一个月后就回来了，还有不少工作要准备呢。”周为说，转向小莫，“你们家旅馆别住外人了，都给我们留着。我提前一个礼拜跟你联系。”

小莫说没问题，他马上开始修浴室。

我们在松树镇的最后一顿饭吃得像年夜饭，赵红旗、张景乾、小莫都喝了不少酒，我们也各尽所能地喝，老板娘陪我们坐了半天，跟我们每个人都单喝了一杯。

“这顿饭我请客!”她强调。

“我们回来的时候，”周为说，“得把你这儿变成剧组食堂了。”

“那是我的光荣啊。”老板娘爽快地说，“放心吧，我不挣你们钱，就收个工本费。”

我们去车站的时候，张今芳和孙甜不知道从哪儿听来的消息，跑来送我们。

“你们一定会回来的吧?”她们问了一遍又一遍，火车开起来时，张今芳一边跟着火车跑，一边还在问。

“一定。”我们跟张今芳挥手，跟孙甜挥手，跟赵红旗、张景乾、小莫挥手，跟松树镇挥手。我们确实以为我们会回来，在一个月后。但我们没有，三个月后也没有，三年，十年。我们没再去过松树镇。

今年冬天下第二场雪的时候，我接到陌生人的电话，他先确认了我的身份，接着说自己是警察，直到他提到孙甜，提起松树镇，我才明白这不是哪个朋友跟我搞恶作剧。“我们想请你来一下。”警察说。

我出门的时候，雪已经下了半尺了，雪花很小，散落成了棉絮末，落到皮肤上，点点滴滴的湿凉。我站在街边打车打了好半天，很后悔刚才拒绝他们派车来接我。最后我主动提出加钱，才有司机愿意拉我去铁北监狱。

接待我的警察姓刘，电话也是他打的。他在市局负责普法教育方面的工作，正在拍的专题片里面涉及孙甜的案子，孙甜拒绝合作，除非他们安排我跟她见面。

“她干了什么？”

“杀了她男朋友。”

刘警察带我进了一个小会客室，房间不大，放了一张很大的桌子，椅子是折叠的沙发椅，墙上没贴“坦白从宽，抗拒从严！”的条幅，刘警察给我沏茶前还问了我一句：“天冷，喝乌龙茶吧？”

我说好：“她为什么杀她男朋友？”

“她跟电视台台长有暧昧关系，被她男朋友发现了，小伙子要把事情捅出去，她就杀了他。”

刘警察打了个电话，让人把孙甜带过来。他把沏好的茶放到我面前，纸杯有些烫，茶是好茶，暖香袅袅。

“被捕前孙甜在电视台当主持人。是招聘的。她原本希望能通过台长的关系，把自己调进省台呢。她很漂亮，又上镜，拍专题片真是可遇而不可求。”

门外有人敲门，两个警察带着孙甜过来，一个说了几句就离开了，另一个跟孙甜并排坐在了桌子对面。刘警察给他们一人一杯茶，然后走到旁边，打开了录像机，我看了他一眼，但他并未做任何解释，好像这是一件理所当然的事情。

孙甜穿着囚服，头发和脸孔都很干净，眼睛比我记忆中要大，也更亮。她坐在我对面，打量着我，确认我是当年到过松树镇的那个人以后，问我：“你们怎么没来拍电影？你们不是说一定会来的吗？”

“投资方撤资，我们也没办法。”我没说我们拍的是个地下电影，是个烧钱的玩意儿，投资方的艺术热情燃烧了一阵子就清醒过来了。

“我们一直等你们来！”孙甜说。

“——对不起。”

“谁都知道我们要拍电影了，谁都问我们，在电影里面要演什么。”孙甜看着我，“我们不知道电影里要演什么。你现在告诉我，那个电影讲的是什么故事？”

那是十年前的剧本了，有些细节连我自己也记不清楚了。但我不能不回答孙甜的问题：“是煤矿里的几个初中生，白云飞扮演的男生跟你还有张今芳扮演的女生是同学，白云飞很喜欢你，但你却跟体育老师好上了，还怀孕了，他为了帮你忙，去找张今芳借钱，在电影里，张今芳的爸爸是小煤窑主，很有钱。张今芳不肯借钱给白云飞，说话还很刻薄，把白云飞给惹火了，他就想绑架张今芳，跟她爸爸要钱，张今芳逃跑时，掉到了一口废弃的矿井里。白云飞去勒索张今芳的爸爸，被警察抓住了，他到底也没能帮上你——你演的那个女生的忙。”

“什么破剧本!”孙甜沉默了一会儿说，“难怪拍不成。”

“她是怎么干的?”他们离开后我问刘警察。

“她开车撞死了他。被人看见了，还记住了车号。”

“——她会死吗?”

“——谁都会死。”刘警察笑了一下。

警车开了两个多小时才把我送回家。外面黑沉沉的，我的脸映在玻璃上面，闪闪烁烁，表情则是支离破碎的。

我下车时，雪也停了，地面上的雪如新铺的被褥，闻得到淡淡的，清冷的芳香。

梧　桐

离好远惠真就听见笑声。在院子里面的梧桐树下面，玉莲背对着大门，和另外三个女人坐在根雕茶几的周围，她们笑得身体打战，仿佛蓬勃的蘑菇从树根处往外蹿。

“什么事儿那么高兴?”惠真用自己的钥匙打开大门进去。

她们齐刷刷地转过头来，笑容还挂在脸上，但错愕之际，原本的开心快活瞬间凝固了。

“——回来了?”玉莲笑了笑。

惠真注意到，她不光搽了粉，还涂了睫毛膏和唇彩。身上的衣服也是新的，泡泡袖的碎花连衣裙，显得俏皮年轻。

惠真微微鞠躬跟各位阿姨们打招呼问好，“老远听见你们笑——”

“超级无敌炸——”一个男人端着碗，用身体顶开房门口挂着的细竹丝编的门帘，从房间里面出来。

他早就不年轻了，但一副十六岁少年的表情，腰间围着玉莲的围裙，头上还扣了个纸袋，纸袋上面印着几个墨绿色字：美滋美味。几个女人加起来快二百五十岁了，小孩子似的咯咯笑起来，看一眼惠真，又憋住，喉咙间叽里咕噜的。

“这是惠真。”玉莲站在那个男人和惠真之间介绍说，“这是——朴叔叔。”

“朴永浩。”他走过来，步子有点儿大，双手捧着的阔口碗里面，堆得小山似的炸虾片落叶似的掉落了几片。

女人们大惊小怪起来，在茶几上面挪动茶壶茶杯，空出地方让朴永浩把大碗安顿好。

“我去给你拿茶杯。”玉莲对惠真说。

“我去搬椅子。”朴永浩也转过身去，他三两步就赶上了玉莲，伸手替她掀开门帘，她抬头看了他一眼，两人先后消失在门帘后面。

惠真打量一眼茶几上面，吊炉花生，绿茶瓜子，切成麻将块大小的西瓜，还有刚出锅的这碗炸虾片，家常，热闹，喜庆，茶是她送玉莲的正山小种，沏得浓浓的，酽红如酒。

朴永浩搬了藤椅回来，玉莲把惠真专用的杯子拿了出来，帮她把茶倒上。

“玉莲天天惠真惠真的，今天看见真面目了，”朴永浩说话的口气很熟络，“果然是花朵妈妈生出来的花朵女儿。”

“你嘴上抹了蜜啊？”玉莲瞪了朴永浩一眼。

朴永浩一本正经地看着玉莲："你怎么知道的?"

几个老太太笑翻了，玉莲也绷不住，笑起来。

惠真看着他们桃红柳绿的说笑，眉来眼去，栈道已经是明修，不知道陈仓是不是也暗渡了。

"从来没听你提过啊，"他们离开后，惠真问玉莲，"天上掉下来个朴叔叔。"

"什么天上掉下来?"玉莲瞪了惠真一眼，"没礼貌。"

"那哪儿来的?"

"——师范学院的教授，刚退休，我们老年大学书法班的同学。"

玉莲背书似的说完，径自把茶几上的茶壶茶杯收进托盘拿回厨房里去洗，惠真把剩下的盘子碗摞起来，用纸巾清理了一下茶几表面。

茶几是十几年前爸爸做的。这个老树根有几百年了，混在一堆烧柴里面，被惠真爸爸二十块钱买回来，清洗，阴干，找木匠剖平桌面和根脚，打磨塑形，最后刷漆，一遍又一遍，漆干了打磨，磨光了再刷漆，折腾了三个多月。

"谁说朽木不可雕也，"茶几完工后，惠真爸爸得意至极，"这就叫化腐朽为神奇。"

惠真爸爸最后的那个月，执意从医院里搬回家来住，每天中午两三个小时，他身上裹着厚厚的毛毯，坐在藤椅里面晒太阳。他瘦得皮松骨突，面色灰黄，除了胸口残喘的一口热气，与枯木无别。

第二天下午惠真又回家。

玉莲在穿衣镜前试衣服，墨绿色的运动装，别致的地方是领口，墨绿里面翻出绛紫衣领，袖口处也有窄窄一溜绛紫呼应，像烹饪时吊鲜的调料，让暗沉的衣服有了生机、添了雅趣。

“老年大学校服?”惠真往镜子里面看，嘿嘿一笑，转身进了厨房。

厨房操作台上，两个小盆扣着盖子，她掀开看，一盆是和好的面饼，一盆是馅儿料，肉泥，虾泥，青菜末，黑木耳末，葱姜末，摆放得整齐考究，金木水火土。

看这阵势，是动真格的了。

惠真胸口一时哽住。昨天夜里她几乎整夜未睡，翻来覆去的，把修彬都吵醒了。

“天要下雨，娘要嫁人。”他把她搂进怀里，咕哝着说道，“有什么大不了的——”

“终身大事啊。”惠真很恼火。

“那又怎么样?你管得着吗?”

“不用你管。”惠真挣脱开修彬的搂抱，去客厅里面坐着，灯也不开，在暗涂涂的光影中间，惠真的内心变成了黑洞，放电影似的回放梧桐树下，玉莲跟朴永浩的言行举止，眼神微笑，光灿灿的阳光下面，情感颗粒摩擦撞击，火花噼里啪啦地跟午后阳光碎末融为一体。每回想一遍，惠真内心里的黑洞就更扩大一些。天快亮的时候，她蜷在沙发里面，抱着垫子睡着了。等她醒过来，发现身上盖着条毛毯，看了一眼表，修彬早就上班去了。

“好久没吃饺子了，”惠真拿水壶接水，烧上，拿了个苹果，边吃边回到玉莲房间，“你听见我肚子里馋虫叫啦?”

玉莲换了条连衣裙，是以前惠真给她买的名牌，颜色灰里藏金，没有款式却特别显瘦。午后暖橙色的光线把房间变成了灯笼，玉莲站在镜子前面，把头发收拢拧紧，盘成发髻，这一刻，时光温情脉脉，赋予玉莲一股喑哑的，老首饰般的光辉。

惠真爸爸刚过世的那两年，玉莲也像老照片里的女人，不过却是黑白照，标准像，长冬短夏，她裹着惠真爸爸老旧的蓝色棉袄，在藤椅上从早坐到晚，没有表情地望着某处，坦然接受时光之蚊的噬嚼。有阵子她喜欢自言自语，惠真问她说什么，她要么恍若未闻，要么愣怔怔地看着她，反问："我说什么了吗?"

那阵子惠真每次回家，都觉得房子和院落里面，流荡着股阴气。她劝妈妈把房子卖掉，买个楼房，或者索性搬到她那里去住。

"里里外外、角角落落都是你爸的东西，"玉莲淡淡一笑，"卖给谁?"

也是从那时候，惠真开始"玉莲""玉莲"地对妈妈直呼其名，她直觉地认定，名字就像一个咒语，能把某某妻子，某某妈妈的壳从玉莲身上剥掉，把她从故人旧事的泥淖中拽出来。

玉莲骂她没大没小，爸爸一走，跟妈妈蹬鼻子上脸了。但时间长了，她也习惯了。惠真逼着玉莲参加老年大学，各种协会，每个季度一次的"夕阳红"旅游团；她每周拉着玉莲逛街买衣服，去饭店吃饭，偶尔还看场电影，甚至也开玩笑让玉莲谈个恋爱什么的，被玉莲在脑壳上面轻拍了两巴掌。两个人越来越不像母女，越来越像姐妹。直呼其名也变得自然而然，而且变成玉莲朋友圈里的一桩美谈了。

玉莲说要买饺子醋，拿着手机出去了。时间还早，惠真泡了杯茶，到梧桐树下面晒太阳。最近几年城市房价暴涨，像这样有小院落和老树的房子，身价更是直上云霄。说起来，玉莲也算是个富婆呢。

玉莲半小时后才回来，手里没醋，身后倒跟着朴永浩。

“听说你们要包饺子，我也来凑个热闹。”朴永浩呵呵笑着，对惠真说，“我不是‘应邀’参加，是‘硬要’参加。”

从哪里“听”？又是如何“说”？惠真想抬杠，又懒得开口。分明是“应邀”不成，来个“硬要”，足见他攻城略寨的决心。

“要不，”玉莲说，“把修彬也叫来？”

“他出差了，”惠真说，“早晨他走的时候，我跟他说了晚上回这儿住。”

玉莲“哦”了一声：“我去拌馅儿。”

朴永浩举了举手拎袋：“我给你们做几个小菜。”

他还像昨天那样，三两步追上玉莲，替她掀起门帘。朴永浩身形挺拔，看背影倒有点儿像体育老师。

惠真给修彬发短信，说晚上不回去住了，晚饭让他自己解决，也说了跟玉莲撒谎说他出差，让他别穿帮了。

“螺丝又拧紧了!!!”修彬发个苦脸回来。

惠真喝完茶，回到房间，金木水火土想必已经秀过，饺子馅儿已经搅拌好，放在面板上面，玉莲在揉面，朴永浩腰间又扎上玉莲的围裙，在水槽里面洗蔬菜水果，看他手法，不像是偶尔装样子，显然熟能生巧。

惠真爸爸一辈子没进过厨房，玉莲说，她怀孕七八个月的时候，单位既要抓革命促生产，又要加强思想政治教育，经常晚上九十点钟才能回到家，惠真爸爸坐在房间里面拉二胡，见到她，第一句话就是：“你就不能先回来做好饭再回去加班吗？饿死了我，孩子没爸爸，看你怎么办？”

玉莲含着眼泪去做饭，惠真爸爸仍旧在房间里拉《二泉映月》。

“我现在听到二胡声，胸口啊胃里啊，神经都好像过电似的抽搐，”玉莲说，“你在我肚子里的时候我就打定了主意，生女儿的话，一辈子把你留在家里，我才不让你走我的老路。”

“辛苦了，照顾我一辈子，”惠真爸爸病重的时候，有一天拉着玉莲的手说，“下辈子我给你做牛做马吧。”

“下辈子做牛做马，”玉莲泪水在眼睛里面打转，“可能直接变成肉罐头了。”

那是惠真最后一次看见爸爸笑。

惠真去卫生间里洗手，准备包饺子，抬眼看着镜子边儿上挂着的石膏像丘比特，长着翅膀东家飞西家飞，搭弓射箭，惹是生非。惠真伸手把它扯下来，拿到厨房问玉莲：“怎么还没扔掉啊？”

玉莲和朴永浩都转过头来看。

“小天使，”朴永浩说，“挺可爱的啊。”

“这是用来行骗的。”惠真没好气儿。

去年春天，有个叫崔英子的女人，出现在玉莲她们朋友圈儿里，不笑不说话，说起来就如涓涓细流，绵延不绝，尤其喜欢边说话边拉住别人的手，热情得让人起鸡皮疙瘩，她言必提及主，天底下所有的女人，都是她的姐妹，男人则是兄弟。天底下没有坏人，所谓坏人只是受了撒旦的迷惑，阳光下面也无坏事，坏事都被耶稣承担了。

惠真见过她两次，一次是玉莲单请她吃饭，一次是她在这里召集所谓的姐妹会。每次崔英子大驾移动，都带着《圣经》、十字架、宗教小塑像、宗教题材的挂历台历之类，无论做工如何，什么材质，玉莲她们这些人都如获至宝，仿佛那是基督亲送的礼物。

后来崔英子开始募捐，说是要盖一间小教堂，她甚至还说过，如果玉莲的房子再大一倍，就可以用这块地盖教堂了。玉莲觉得非常光荣，正儿八经屋前屋后丈量了好几回。惠真提醒她不要听什么信什么，走火入魔，可她还是背着惠真，捐了一万块钱给崔英子。崔英子拿了钱后，人就消失了。

“你怎么知道她是骗子？”玉莲从惠真手里拿过石膏塑像，又挂回到卫生间镜子边儿上，“你怎么知道崔英子就不会回来建教堂？”

“公安局都立案了——”

“公安局怎么了？冤假错案多了。”

“玉莲，醒醒吧，”惠真啼笑皆非，“你六十岁了，不是六岁！”

“六十岁怎么了？”玉莲的声音蓦地提高，脸色也涨红了，“六十岁就老年痴呆事事不对？让你没大没小地教训？”

“谁教训——”惠真一时气结。

“惠真是好心提醒你——”

“你怎么知道她好心？！”玉莲冲朴永浩瞪眼，“你眼睛是 X 光？你看见她的心了？”

朴永浩遭了抢白，沉默起来。

“你也不用这样声东击西的，”惠真冷笑了一声，“嫌我碍事儿就直说。”

“你倒把话说清楚，我有什么事儿怕你碍的？”

惠真回房间取了自己的包，径自出门。

"惠真——"朴永浩在大门口追上她，看见她满脸的泪水，一时呆了。

惠真挣开自己的手臂，把门在身后用力带上。铁门"当啷"一声巨响，她觉得自己就像皮球之类的东西，被震出局。

惠真出租车上哭了一路，到家时，修彬吓了一跳："出什么事儿了？"

惠真说过程的时候，又气哭了两次，心口都疼起来了。

"你当着情人的面让她下不来台，妈妈还能不急？"

"什么情人？你怎么知道他们是情人？"

"同学同学，行了吧？你当着男同学的面儿让玉莲同学没面子，她能不急吗？"

第二天惠真接到玉莲的短信，她在她们单位附近的"肯德基"。惠真过去找她，两个人对视一眼，玉莲显然也没睡好，眼睛下面发黑，人恹恹的提不起精神。

惠真坐下来。看着袋泡红茶在水里，渗出丝丝缕缕的血红，惠真抬头问玉莲："你谈恋爱了？"

"你反对？"

"我反对有用吗？"

玉莲没说话，眼角却浮出了泪光。

惠真的心拧起麻花，强笑了一声："你们才认识几天啊？一见钟情？"

玉莲没说话，叠着手里的纸巾。

“你不爱听我也得说，”惠真说，“这年头儿，知人知面不知心，男人找个人侍候自己，不比子女保姆省心省力？你又有房子又有退休金，人看着也年轻漂亮，他何乐而不为？就算我这是小人之心，想法儿阴暗，朴永浩是个好人，对你也真心实意，那其他方面呢？他孩子孙子一大家子，那些人要是欺负你怎么办？再退一步说，孩子孙子们心地不坏，不会故意为难你，但家常过日子，哪有舌头不碰牙的？到时候烦了，难不成再去离婚？还有啊，你们不老，但也不年轻了，身体方面，总难免有个闪失，你侍候了爸爸那么多年，你自己不都说受够了吗？”

玉莲沉默了半天：“——说的也是。”

她想笑笑，没承想眼泪唰啦一下子涌出来。她慌里慌张地想要把叠成方块的纸巾打开，一着急，扯断了。

惠真把自己的那张纸巾递过去，鼻腔里面也酸酸的。

“玉莲——”

“你都是为我好，怕我受委屈。”

玉莲用纸巾挡着脸，闷声闷气地说。过了好一会儿，她擦干了眼泪，抬头看着惠真：“我也跟朴永浩说过，我不会去他家的，我又不是没房子。”

“那他——”惠真的心直坠下去，“是要搬到家里来？”

“——我们当然得征求你的意见。”

“你让我说什么？”惠真噼里啪啦地掉眼泪，“我把你，把家，双手举着送给朴永浩，还得敲锣打鼓、欢天喜地?!”

玉莲张了张嘴，但没说出话来。

“你们要征求我意见，是吧？我不同意！”

惠真起身走开，推开沉重的大门，在街头站了好一会儿，人流车流，熙熙攘攘，交织成网，建筑物则像巨大的蜘蛛，阴森森地看着草芥似的人众。

修彬穿白大褂时，比平时显老成很多。

“又拧起螺丝来了。”修彬叹了口气。

“除了这句，”惠真有些火大，“你没别的话了？！”

“除了这句，我无话可说。”

“要是你妈，你就有话说了。”

“别无理取闹啊。”修彬瞪了惠真一眼，指指走廊里排队看病的病人，“我这儿一大摊子事儿呢。”

“我现在也是病人。”

“你的病这儿治不了。你回家喝杯茶，要么去逛街买东西，放松放松。”修彬轻轻拍惠真一下，转身回门诊室去了。惠真在后面叫他，他头都没回。

惠真一股浊气在胸间风云激荡，下楼填病历挂了修彬的号。赌气倒要问问，他能治什么病？！

她拿着挂号单坐电梯上楼，排在七八个待诊的病人后面，看着那些人愁眉苦脸，有气无力地交流病史，绘声绘色地形容病痛，她的气也泄了，待要离开，偏偏轮到了她，她犹豫了一下，进了门。

没等修彬开口，惠真抢着问了一句：“晚上想不想吃麻辣火锅？”

惠真有两天没去玉莲那里。修彬说得对，她和玉莲都需要时间，玉莲需要消化她的意见，而她应该反省，自己是不是能够提出更好的意见。第三天实在忍不住，惠真回了家，房间里面灯也不开，光线幽暗，玉莲摞起来两个枕头垫在身后，半坐半躺，眼睛里面泪水水，鼻子红通通的。

“生病怎么也不吱一声？”惠真急了，拉玉莲起床，“我带你去医院。”

“别大惊小怪的，”玉莲不肯，“我吃过药了。”

她的手机震动起来，惠真只好放开手。

玉莲拿起来看了一眼号码，没接，任凭它在被子上没腿蛤蟆似的噗噗噗转动。

“我给你做饭——”

“不想吃。”

“就煮个汤——”

“不想喝。”

“——那我扶你去外面晒晒太阳。”

“不想动。”

惠真心里小火苗“噼啪”、“噼啪”闪，忽地就蹿起来，“你跟我生气，就直说——拿生病威胁我?!”

“你说什么胡话？”玉莲嗓子干干的，声音提高时，也冒火星子，“我着凉感冒跟你有什么关系？你是老天爷啊？”

“那你要我怎么办?!”

“你走吧，我想睡一会儿。”

惠真站着没动。

“你回家去吧，”玉莲叹了口气，“你在这儿我心不静，睡不踏实。

我吃了感冒药，什么都不想要，只想睡觉。”

惠真抓起背包，一言不发地转身就走。出大门时，看见朴永浩拎着一大袋水果蔬菜，另一只手拿着电话在按号码。

“惠真，”他迎上来，“你在这儿太好了，玉莲不给我开门。”

惠真用钥匙打开门，让他进去。

“放心吧，”朴永浩好像压根儿没注意到她板着扑克脸，他进门后，回头冲她笑笑，“我会照顾她的。”

“我现在是外人了。”惠真回家跟修彬发牢骚。

“嫁出去的女儿，泼出去的水，”修彬笑着说，“你当然是外人了。”

“算了，她爱怎么样就怎么样，”惠真赌气说，“我不管了。”

说不管，心里却放不下。万一玉莲把朴永浩也赶出家门，那现在她形单影只的，又生着病，岂不是太凄惨了。惠真起身又要回家，让修彬给拦住了。第二天，他们带了几样常用药，买了水果点心，一起去看玉莲。

没见到人，桌子上面留了一张纸条：“惠真：我出门几天，回来后跟你们联系。感冒好了，其他也都好，勿念。妈妈。”

惠真掏出电话打玉莲的手机，按键时，手指直抖。

玉莲关机。

“我就说昨天要回来的——”惠真急得跳脚。

“肯定是跟朴永浩一起走的。”修彬说，“放心吧，不会有事儿。”

玉莲走得很从容，东西收拾得井井有条，家里的花刚浇过水，梧桐树下的树根茶几也用塑料布包好，封紧，以防雨淋。

回家的路上，惠真扭脸望着车窗外面，行人，车辆，树木，建筑，都变得轻飘飘的，仿佛都长了脚，拔脚就走似的。

到小区楼下时，修彬叹了口气，“惠真——”

“你不是无话可说吗?”惠真看也不看他，打开车门，用力一摔，“那就别废话了。”

接连好几天，玉莲一点儿音信也没有。惠真跟修彬绝口不提玉莲的事情，修彬试图跟她谈谈，被惠真把话题岔开了。

就仿佛她心里头长着棵院子里那样的梧桐，被人连根拔走了，血肉骨头，直掏到痛处。

她找了搬运工，回家里把树根茶几搬回自己家来。那是她想来想去，唯一能理直气壮搬走的东西。

搬运工离开后，惠真搬把藤椅，在梧桐树下坐了一会儿。园子里的青草被阳光晒得正发困，围墙上面的爬山虎懒洋洋地铺展着，进门后一片盛开的大丽花，姹紫嫣红，阳光下面渗入丝丝缕缕的香气。他们刚搬进这里时，那个地方是厕所，晚上惠真不敢自己出去，玉莲睡衣外面套件棉大衣，陪着她；初中的时候，惠真生胃病，玉莲每天早晨用糯米粉熬粥，不稀不稠，亮浆浆的，里面加一勺蜂蜜，让她吃了上学。多年以后她跟玉莲提起来，她都不记得了。惠真长成少女，玉莲有阵子神经兮兮的，不管惠真多晚下晚自习，她一定风雨无阻地在校门口等她，惠真几次未成形的早恋都因此而破灭。惠真跟修彬定下来以后，玉莲承认，以前惠真谈恋爱时，她还跟踪过他们。

惠真结婚那天，玉莲哭个没完，她自己也跟人家解释，“我是高兴的”，但她显然“高兴”得过了头，惠真迟迟无法出门。

上了婚车，修彬想逗惠真开心："妈妈变成小孩子了，早知道让她当你嫁妆，一起带回咱们家就得了。"

惠真觉得修彬对玉莲有失尊重，勃然大怒，婚也不要结了，修彬求爷爷告奶奶，只差没在车里下跪磕头了。婚礼上，惠真身着华服，众星捧月，脸绷得紧紧的，表情凛然，修彬赔了十二万分的小心，连她的伴娘也觉得她过分了，悄悄拉她的衣角。

现如今，玉莲倒跟认识不足月的男人拔脚就走，毫无挂碍，直让惠真从牙根痛到心肺。

回到家时，修彬正对着茶几发呆："你要干吗？"

"看见了还问？"惠真把包扔到一边，坐下来。

茶几在玉莲那儿，屋里，或者梧桐树下，哪哪儿都顺眼，放到这里，跟个章鱼似的，突兀、怪异，张牙舞爪的。

"你明天是不是把树也挖了，装在盆里带回来养啊？"

"好主意，我怎么没想到？"

"惠真啊——"修彬叹了口气，"咱们家就这么大，你把你们家院子搬回来之前，先想想怎么安置。"

搬回茶几才两天，玉莲就上门了。她说她刚从杭州回来，把包一扔，就过来了。一周不见，她瘦了些，也晒黑了不少。

"刚回来您不好好歇着——"修彬放下手里正揉的面团儿，过来请玉莲坐下。

"好几百岁的都走这儿来了，"玉莲看着那个茶几说，"我哪好意思歇着？"

"我梦见爸爸了，"惠真对玉莲说，"他让我把这个茶几拿回来。"

玉莲呆怔了片刻，苦笑了一下，“那我回家去睡觉，等着你爸爸托梦。”

“别别别，别走啊，”修彬拉住了她，解下自己的围裙系到玉莲腰上，把擀面杖顺手塞进她的手里，“你进门前我刚接个电话，急诊，上手术台，人命关天，你帮帮我，也算胜造七级浮屠。”

修彬抓起外衣，回身看了惠真一眼，加重了语气：“一会儿手术完，我回来吃饺子啊。”话说完，人也出门了。

惠真冲了杯茶放到茶几上：“我自己来就行，你喝杯茶，歇会儿吧。”

“车上睡了一天，”玉莲把围裙解开重扎了一遍，走到面案前面，“再不活动活动，关节都锈住了。”

两个人闷头儿干了会儿活。

“旅行怎么样？”

“就那样儿。到处都是人。”

“人怎么样？”

玉莲看一眼惠真，两人脸都板着，然后一起笑了。

“就那样儿。”

两个人又忙活了一会儿。

惠真放下手里的东西，拍了拍手上的面粉，把手机拿了出来。

“给你看这个，”惠真调出前一天在步行街上拍的几张婚纱礼服裙照片。

昨天她心血来潮，跑到繁华的商业街去，那一带婚纱影楼一间接一间，模特儿新郎新娘都是一个模子印出来的，他们含情互望，郎情妾意的表情，也是一个模子印出来的。

“好看吧？”

玉莲笑笑。

惠真定在一张韩式礼服上面，绛紫短上衣，墨绿色的长裙，裙摆处每隔一尺，缝缀着玉块似的刺绣。惠真特意微拍了刺绣图案，龙飞九天，凤栖梧桐。

“我最相中的是这套，你喜欢吗？——我送你。”

“送我这个干吗？”

“你说干吗？”惠真叹口气，“天要下雨，娘要嫁人呗。”

“天气预报说了，最近没雨。农村还要抗旱呢。”

“蜜月都度了，”惠真笑了，嘟囔了一句，“还装模作样。”

“你不也说了，”玉莲轻轻叹口气，“知人知面不知心。”

“怎么回事儿？！”惠真一着急，声调顿时高了好几度，“他不是单身？！还是存着别的什么坏心眼儿——”

“行了行了行了，你乱叫什么？”玉莲打断惠真，“其实也没什么，就是生活习惯不一样。”

“什么习惯？怎么个不一样？”

“晚上睡觉前，他喜欢挠背。说是以前跟他老婆，天天晚上都挠，互相挠，恨不能从头挠到脚——”

惠真“扑哧”一声笑了。

“每次帮他挠完，他倒是倒头就睡，我就遭罪了，觉得指甲里面脏得不行，一遍遍地洗手——”玉莲说，“天天晚上失眠。”

“那你就不帮他挠呗。”

“有一天我是没帮他挠，他又睡不着了，说是挠了几天，把以前的老习惯挠回来了。他后半夜两点钟起来洗淋浴，我好不容易睡个觉被他吵醒了——还说我毛病多。我说，‘老头乐’没毛病，你跟‘老头乐’过去吧。”

惠真等了一会儿：“然后呢？”

“就回来了呗。”

两个人一时无话，小面团在玉莲的擀面杖下面，三下五下，花一样盛开，被惠真接在掌心，填上馅儿，捏成果实。

五月六日

初中三年级的学生祁政在五月六日的早晨上学的时候，像往常一样路过矿医院的太平间。太平间是一间灰色的水泥房子，单独建在医院那座白楼的左边，平常日子里太平间总是显得寂寞严肃，但每隔一段日子总有那么一两天它却很热闹，就像这一天早晨一样，叽叽喳喳的聚集了不少的人。男人们拉着脸目光短浅地盯着某个地方倾听着人群中女人们哭泣的声音，那些哭声像一大块旧布被扯成一条一条的飘荡在清晨正下着的细雨里。有那么一小会儿，祁政的思绪不自觉地跌落到了他看到的人群中间，他想起自己今天准备做的一件事，不知道会不会也发生眼下他所看到的场面，这时人群之中闪出了他的同学曲梅的脸孔，曲梅穿了一件颜色很沉重的衣服，眼睛肿得像一个红色的果核，她发现祁政隔着医院做围墙用的铁栅栏站在马路上正望着自己的时候，便飞快地别转了身子，躲到人群后边去了。

祁政就继续向前走去，在市场卖肉的摊床附近他看见他们家的邻居屠夫孙五，孙五的摊床上摆着一口刚被剖了膛现在还冒着热气的肥猪，猪现在四敞大开没心没肝地躺在摊床上面，姿势比活着的时候显得放得开。孙五还没开始为猪剔骨，他弓着身子在铺排在眼前的一大块磨石上霍霍有声地磨他的那把大片刀。他看见祁政从太平间的方向走过来，就会意地笑了，说道："他妈的死了死了一死百了。人和这猪没啥两样。"

祁政想了一下，很认真地回答他说："在咱们这儿是没啥两样儿。"

孙五觉得磨石有些干，低头朝磨石上啐了一口吐沫，然后继续磨着刀说："在哪都一样儿。"

祁政就用很怜悯的眼光看了孙五一眼说："你除了杀猪以外什么也不懂。"

孙五听完这话笑了："小猪崽子你毛儿还没长全呢你说我啥也不懂?! 你爸和你那小后妈的床天天晚上吱嘎吱嘎响你懂不懂他们是在干啥?!"说完他嘿嘿地笑起来边笑边举起手里的片刀眯细了嵌在肉里的眼睛打量着自己刚磨出来的刀锋。

祁政也在看着刀的边缘处那条闪烁的线，他觉得那条刀刃完全能把早晨的细雨割得再细上几倍。孙五看完了自己的刀转过头来想和祁政继续讲刚才的话题，这才发现祁政已经走出去好几米远了。

祁政到班上以后，发现所有的同学都在谈论着昨天夜里矿井上发生的塌方，这次塌方把曲梅的爸爸给砸死了，似乎近在咫尺的灾难让同学们兴奋不已。祁政用目光在人群中找田原原，田原原身边的座位平日里坐着曲梅但现在是空着的。她一个人坐在平日里是由两个人坐的座位里，白嫩的脸上满是阴沉之色。

其实田原原是班上最早知道曲梅爸爸出事的人，曲梅的爸爸是在田原原的爸爸开的私人煤窑里下井时塌的方，曲梅的爸爸一死田原原的爸爸将要给曲梅的家里付上一大笔钱。这件事把田原原的心情弄得很不好，她觉得曲梅的爸爸太不小心了。

祁政在上最后一节自习课前的课间休息时把一张约田原原上山的纸条放到了她的文具盒里。早晨下的细雨这时已经停了，阳光逐渐驱走了整个上午笼罩着全班的和死亡有关的阴沉之气。在煤矿，死亡的事情是经常发生的。太阳一出来，大家就淡了曲梅爸爸塌方的事情了。田原原和班上的大部分学生就都趁着下课到教室外面晒太阳去了。

祁政做出若无其事的样子走到田原原的座位旁边的过道上，他自然而然地拿起了田原原的文具盒像是被上面的图案吸引了似的看了看，然后就打开文具盒的盖子将手里早就准备好的纸条放了进去。

这件事做起来比想象的要简单一些，但祁政还是忍不住地紧张，有那么几分钟，他对自己哆里哆嗦的样子真是讨厌透了。他一边这么胡乱地想着，一边注意地看了看教室里其他同学，最后确定没有谁注意到他刚才的举动。

田原原和班上的其他几个女生一起踩着上课铃声走进了教室，或许是太阳的缘故，她的脸色比早晨好看了很多，嘴角和往常一样向两边傲慢地翘着，一副藐视的样子。她的爸爸是矿上最有钱的小煤窑主，她想有多少钱就能有多少钱，有了钱想干什么都行，所以她就谁都敢藐视。祁政边看着田原原边想。

田原原在自己的座位上坐了下来，先是她前座的一个女生回头和她咬着耳朵说了几句什么话，两人一起笑了，然后田原原打了那个女生一下，女生就转过头伏在书桌上看书了。田原原也打开自己的书，她胡乱地翻了几页后，盯住其中的一页认真地看了起来，她看了有那么几分钟的工夫，伸手拿过文具盒。看也不看地打开，从里面拿出了一支钢笔，然后又合上了文具盒推到了原来放着它的地方。一直眼睁睁地盯着她看的祁政被她的举动气坏了，他没想到她是个这么马虎的女生，自己的文具盒里被人放了东西进去都看不到。

祁政在心里狠狠地骂了田原原一句，同时有些犯愁。在他的计划中他倒是想过田原原会拒绝自己，但怎么也没想到她会没看到自己的纸条。一个月以来祁政一直把自己的计划当成是在挖一个煤洞，这个煤洞挖顺畅了，就会挖出乌金，乌金是矿报上以及他们的作文本上歌颂矿山歌颂煤炭时经常用的字眼儿，在祁政看来，把好好的煤不叫煤非要叫成乌金是一件非常做作的事情，乌金在他理解中不是煤而是黑色的钱，矿上的那些小煤窑主们田原原的爸们都是靠着这些黑色的钱发起来的。平日里祁政能够很心平气和地看着他们财大气粗的样儿，可看并不等于看得起。祁政是个自认为有头脑的人，他看不起那些暴发户，他欣赏的是那些通过智慧挣钱的人。

钱和钱之间也是不一样的，这是少年祁政的真理。

因此祁政要挖一条另外意义上的煤洞，充满了智慧和胆识，煤洞的深处不是岩石而是一片可供他飞翔的天空。祁政想到这里又兴奋起来了，全身像块烧着的煤一样灼热着。他热切地望向田原原的背影，渴望得到呼应，可她的背影仍旧和刚才一样，冷冰冰的。

祁政从裤兜里摸出一把壁纸刀，从两排塑料锯齿间推出了一截刀刃。刀刃上的白光把祁正的理想衬得有些黯淡了，他把刀刃放到书桌的桌棱上稍微用了点力慢慢向前推动着，一片薄薄的木片纸似的从书桌上飘了下来。

放学铃声突然间响起来的时候，把陷入胡思乱想的祁政吓了一跳，他抬头往前看，田原原正往书包里不紧不慢地装着东西，装完了就和站在她旁边等着她的一个女生一起走出了教室。走到门口时，田原原像是忽然想起什么似的回头看了祁政一眼，四目相接的一瞬间，祁政的心怦怦地跳了起来。

祁政是五月六日中午放学时最后一个离开教室的学生，出了教室后他没从大门走，而是绕到了教室后面平日里男生们经常跳墙逃课的地方踩着一个半人高的墙垛子翻身跳墙出了校园。校园的后面是一块长满了青草的山坡，青草中间开了一些小花，白的和紫的，闪烁在一片翠绿当中。祁政踩着青草中间的一条小路朝山上走去，在半山处，有一株很大的梨树，梨树上开满了白色的梨花，树下则像刚下过雪似的抖落了一地的花瓣。祁政在纸条上和田原原约定的地点就在这棵梨树的下面。

祁政走到梨树下面，田原原鬼似的突然从树身后面转了出来，她轻飘飘的身影闪得祁政眼前恍惚了一下。然后才笑道："你先到了?"

田原原似笑非笑地哼了一声，说："废话。"她的脸孔在白色的梨花下面显得格外的白。祁政一直纳闷她生在煤矿长在煤矿怎么还能有这么一张和煤矿格格不入的白脸。

祁政盯着她的白脸说道："曲梅的爸爸今天早晨在井下砸死了。"

田原原嗯了一声，说："废话。"

祁政叹了一口气，说："田原原你发现没有，几乎每隔两个星期就会有哪个矿点出事死人。"

田原原这回认真地看了祁政一眼："你怎么老是说废话？死不死人关你什么事儿？"

祁政说："当然关我们的事儿，你生活在这样的一个经常死人的地方不觉得讨厌吗？"

田原原沉默了一下，用一种充满暗示的语气提醒祁政说："你找我来就是想说这个？"

可祁政显然没理会她的暗示，他执著地想顺着自己的思路引导田原原因此他自顾自地用热切的语调对她说道："你难道从来没有想过要离开这个煤矿吗？你从来也没想过去别的地方，比如北京，深圳？"

田原原明显有些失望了，她兴味索然地说："北京和深圳又没有我的家我干吗要去那些地方？现在这样不挺好吗？"

祁政沉下了脸说："这个破地方有什么好？除了煤灰就是煤块，哪都是黑乎乎的，三天两头地塌方死人。你居然还说这个地方挺好，你简直是连起码的判断力都没有。"

田原原瞪着眼看了看祁政，她不明白他怎么一下子就生起气来了，于是她也一下子气了起来："你找我来就是想说这个？！"

祁政说："当然还有别的，但我们得先说这个。"

田原原不耐烦地说："我不想听这个了，我饿了，我要回家吃饭去了。"她说完就朝山下走去，她走的不是祁政上山时走的那条通往学校的路，而是斜插过来的一条通向另一个山坡的路。祁政知道那条路，还知道在那条路的两侧田原原的爸爸开了好几个小煤窑，田原原的家里用那些小煤窑挣了很多的钱。那条路经过山坡后，正好通向矿上的住宅区。

祁政看着田原原走出去了几步，她傲慢的身影让他的胸口有些堵得慌，他在她身后喊道："你等一下，田原原，你听我把话说完。"

祁政的呼喊声用超过了风的速度撵到了田原原的身旁，可她就像没听见他的话似的，步子仍然走得飞快。因为上午下过雨，田原原踩在青草上的步子有些歪歪扭扭的，就和她写的字一样难看。祁政就小声地在后面骂了她一句脏话，他的这些说不出口的脏话是跟他爸爸学的，每回他爸爸和他继母的床吱嘎吱嘎响起来的时候他爸爸都要喘着粗气反复地说这些话。祁政对这些话以及那些吱嘎吱嘎早就腻烦透了，但现在他太生田原原的气了，他生了这么大的气就忍不住把平时他绝对骂不出口的脏话骂了出来，骂完了以后祁政就跑上前去抓住了田原原的一条胳膊，说道："你总得听我把话说完吧？"

田原原不高兴地向外挣了一下，"你放开我，"她脸上的表情这时显得像个正经人似的，"我对你的那些话不感兴趣，不想听。"说完她又向外挣了一下。

可祁政没让她的胳膊从自己的手掌里挣出去，他抓着她很认真地对她说，"你知道我想干什么吗？我最大的理想就是离开这里到另外的地方去，去北京或者是去深圳。”

田原原晃动着身子说：“你去哪关我什么事儿？你放开我。”

祁政低下头，好像深思熟虑了一下似的，说：“到外面去要花很多钱，我想跟你借一万块钱。”说完这话，他就放开了田原原。

田原原在他的脸上确认了一下他的表情，当她看到真实的答案后就放声笑了起来，她的笑声顺着风在山坡的青草尖上传播得很是肆无忌惮，她笑够了才藐视地看着祁政说：“我凭什么要借钱给你？”

祁政望着她的脸，有点低声下气地说：“就算是你帮我一次忙行不行？”

田原原说，“不行，我根本就没有那么多的钱，而且就算是我有一万块钱，我也不会借给你的。”

祁政变了脸色，眼前的这张白嫩的脸孔显得恶毒了起来，眼下的这种结果是他计划中最坏的一个，他原本指望着田原原是能跟他一起走的，虽然他不怎么喜欢她。失望透顶的祁政气急败坏起来，咬牙切齿地说道：“田原原你做事不要做得太绝了。”

田原原冷笑了一声说：“我做绝了又能怎么样？”她接到祁政的纸条以后以为他找她是为了向她表达某种感情的，就像班级里其他的男生喜欢上她以后表现出来的那样。对于祁政她并不觉得他比别人更好，有些时候看到他整天地不说一句话，总做出一副深沉得不行了的架势，她还有点烦他。但她并不反对他喜欢自己，赴约的路上她想象着从祁政的嘴里可能说出的那些肉麻话的时候还觉得这是一件十分有趣的事。结果事情根本不是她原来想象的那个样子，现在她有一种被人耍了的恼羞成怒之感。

祁政在田原原冷笑完以后脸色就变得可怕起来，他慢慢地像是在下定某个决心似的说：“你做绝了我就绑架了你，到时候你们家想拿钱也得拿钱不想拿钱也得拿钱。”

田原原的身子颤了一下，祁政语气里有一些沉重的东西击中了她，她难以置信地看了祁政一眼。“你敢?!”

祁政无可奈何地笑了一下，他的笑现在看来已经只有形式没有内容了。“这是你自找的，敬酒不吃吃罚酒。”他说完就一不做二不休地伸手去抓田原原，但田原原灵巧地一缩身子，躲过了他的掌握。

田原原从祁政的臂下躲过去后，立刻撒腿向前跑了起来。

田原原向前奔跑的时候感觉到自己全身上下被一种从未有过的恐惧包围着，她在惶急之中想到自己或许做错了什么，但她却没有时间去细想到底错在哪里了，她现在一门心思地只想跑到她爸爸开的那些小煤窑的窑点上去，并且幻想着能在已经废弃的小煤窑附近碰上一两个工人。她跑到离她最近的窑点上的时候感觉到一直跟在她身后的祁政的手触摸到了自己的身上，她的心被什么东西猝然抓紧提起来时脚却朝下一滑，然后便跌入了深不可测的黑暗之中，田原原还没来得及体会出那种突然而至的下坠的眩晕感的具体缘由便昏死了过去。

祁政是眼睁睁地看着田原原掉进了那眼煤洞里去的。起初田原原的身影突然消失在他的眼前他还以为是出了什么魔术之类的事情，他伸出去抓她的手臂还保持着刚才的姿势，手上也还残留着田原原身上穿着的那件牛仔夹克在他手心里一闪而过时布料的质感。他的左脚向前一滑险些迈空时，他才一低头发现了不露痕迹地埋伏在他身前的那口竖井。井口开得不大，显然不是正式开采用的井，而是开采前地质人员做测量时留下的。

祁政爬在井口边上向下看了看，洞里面黑黢黢的，比没有月亮的夜还要深沉。他对着井口向下喊了几声“田原原——”却根本没听到田原原哪怕是一点点的回声，倒是被自己的声音的粗犷回声吓了一跳，那几声“田原原”像是几记耳光从井下旋转着升上来后抽打在祁政的脸上。

田原原死了，祁政想。他抱着双膝在吞噬了田原原的井口边上坐了好长时间，直到完全平静下来以后，他才离开了井口。

五月七日祁政披着一身灿烂的阳光走进班级时，很平静地看到田原原和曲梅的那张长条桌子现在完全空了下来。班级里这一天议论的重点是田原原而不是曲梅了。昨天晚上田原原的父母几乎找遍了班上所有的学生打听田原原的下落。从中午开始，田原原的影踪就变得和空气一样难以捉摸了。

祁政昨天晚上也被田原原的父母找过，而且他是田原原父母重点问询对象，班级里有人看见他在上午最后一节课的课前休息时往田原原的文具盒里放了什么纸条一类的东西。田原原的父母说完这句话后发现祁政的脸孔变得煞白煞白的了：“你把什么放到原原的文具盒里了？”他们问祁政。

“两张电影票。”祁政说，然后他的脸色好一些了，他就又对田原原的父母补充了一句，“我想请她看晚上的电影，但她根本没来。”

田原原的父母很厌恶地看了一眼这个其貌不扬的少年，他浑身上下没什么讨人喜欢的东西。他们对女儿没去赴他的电影约十分赞同，但田原原没去看电影又去了哪里呢？

田原原的父母走后祁政的爸爸义正词严地教训了祁政一句：“屁大个岁数你不学好找人家看什么电影？看他们找不着田原原的话不讹上你才怪。”

五月七日这一天班里乱成了一锅粥，除了祁政以外所有的同学都在叽叽喳喳地讨论着田原原的去处，老师们也在讨论相同的话题，所以这一天教室里没人讲课也没人听课了，大家的这种情绪很像是在过节。

祁政没加入身边这种节日般热烈的气氛，他干巴巴地坐到下课，就到街上买报纸去了。

五月七日这一天田原原的父母没再找学校的老师以及同学打听田原原的事，田原原的爸爸把女儿的失踪想到曲梅家出的事情上头去了。田原原的爸爸虽然是矿工出身但却是个见过场面的人物，他想如果老曲家的人为了多要一些抚恤金而胆敢拿田原原做威胁的话，那他到时候是要做一些吓人的事情的。

他不能允许别人拿他的女儿开玩笑。

五月八日田原原的爸爸在家里的门缝里发现了一封信，信封是邮局里整天卖几乎谁都买过的白皮信封，里面是一张白纸，白纸上面是几行用从报纸上剪下来的字拼贴而成的话。

想知道田原原的下落，拿五万块钱来

如果报警，必死无疑

五月九日晚上八点前把钱放到西坡第一个小煤窑处

钱在人在

这几行贴得歪歪扭扭蛇一样的字让田原原爸爸的心一下子就踏实了，他拿着纸条反反复复地看了半天，最后自言自语了一句："有价就行。"

五月九日是曲梅的爸爸出殡的日子，一大清早的，矿区的主要街道就被送葬的人群中女人的哭声嚎得七扭八歪起来。四个年轻矿工抬着棺木绕着曲梅家的楼下走了一圈，让曲梅的爸爸最后看一眼阳间的家，然后才把棺材搁到汽车上，送往火葬场。棺木所到之处，被两个中年女人边念叨着边撒满了纸钱，后来这些纸钱迎风而起，飘到了矿区街道的每个角落，好像矿区里死了不少人似的。

祁政在清晨上学的路途上和送葬的队伍有过一次短暂的相遇，他眼看着那四个年轻矿工喊着号把似乎很沉重的棺木放到了一辆大卡车的后面。四个年轻矿工退下去之后，他在人群里看到了田原原的爸爸，他的心立刻比平常跳得快了三倍。但田原原的爸爸没看到他，他阴沉着一张脸，嘴角挂着一抹奇怪的笑意望着眼前为一个死人忙活得不行了的人群。

祁政从田原原爸爸的脸上收回目光，起步朝前走去，载有棺木的卡车也在这时发动了，卡车后面扬纸钱的一个女人把手里的一摞纸钱朝街上洒落了下来，其中的一个恰好迎面盖在了祁政的脸上。

曲梅的叔叔从火葬场回来以后就到市场上买肉买菜，曲梅家里摆了两桌酒席答谢帮忙发送曲梅爸爸的人。曲梅的叔叔买的是孙五的猪肉，孙五称肉的时候曲梅的叔叔用连续两天两夜守灵熬红的眼睛看着他的称说了一句："孙五，我摆的可是为我哥送行的酒席，你别短我的斤两。"

孙五"嗨"了一声说："你放心吧，缺一两你回来从我的身上割肉补行不行?"他说完这话在案板上又拉下来一块肉扔到了曲梅叔叔买的肉里。

曲梅的叔叔半个小时后又回到了市场，他步态稳重地走到孙五的摊床前，把刚才买的猪肉扔到了孙五的面前："孙五，五斤肉正好缺半斤。"曲梅的叔叔说这话时口气十分平静。

孙五愣了一下，随即豪迈地笑了："操你妈的，你一个爷们儿这么点事儿你还较真儿!"他说着就用刀割下了一大块里脊肉扔到了曲梅的叔叔买的肉里。

曲梅的叔叔一直背在身后的右手这时拿到前面来了，他的手里握着一把家常用的菜刀，曲梅的叔叔用手里的菜刀把孙五刚才割下来的那块肉从他买的猪肉中剔了出去："你得给我补一块别的肉吧孙五?"他慢慢地说着话，很和气地和孙五商量着。

孙五的脸上就笑得不太好看了："怎么着爷们儿?找事儿是不是?"

曲梅的叔叔也笑："你从你自己的身上割下来半斤肉给我这事就算完了。"

孙五就把手里惯用的刀片用力地往案板上剁了一下，这一剁至少有二分之一的刀片被他剁进了案板里面。“我剁你妈的肉！”孙五冲曲梅的叔叔骂道。他现在瞅着这个个头一般模样也一般的男人很别扭，但他没想到这个看上去很一般的男人抄起刀来速度会那么快。

曲梅的叔叔只用了旁人一眨眼的工夫就完成了从摊床操起刀再把刀砍到孙五肚子上的动作，孙五的肚子一向很有内容，结果曲梅的叔叔这一刀砍进去后只剩下一个刀把还留在外面。

孙五的目光从曲梅叔叔的脸上挪到了自己的肚子上，他呆呆地看着陌生肚子似的看了一会儿自己，直到有一些红色的液体蚯蚓似的爬满了刀把才猪似的嚎叫起来。

祁政在五月九日的中午听说了孙五让曲梅的叔叔用刀砍了的事，这件事情到了下午的时候便在班级里取代了田原原的影踪问题成为大家新的议论焦点，祁政坐在一大群嗡嗡的声音中觉得自己像是坐在一团正辛勤工作的蜜蜂中间，他不甚理解地看着同学们的脸，想这些事和他们有什么关系呢能让他们激动成那个样子。

祁政觉得孙五惹来杀身之祸纯属活该，那一刀砍在孙五身上和砍在猪身上没有什么太大的分别。这件事情让祁政唯一感兴趣的东西是现在全公安局的人都出去抓曲梅的叔叔了，这才是孙五挨了那一菜刀的最有意义的所在。

祁政在黄昏时分到了那个吞噬了田原原身影以及声音的洞口边，山风野野地从青草坡上刮过来，路过祁政时，让他分明从风里感觉到了一种寂寞难耐的东西。

后来他就趴在洞口边上大声地对着洞里面喊着田原原的名字，洞里面和前天一样，没有丝毫回音。祁政就不再喊了，他把胳膊垫在洞口边上，头枕在自己的胳膊上闭上了眼睛，于是他闻到了纯正的青草气息，并且感到自己正朝着田原原走近，就在他马上要见到田原原的时候，他的脖领子被人从后面拎了起来，他从衣服里面转过脸，看见了田原原威猛的爸爸和四个警察，警察的制服让他眼前一阵晕眩。

“你在这儿干什么?”田原原的爸爸问道。他的手里拎着一个鼓鼓囊囊的包，里面塞满了纸类的东西。

祁政望着他说不出话来，他这时很想看一眼手表，他想田原原的爸爸至少提前了一个多小时。

“他是谁?”一个警察问田原原的爸爸。

“是原原的同学，”田原原的爸爸解释说，随即又补充了一句说，“他正在追求原原。”

警察们就都笑了。刚才问话的警察冲祁政摆了一下手，说：“你回家去吧，没事儿别上这儿瞎转悠。”

祁政就一言不发地回家去了。

祁政是半夜里被突然闯进家门的警察们抓起来的。警察们和田原原的爸爸一直在小煤窑守候了七八个小时，最后才想起来凶手很可能就是刚才被他们放走的祁政。

警察一问，半梦半醒间的祁政就都承认了。他承认之后，田原原的爸爸不由分说地上前抡了他两个耳光，祁政立刻变得鼻青脸肿起来，然后他就彻底没有了睡意。

他们问他田原原在哪里？

祁政在他很难看的脸上浮现了一个笑意：“田原原死了。”

田原原的爸爸听完这话就要冲过来踢死他，但他被两个警察拦住了。

他们又问他田原原在哪里？

祁政望着田原原的爸爸说：“就在你挖的煤洞里面。”这句话让一直张牙舞爪的田原原的爸爸平静了下来。

田原原被人从煤洞里拉出来的时候，胸腔里还有微弱的一口气。

双臂倒铐在身后一直在洞口边看着抢救全过程的祁政在田原原重见天日的一瞬间，忽然被一种突如其来的伤感击中了，他望着田原原像一块蹭上了煤粉的面筋似的被人从洞里掏了出来又被一大群杂沓的脚步送往医院的方向，他的泪水便肆无忌惮地从脸上的两个泉眼里流了出来，先是模糊了他的视线，然后一路无阻地经过脸庞到达嘴角，让他的舌尖尝到了一股新鲜的盐味儿。

霰　雪

那天下霰雪。幼儿园的江老师指着天空跟一个小朋友说："霰雪就是细小的雪珠。"小朋友瞪着眼睛往天上望，还伸手接了接，说："雪一点儿也不线。"

廉建军在一边听着，笑了。

江老师朝廉建军瞄了一眼，红着脸跟小朋友说："不是毛线的线啦。"

如果不是和周晓南约好了，廉建军倒真想请她吃顿饭的。他到幼儿园的第一天就发现，江秀茹虽然不是所有老师里面长得最漂亮的，但却是最笑口常开的。笑的时候，腮上有一对浅浅的酒窝，十分可爱。

廉建军在幼儿园干的活儿是在白花花的游戏室墙面画最新最美的

图画，“最新最美”具体说起来就是蓝天白云，鲜花绿草，小鸟孔雀，还有大海和鱼。

那天是廉建军在幼儿园工作的最后一天，他花了一上午时间把已经画好的画勾了几条线，补了补颜色，然后收拾好东西装进背包里，又到财务室领了工资，便打车赶到那家开业不久的杭帮菜馆。他发现坐在桌前等着他的除了周晓南，还有一个女生。

“关盈。”周晓南给他们介绍。

“他是我最好的哥们儿廉建军。”

“你好。”廉建军一时不知道该说些什么，便把手伸了过去。

关盈把右手手指间的烟转到左手，伸手在他的手里放了一下。

她的指骨纤细，皮肤光滑，手像一个冰块儿。

关盈的身材也纤细如芦苇。牛仔裤的膝盖那里有两个破洞，露出里面的肌肤。上身倒还凑合，羽绒服，白色的，里面是一件灰色棒针毛衣，毛衣领子像一张大嘴，吃掉了她半个下巴。她的头发披散着，有点儿乱。

周晓南考上美院的头一年时，经常给廉建军写信，第一封信里他就提到关盈。“关云渡的女儿也在我们班”，周晓南说她很瘦，让人想起中学课文里的女包身工，长相也谈不上漂亮，但气质不俗。毕竟是“大师的女儿”。

那天夜里，廉建军失眠了。他爬起来把关云渡的画册从书架上抽出来，一页一页地翻。关云渡的画面总是洋溢着欢乐的气氛，色调金黄，仿佛能闻到阳光晒透麦秸发出的香味儿。女人们在画面里进进出出，腰肢纤细如藤蔓，而屁股肥硕如果实。他想到周晓南眼下就坐在这么一幅画里面，和大师的女儿坐在金灿灿的玉米堆上同窗共读。

“你猜我们干吗去了？”廉建军还没在椅子上坐稳，周晓南就表情神秘地问他。

廉建军猜不出来。

“我们去了瓦房店附近的一个渔村。”周晓南停顿了一下，仿佛吸烟的人清晨睡醒，把第一口烟深深地吸进肺里，几秒钟后，廉建军看见笑容仿佛是从周晓南的肺腑之间蹿出来，布满他的面孔，“你一定要抽空去看一看冬天的渔村，偶尔下点儿雪，空气中永远飘荡着鱼腥味儿——”周晓南好像一时想不出更多的内容，感情强烈地加了一句，“简直太棒了。”

“你什么时候变成诗人了？”廉建军笑笑。伸手从服务员手里接过菜单，“你们点菜了吗？”

“没有。”周晓南瞥了一眼菜单，目光又转回到廉建军的脸上，语调仍然是饱满的，“那个渔村也就一百多户人家，特别小。连旅馆也没有，我们租了一个寡妇的一间空房。那个寡妇长得还挺动人的，你说是不是，关盈？”

关盈没有表情。现在廉建军想起她像谁了。她像魏斯的老婆。魏斯的作品有一多半都是画他的老婆，她的表情在画面上平静、宁和、空洞而又单纯，让人忍不住对她的脸孔产生好奇：她的激情都藏哪儿去了？什么样的人什么样的事情什么样的语言能让这个女人变得热情似火燃烧起来？魏斯的老婆不是漂亮的女人，但她是一个很美的女人。是一个简单的谜语。

“她是长年劳动的那种美，特别爱笑。看见我的头发都要笑，看见我的围巾也要笑，我随便说句什么话，都能让她笑得直不起腰来，一边笑还一边叫唤，哎哟哎哟哎哟哟，我要死了我要死了。对关盈她倒不那么爱笑。我们住的房间和她的房间对门，中间是厨房，房子里的暖气别提多糟糕了，我们睡的火炕还挺暖和的。不过房间里潮气很重，阴冷阴冷的，空气仿佛有重量似的，沉甸甸的。我们平时在房间里呆着不仅要全副武装，还得把棉被压在腿上。晚上临睡前，寡妇用炉火烤土豆，那个香啊，简直能让人晕过去，她还给我们爆过两次爆米花儿，对了，那个地方盛产苹果，不过说实话，萝卜更好吃，又辣又脆。”

廉建军一边听周晓南说话，一边分出心思来点菜。他们看来是上过床了？烤土豆、爆米花还有夜晚的狂欢，还有个寡妇。但这些还不够，他们还要把他们的甜蜜释放到全世界，于是周晓南就变成了一个话痨，变成了一个蜜蜂，嗡嗡嗡嗡地啰嗦个没完。廉建军点好了菜，要了一壶乌龙茶。

“我们是一时兴起才决定去那儿的。”周晓南扭头看了关盈一眼，关盈把刚吸完的烟头熄掉，又点了一支。“在公路客运站选了最远的一条线路，买了到终点站的票，就提着行李上了车。那车破的，简直可以当古董了。一路丁零当啷地响，音乐都省了。我们的骨头一路上也丁零当啷地响，颠的。”

服务员把沏好的茶送上来，廉建军伸手摸了一下茶壶，冲服务员笑笑。

“我来吧。”

茶倒进茶碗里，热气袅袅，茶香怡人。他用茶先温了一下茶碗，把残茶倒进自己的碗里，然后倒了杯茶放到关盈面前。然后给周晓南如法炮制了一杯，让服务员把他汤碗里的残茶拿去倒掉。最后才给自己倒上。

关盈把烟搁到烟缸边儿上，双手捂在茶碗上，深深地吸了口气，抬头冲廉建军笑了一下。

周晓南看了她一眼，端起杯子喝了口茶："这茶不错。"

"我们租了一条船，每天带我们在海上转上个把小时，你猜那要花多少钱？"

廉建军点了一支烟，摇摇头。

"两块钱。"周晓南笑了起来，"那个老头儿还觉得收多了。特不好意思。有一次我们在海上遇上了风，关盈你记得那天吧？真够惊险的。那浪简直不是水做的，像虎啊狼啊狮子啊反正那些猛兽吧，张牙舞爪地就扑过来了，每次都好像差那么一点点儿就要把船打翻了，吓得我们啊，幸好后来没事儿。那天晚上我连做梦都是在海上，后面有一大堆风浪在追着我。别提多刺激了，简直太棒了。"

菜一道接一道地送上来，周晓南抄起筷子给关盈夹了些菜，然后自顾自地吃起来，一边吃东西一边给廉建军继续讲他和关盈的游历。冬天的海是灰色的，天空也是灰色的，海天一色，浑浆浆的。海风比刀子还厉害，吹到脸上，能把皮肤吹出十字形的口子来。在海上漂着时，觉得人特别渺小，不过一旦从船上下来，回头看海，感觉立刻又变得不同了。大海离远了看就像一块画布，还是块没绷好的画布，老卷边儿。

廉建军吃了几口就把筷子放下了，点了一支烟。周晓南上美院以前，他没觉得他这么多话。那时候他好像也没现在这么好的胃口。他总是跟在自己的身边，既是他的哥们儿又甘心于退而求其次的位置。他很少提起家里的事情，也很少问别人相关的问题。廉建军过了很久，才知道周晓南没有父亲，他妈妈在街边摆烟摊儿赚钱供他上学。他不知道是不是因为这个原因，周晓南是美术班里唯一不吸烟的男生。

上美院以后周晓南开始留长发，现在已经长到可以披散在肩上了，在脑后用一根橡皮圈儿捆着，他坐的椅子椅背上搭着一件薄的牛仔长棉大衣，身上是和关盈很像情侣装的灰色棒针毛衣，围了一条颜色鲜艳的手编围巾，围巾很长，在脖子上绕了两个来回。每当他夹菜往嘴里送的时候廉建军都觉得会把围巾弄脏。

关盈吃完一个菜心，放下筷子，伸手摸了一下烟盒，冲廉建军伸手："给我一支烟。"

廉建军把烟盒递给她，她从中抽出来一支，他替她打着火。

周晓南一边往嘴里夹菜，一边对廉建军说。

"她的烟抽得很凶。"

关盈像是没听到他的话，扭头朝窗外看。玻璃窗外冷眼一看像是起了大雾，仔细看才发现雪下大了。

"你们怎么不吃啊？"周晓南看看廉建军和关盈。

关盈不说话，廉建军客气了一句："你多吃点儿。"

他不知道关盈为什么话这么少，是以前就金口难开，还是现在不想说。或者是跟熟悉的人说，跟陌生的人不说。她坐在这里，既像周晓南描述的海，又像眼下外面的雪。

"关盈平时就吃猫食。"周晓南抬起手在关盈的额头摸了一下，她偏了偏头躲开了，周晓南跟廉建军解释，“我们昨天夜里在火车上，她着了凉，今天早晨发烧了。”

“那我们喝点儿酒吧？发发汗，对感冒有好处。”

他以为关盈会拒绝，但她点点头，说“好”。

廉建军跟服务员要了一斤黄酒。

“你在忙什么？”周晓南问廉建军。

廉建军说刚给幼儿园干点儿临时工。周晓南问是什么样儿的临时工。廉建军就说是在墙上画大海，把蓝色涂上墙，用白色画上浪花，蓝色上面再画上鱼，鱼头上画上明亮的眼珠儿。还要加上几缕绿油油的裙带菜。还有草原，还有绿树红花，花丛中有孔雀。

服务员把酒送上来，是黄酒，里面加上红枣和姜丝，搁在酒精炉上面煮。黄酒的醇香很快弥漫了他们周围，温热的黄酒要用碗喝，关盈像捧着茶杯那样，两手捧着酒碗，喝了一小口，点头说好喝。

周晓南只倒了一小杯。关盈倒是很会喝酒的样子，尤其是这种黄酒，酒碗捧在手里，有一股“绿蚁新醅酒，红泥小火炉”的味道。

“一喝这种酒就想起孔乙己。”廉建军说。

周晓南看着他们喝酒，扭头跟关盈说：“高中时建军是我们班的大情种。女生都喜欢他，连我们班主任都喜欢他。”

“班主任喜欢修理我。”廉建军更正了一句。

“才不是。”周晓南说。

那会儿留长头发的是廉建军。和周晓南现在的头发长度差不多，齐到下巴那儿。班主任对廉建军很凶。他留长发，打架、还早恋，迟到早退是家常便饭。班主任个头娇小，眉清目秀，站在讲台上是老师，坐到学生堆儿里，就是个女生。班里的男生一致认为，她凶廉建军的时候，三分是老师发威，七分倒像女生怄气。

周晓南绘形绘声，话题又转到刘梅身上。刘梅当年是他们高中美术班的一枝花，美术老师当年还是单身，对她情有独钟，但她只对廉建军有意思。

廉建军听周晓南夸夸其谈，他没想到周晓南对他的观察竟会那么细致入微，眼神儿动作以及他当时说过的一些话。那些话现在听起来，特别幼稚愚蠢。

美术班的好几个人在高考之后说廉建军犯了愚蠢的错误，不是直截了当地说，但意思是明确的。以前美术老师对他最好，预言他前程似锦如何如何。他还暗示了愿意帮他达成目标的意思，而他却和刘梅谈上了恋爱，这不是自己找死嘛？那以后，美术老师虽然表面上照样儿跟他称兄道弟的，但人家功夫在诗外，尽心尽力地辅导起周晓南来了。周晓南原来的素描是美术班里的开心果，大卫被他画成了娘娘腔，拉奥孔则是个怨男，美迪奇像个人妖。可后来专业考试时，色彩分数他们不相上下，周晓南的素描成绩居然比廉建军高出了 15 分。美术班考生们私下里传言，为了专业考试，周晓南拿他妈的血汗钱打点了美术老师，美术老师找他在美院当老师的同学替他做了工作。

“看周晓南才知道什么叫咬人的狗不叫。”大家都有些愤愤不平。

廉建军没参与类似的谈话。不是他对周晓南的事情没有感觉——相反，周晓南现在不再是退而求其次了，而是摇身一变，站到他前面来了，而且形象像鲁迅在《一件小事》里面的那个车夫，霎时变得高大起来——他只是觉得，这个时候再说三道四的，破坏的是自己的形象，高考落榜已经够难堪的了，难道还要再变成长舌妇。而且站在客观立场，他不得不承认周晓南的成功是有理由的，不光专业课成绩比他们好，他的文化课成绩也比他高出 37 分。分数下来以后，周晓南自己好像也难以置信。他让廉建军等他一会儿，自己跑到教导处去问他们是不是搞错了。

当然不会搞错。

廉建军觉得他多此一举，后来又觉得周晓南是故意多此一举的。他怀疑他跑进教学楼后根本没上三楼去教导处，而是躲在某个窗口后面打量他的落魄。

“刘梅在师大美术系。去年我们见了一面，”周晓南冲廉建军笑，“她现在还对你念念不忘呢。”

周晓南现在开始给关盈讲廉建军在高中时打架的事儿了。廉建军是带头儿的，另外还有美术班的全体男生，和电影院门口和几个小混混儿打了起来，对方人虽然少，可整天在街上寻滋闹事，特别会打架。何况当时他们手里还有刀。那一仗打得相当激烈，把警察都招来了，他们后来全体被学校记了一次大过。廉建军发现周晓南热闹精彩的叙述忽略了最重要的部分，他们为什么打架？祸是谁惹出来的？但他懒得纠正周晓南。他只盼着这顿饭赶快吃完。

他们把一斤黄酒全喝光了才离开，结账时廉建军发现这顿饭钱刚好是他在幼儿园打一个月工的工资。关盈的脸蛋红扑扑的，眼睛里面也变得水汪汪的。他们在饭店门口分手，周晓南用手臂搂住她，就好像那个搂抱是件外衣搭在她的身上，她没像在酒桌上偏头躲开他的手那样躲开。那些酒把她变温柔了。

“我明天送关盈去火车站，她得回家陪她爸爸过年。有空儿我打电话给你。”

“再见。”关盈说。

廉建军跟他们道了别，转身朝着另外一个方向走。雪还在下着，他走了几站地，发现自己站在离幼儿园不远的一个街口。江秀茹站在街的对面。穿着一件红色的大衣，戴着一顶红毛线帽，她已经先看见他了。

“下班了？”廉建军跟她打了声招呼。

江秀茹点点头。

廉建军想走，不知怎么脚却没动，他有点儿犹豫地问江秀茹：“你着急回家吗？”

“不。”江秀茹摇摇头。

“我请你喝杯咖啡吧。”

江秀茹没说话，但她跑过街道的动作就好像廉建军是带给她礼物的圣诞老人，她转眼就站在了他的面前，那么近，连她睫毛上沾着的雪花他都注意到了。

云　雀

靠窗边第三张桌子，每天傍晚六点钟到八点钟之间，是专为姜俊赫预留的。他偶尔带朋友——也许是员工——一起来，但大部分时间他自己来，手里带着本杂志，在上菜之前读几页。他和春风每天都对话，但不外乎是她请他点菜，然后他报出菜名，以及“谢谢”“不客气”之类的客套话。

有一天春风忘记把“已预定”的牌子放到那张桌子上了，等她发现自己的错误时，两个中年妇女已经占了那张桌子，她们从进门到坐下说个不停，对春风的抱歉和请求不予理睬。

“我们就坐在这里，”她们说，“哪里也不会去。”

另一个服务员去给她们点菜，春风出门去等姜俊赫，“真对不起，”她给他鞠躬，眼泪跌出眼眶，“都是我不好。”

“让你受委屈了吧？”他说，“这种小事情让你在风里站了这么久，应该是我跟你道歉才对啊。”

进了餐馆之后，他跟老板娘说，“你们的服务真让人感动啊。”

“顾客是上帝嘛，”老板娘笑着说，她亲自把姜俊赫引到另外一个相对清静的地方，看春风拿着菜单过来，她跟姜俊赫说：“春风是大学生，只是课余时间打打工。”

春风给姜俊赫上菜时，他问她读什么学校，什么专业，喜欢自己的学校和专业吗？

他问话时，得把头半仰起来，而她每次回答他的问话，都得把腰弯下去。他意识到这样有点儿可笑，冲她笑笑，低头专心吃饭。

几天以后，寒流带来一场大雪，春风等最后一班公交车时，一辆银灰色“奥迪”开到了她面前，姜俊赫打开前车门叫她：“我送你吧。”

“不用了，”春风连连摆手，“谢谢您。”

“这么大的雪，公交车不会像平时那样准时的，”姜俊赫说，“快上来吧。”

车里像一个暖融融的房间，春风坐进去才发现自己的手脚都冻麻木了，冷气像电流闪进关节的骨缝里面，引起一阵阵酥麻，她连打了两个寒噤，扭头冲姜俊赫说：“麻烦您了。”

“举手之劳，”姜俊赫问，“打工很辛苦吧？”

“还好啊。”春风说。

“我有个亲戚，在首尔就是开这种餐馆的，”姜俊赫说，“也有大学生在餐馆里打工，还有两个中国的留学生呢，他们都叫嚷辛苦。”

春风说，她是去年暑假开始到这家餐馆打工的，那时候，餐馆正对着的喷泉广场傍晚六点钟伴随着灯光和音乐开始喷水，他们在餐馆外面摆放桌椅，布置露天咖啡座，那些树脂桌椅颜色鲜艳，每张桌上都有鲜花和小缸金鱼，作为城市一景，咖啡座好几次被记者拍下来发表在当地报纸上，她第一次看见自己的照片在报纸上出现，吓了一跳呢。

“跟你聊天很有意思。”春风在学校门口下车时，姜俊赫说，“对了，请等一下——”

他拉开一个抽屉，拿出一个小袋子递给春风，“这是朋友送的小礼物，是女人用的东西，我——”他摊了摊手。

“那怎么可以呢？”春风往回推。

“就当是帮我忙，好不好？”姜俊赫塞回到春风的手里。

春风回到宿舍，发现袋子上面印着Dior的字样儿，袋子里面是一瓶名为“粉红魅惑”璀璨限量版香水，香水盒子上面是法文，上面贴着银色的中文说明，文字排列得像诗一样。

春风把香水瓶子举在灯光下面打量它的粉红色，香水瓶子上面有银色的亮片一闪一闪，仿佛瓶子里面的小世界里正在下一场无尽无休的细雪，她喷了一下，难以计数的芬芳粒子在她的身体四周飞扬开来，它们借着她呼吸的气流涌进她的身体内部，一直钻进肺腑里面，把她完全浸润在香气中间。

作为对那瓶香水的回报，第二天姜俊赫去餐馆吃晚餐时，春风送了他一个苹果，她在他面前把苹果像杯子那样打开，挖空内瓤的苹果里面，是用蜂蜜调拌好的梨丁橘瓣山楂丁猕猴桃丁苹果丁。

姜俊赫看着那个苹果，好半天没说话。

一周以后姜俊赫带春风出去吃烤牛排。为他们服务的服务员是位表情严肃的中年男人，黑西装白衬衫，脸刮得干干净净，腰杆挺得笔直笔直，他两手抬着，像练习华尔兹舞似的伸向春风，在姜俊赫的低声提醒下，春风把脱下来的外衣交给他。

他像斗牛士那样举着春风的棉袄，先退了两步才转身走开，春风扭头看着他，她的棉袄真是丑陋啊，洗过几次的红色像被阳光曝晒很久的红油漆，黑灰色相间的围巾是春风自己织的，搭在衣服上面，就像一个人因为惭愧把头深深地埋了下去，只剩下一缕头发挂在衣服上面。

“我从未来过这么牛气的餐馆。”春风跟姜俊赫说。

她还在想那个服务员，她知道服务员们在私下里是怎么议论顾客的。

服务员很快就转回来了，低声请他们点菜，他把菜单放到他们面前的表情，就好像那是什么重要文件似的。

春风点菜的时候偷偷抬眼，想知道他是不是在打量她的牛仔裤和假耐克运动鞋。

“也许他注意到了我的香水，”春风暗自猜想，她希望他能注意到她的香水，那是她确定能在任何高档场合拿得出手的东西。

姜俊赫点了几道菜，礼貌性地征求了一下春风的意见：“这样可以吗？”

“当然了。”她笑笑。

牛排很棒，临近烤熟时，香气简直能把人熏得晕过去。

“怪不得大家敬菩萨时，都烧香呢，”春风说，“原来嗅觉享受直抵肺腑，远远高于胃口的满足。”

“你真可爱。”姜俊赫被她逗笑了，他犹豫了一下，问她，“你的男朋友很迷恋你吧。”

“——我没有男朋友。”

“怎么会呢？”姜俊赫说，“你的身后即使跟着一百个男人也不奇怪啊。”

“瞧您说的，”春风红了脸，“我只是一个很普通的女生。”

“你是一块金子，”姜俊赫看着春风的眼睛，好像在强调某个真理，“我不相信你身边的男人没发现这个。”

春风笑了，她倒是被人追求过，到肯德基吃汉堡喝可乐，聊了聊港片和日本漫画，回来的时候，他很理直气壮地牵住了她的手，他的手出汗，湿漉漉、黏答答的，她让他握了一小会儿就把手抽出来了。

“那你有喜欢的男人吗？”姜俊赫又问。

春风喜欢裴自诚，喜欢得整个胸腔里面万紫千红草长莺飞，蝴蝶乱舞，蜜蜂叫个不停，可那又怎么样呢？全校有一半女生都喜欢他，她从来不幻想裴自诚的目光会从几千个女生中间把她挑出来。

“我们的体育课上，曾经请过一个印度瑜珈教练来教我们练瑜珈，”春风边说边比划，“他的皮肤黑黑的，眼睛大大的，睫毛翘翘的，身体像面筋一样柔软，把我们大家都迷住了。”

“一个男人被形容成了洋娃娃，”姜俊赫笑了，“真不知道他听见你的话，应该高兴呢还是难过？”

离开餐馆时，姜俊赫跟春风说：“下次你带我去你经常吃饭的地方好不好？”

“穷学生去的地方你不会有兴趣的。”春风说。

“别这么瞧不起人，”姜俊赫说，“我也年轻过。”

春风带姜俊赫去她学校门口的一家烧烤店，“白宫”的名字把姜俊赫逗笑了，“来头儿不小啊！”

桌子椅子都是木头的，早就用旧了，坐垫儿脏兮兮，皱皱巴巴的像抹布，顾客大部分是学生，还有几个民工模样儿的人，都在喝啤酒，还都不用杯子，对着瓶嘴儿直接喝。

“这样啤酒瓶对着啤酒瓶碰杯时，要瓶颈对着瓶颈，叫‘刎颈之交’，”春风介绍说，又费了不少口舌，给姜俊赫讲什么是“刎颈之交”。

“很好听的故事。”他感慨地说。“我们也喝一瓶吧？”

春风叫服务员开了酒，用自己带的餐巾纸把瓶口擦干净，然后递给姜俊赫。

开始的时候，姜俊赫不怎么吃东西，但慢慢适应了环境以后，他连着吃了好几串烤带皮小土豆，他问春风的父母是干什么工作的，她还有兄弟姐妹吗？后来还问她：“你的梦想是什么呢？”

“我想当奥运会冠军，我会打乒乓球，会游泳，还会下象棋。如果我不是出生在这个小城市，如果我有机会在七八岁的时候加入少年体校，再碰上个把著名教练，我是很可能当奥运会冠军的。”

他没把她的调侃当成玩笑，他很认真地听她说，还点点头说："那确实是有可能的。"

春风倒有点儿不好意思了，"我真正的梦想啊，"她沉吟了一会儿，说，"是希望某个神秘机构里的某些神秘人物，他们在芸芸众生中不知怎么注意到我并最终选定了我，他们在某一天突然走到我面前说，跟我们走吧。于是我就跟他们走了，从此开始过一种跟以往完全不同的、带有传奇色彩的生活。"

"什么样的传奇色彩呢？"

"那个时刻到来时我才会知道。"

他们回到车里，发动汽车前，姜俊赫吻了春风，春风的后背贴着座椅，一动也不动，他的吻温暖缠绵，舌尖残留着酒味儿以及口香糖的薄荷气息。

姜俊赫请春风去他家里喝茶，他的家是一个复式公寓，从窗口望出去，可以看见江水。江面上覆盖着冰层，冰面上面残雪处处，像一幅水墨画。

姜俊赫带着春风四处参观了一下，房子很大，非常整洁，姜俊赫说有一位钟点工每天来打扫三个小时。

"空荡荡的像个山洞，"姜俊赫领着春风上楼，"刚住进来时，夜里要开着灯我才能睡得着。"

卧室的床头柜上，摆着一张全家福照片，他的老婆淡眉细眼，俨然一个雪团揉出来的女人，他们的儿子跟春风差不多大，个子比姜俊赫高出半个头，一副很不耐烦的样子，女儿跟妈妈像是一个模子印出来的，对着镜头笑得眼睛眯成了一条缝，还不知害臊地露出了牙箍。

“她叫莲熙，”姜俊赫说，“我问她你长得这么丑，哪会有男人愿意跟你谈恋爱呢？她满不在乎地说，我可以整容嘛。”

参观结束后他们下楼喝茶，公寓靠地热取暖，加上落地窗照射进来的阳光，房间里足有二十八九度。别说棉袄了，连毛衣都穿不住，“家里只有我的衬衫，你想换上吗？”姜俊赫问。

“不用了。”春风脱掉了外衣。

她里面的薄衫是姜俊赫前几天送她的礼物——和香水一样，他把价签摘掉了——这件衣服在宿舍里引起了轰动，每个女孩子都试穿了一下。

姜俊赫在一张矮腿茶桌上摆放好一套青瓷茶具，然后把烧开水的水壶拎过来，沏茶之前，他先里里外外地清洗茶具，手法非常娴熟：“沏人参乌龙茶，水的温度很重要，高温才能让茶叶里的精华灵魂出窍。”

春风被他的用词逗笑了。

姜俊赫把茶倒进茶碗里，喝之前，提醒春风注意茶水在阳光下显示出来的金色色泽：“很漂亮吧？”

春风说是的。

姜俊赫喝了一碗茶，很舒服地哼了两声，在阳光下面，他的真实年龄完全呈现了出来，发根处新长出来的头发有一半都白了，不光是脸上，他手上的皮肤也有些松弛，但指甲剪得整整齐齐，指甲缝里也是干干净净的。

“你是工作需要，不得不到这里来工作的吗？”春风问。

“跟老婆确实是这么说的，而且还得装出一副非常无奈非常痛苦的样子，”姜俊赫笑着说，“但实际上，我很高兴在这里生活，不用每隔一天吃全素营养餐，看电视转播球赛时没人觉得你吵，看恐怖电影也没人说你无聊，星期天不用打扮得像个新郎似的去教堂唱赞美诗，不用每半个月参加一次家庭大聚会，也不用每个月去学校跟老师讨论孩子的学习问题，喝醉酒回家不仅可以不洗澡不睡沙发，还可以穿着衣服往床上随便一倒。”

春风等着他提到自己，但他没提，于是她说：“我下个星期放寒假，回家以后，可以天天睡到妈妈过来打屁股再起床，可以去姐姐的花圃玩玩儿，我和朋友们在网吧打通宵游戏，熬得像熊猫，回家边听妈妈骂边睡大觉，高中初中的同学还经常约在一起喝酒，喝完酒再去K歌，每次都有人把嗓子唱哑，对了，我们还经常夜里去江边放烟花呢。”

“这边也有人放烟花，”姜俊赫指了指窗外，“深夜里，突如其来的一声响，我以为出什么事儿了呢，跑到窗前一看，烟花像喷泉一样从雪地上涌出来——”

春风下意识地朝窗外看，发现在他们喝茶聊天的过程中，阳光慢慢地变成了金红色，并且像一块巨大而柔软的地毯，被看不见的手，从他们的身下拽出去了一大截。

她转回头时，目光跟姜俊赫的对接在一起。

“——你走了，我会想你的。”姜俊赫说。

春风的心噗噗跳，她尽量自然地冲他笑笑：“我也会想你的。”

“不一样，”他慢慢地说，仿佛他说出的话自己在摇头似的，“想和想，是不一样的。”

第二天姜俊赫又请春风去他家里，他们吃晚饭时就喝了两瓶红酒，回到家里他又开了一瓶。

姜俊赫家里的暖气实在是太足了，刚才从小区院里走过来，冻麻的头皮还没缓过劲儿来，转眼已经挂了一层水珠似的细汗了。姜俊赫去楼上的卧室换家居服，上楼前他指着沙发上的纸袋对春风说，他给她也买了一套。

“房间里实在太热了。”他说。

过了一会儿，他又加了一句：“我没别的意思。”

春风咯咯笑。

他也笑了。

春风拿着衣服去了楼下的卫生间。她的脸蛋儿红扑扑的，嘴角弯着，身上只穿着内衣，她从镜子里面看见了花样年华，就像姜俊赫感慨的：“你才22岁，全世界都是你的!”

他给她买的运动服是印度风格，下身是肥大的灯笼裤，上衣像个抹胸，露着一截肚脐，还有件外衣，不过她没穿。

她出去时，他已经从楼上下来了，目光落到她身上的瞬间，他的表情就好像闻到了什么特别好闻的味道。

“谢谢你。”春风摊开手，转了一个圈儿。

姜俊赫笑笑，去冰箱拿冰块儿，春风在客厅角落里发现了另外一张全家福，是他们郊游时拍的，姜俊赫一家四口对着镜头笑得很灿烂，连他的儿子也不例外。姜俊赫的老婆戴了一顶草帽，草帽上面插着一小把野花，她的笑容不像春风在卧室里第一眼看上去时那么温柔、全无心机了，她的笑容现在看上去更像一位将军，从容笃定，还含着股隐隐的杀气。

“在深夜里喝红酒，总给我一种错觉，”姜俊赫把红酒倒进高脚杯里，“好像在喝血似的。”

他拉着她坐下来，直视着她的眼睛：“我现在很清醒，我所说的话都是经过深思熟虑的，希望你好好听着——”

春风全身发软，脚底下踩着云团，但她的头脑里很清醒，就像有个摄像机，她把眼前的一切，每个场景，每个动作，每一句话，都摄录了下来，她知道这个时刻会永远铭刻在她的记忆里面。

寒假过后，再开学时，春风变化之大就仿佛她是一个刚来的插班生，跟随着她外貌服饰变化的，还有一个传言，她妈妈家里的房子以及四周不小的一块地被修建中的机场征用了，她们家拿到好几百万的补偿款，简直就是天上掉馅饼。

上学期春风还勤工俭学呢，这学期学校的宿舍就变成鸡窝了，人家飞出去，住到自己的房子里了，不光房子，连汽车也有了，一辆红色的 Polo，车灯还做了装饰，就好像女人抹了眼影。

虽然开着车上学，但春风待人接物还是低调的，对老师也很有礼貌，也许她知道自己现在是校园明星了，对谁都是笑微微的。学校 50 周年大庆时，她作为志愿者参加了好几项活动。

裴自诚也参加了活动，有一天他坐在春风的身边，跟她一起把各种纪念品装进印有校庆标志的纸拎袋里，这期间姜俊赫打了电话过来。

“我什么事儿也没有，就是想你了。”他说，“你想我吗?”

“好想哦!”春风说，“都想不起你长什么样儿了。”

“小狐狸精，”姜俊赫笑了，说，“我们走着瞧!”

春风放下电话时，发现裴自诚盯着她，他冲她一笑：“我们的手机是一样的。”

春风一看，可不是嘛，都是 Anycall 的巧克力系列，春风的手机是奶白色的，裴自诚的则是黑色。

春风的心怦怦地跳，刚才她伸手拿笔记本，跟裴自诚的手不小心碰到一起时，她的心就怦怦跳了，从他坐到她身边，不，早在他出现在门口，漫不经心地朝房间里面打量时，她就已经乱了方寸。

中午他们吃盒饭，裴自诚被一圈儿女生围着，春风独自坐在窗边吃自己带来的苹果，姜俊赫又打了电话过来，跟她讨论晚上吃什么。随着他们相处时间的加长，他越来越缠人了。而以前，他最恨他老婆有事儿没事儿给他打电话。

姜俊赫说，他跟老婆曾经深深相爱过，为了结婚她跟父母别扭了好几年，他们之间的爱情像烈火干柴，他的先烧完，他老婆因为动不动就淌眼抹泪儿的，烧得比他慢一些，多用了几年才彻底烧成灰，那几年他们过得挺痛苦的，有时候，他半夜惊醒，发现他老婆坐在他身边，直勾勾地盯着他，质问他：“你到底是谁?!你凭什么让我这么痛苦?!”

他也没想到会这样，结婚宣誓时，他许诺一生一世像爱护自己眼珠一样爱护她的，但两个孩子相继生下来，她身上曾经让他心醉神迷的东西也全掏空了，她变成了侍候老公照顾孩子操持家务的大婶。

刚跟姜俊赫同居的几个月里，每次有人按门铃，春风总是提心吊胆，担心他老婆搞突然袭击，如果她抓到他们，她会像泼妇骂街那样，把脏话扔得她满头满身吗？她会打她吗？姜俊赫到时候会站在哪一边呢？

但她没有来过，电话也是偶尔打打。

放春假的时候，姜俊赫回国了一次，回来后闷闷不乐的，春风以为东窗事发了呢，后来才知道姜俊赫这次回去，发现他老婆跟人合伙开了一家小型蒸汽瑜珈馆，那个合伙人是个单身男人，以前在健身房当教练，他比姜俊赫老婆年轻十岁，对她的那股黏糊劲儿像儿子跟妈似的，一个肌肉男，天天嗲着声音说话，真让姜俊赫隔夜饭都要呕出来，可他老婆笑眯眯的，很享受这种低级趣味。他跟她指出这一点，回敬他的是她的白眼：“我们真要有什么见不得人的事情，我还会介绍你们认识吗？”

抛除这个男人，瑜珈馆也让姜俊赫添堵，这么大的投资她自己就做了主，还振振有词地提醒他，钱是她父母留下的遗产，她想怎么花都行，何况，她还拿出了一半留给孩子当教育资金呢。

“这样也好，”姜俊赫说，“她有她的未来，我们有我们的。”

校庆前一天，志愿者们忙到晚上九点钟才散。学校食堂准备了小灶，春风说不吃了，要回家。裴自诚也说有事儿，“可以坐你的顺风车吗？”他问她。

好几个女生的目光射向春风，“可以啊，”她说。

“小灶，”裴自诚在车上哼了一声，“一盘菜能拧出半盘油。”

“男生还挑食？”春风问。

“男人更需要吃得好一点。前面路口左转，”裴自诚双手握在一起伸了个腰，他个子高，仿佛能把手脚伸到车外去，“我知道一个很棒的地方，烤牛舌头别提多带劲儿了。”

那个地方离姜俊赫的公司不远，在后街上，门口挂着两个白色的鼓形灯笼，上面画着红蓝太极图案，他们挑开门口的布帘，里面传来甜美的招呼声：“欢迎光临。”

地方不大，但很干净，牛舌头切成薄片，放到火炉上“哧啦”一声，怕冷似的收缩起身子。

“我带我妈来过一次，”裴自诚说，“她说牛舌头被人这样烤，一定是活着时说了些不该说的话。”

后来他又问春风：“你的话总是这么少吗？”

“我怕说错话，”春风朝烤盘上面指了指。“以后也变成这样儿。”

“我所知道的最浪漫的事，就是陪着你一起说谎，”裴自诚笑着说，“我们一起变成这样儿，在被吃下肚之前，还可以在烤盘上面聊天，道别，下辈子见。”

春风抬眼看着裴自诚，他的眉毛又浓又黑，单眼皮里面扣着双眼皮，他的眼睛那么亮，像磁铁一样把她的灵魂给吸了出去。

“除了你妈妈，你还带谁来过这里？”春风夹起一片烤好的牛舌放进嘴里。

“你啊。”

“除了我呢。”

“——你问这个干吗？”裴自诚盯着她，身子也朝她倾过来。

“我只是，随便问问。”春风有些尴尬，她朝后躲了躲，“你的身边总是围着很多女生——”

“那些杂草女生，”裴自诚哼了一声，“我拿她们没办法，野火烧不尽，春风吹又——”

他们一起笑了。

春风快半夜了才回家，她用钥匙轻轻打开门，吓了一跳，厨房里面灯火通明，姜俊赫扎着围裙，把一锅刚煮好的东西端到餐桌上，满屋子的热气，混杂着食物的香气。

“回来了?!”姜俊赫笑眯眯地问。

“我还以为——”春风有些不知所措，“不是跟你说了今天会忙到很晚让你先睡的吗?”

“我想给你个惊喜嘛。”姜俊赫过来抱春风。

“我脏死了。”她跳开了，冲他摆摆手，“我先洗一下。”

春风进卫生间，洗了脸，洗了手，拉起自己的头发闻了好几次，确定没问题才走出去。

吃饭的时候，春风觉得姜俊赫的目光像吸尘器，把她身上所发生的蛛丝马迹吸了出来。

“——你干吗这么看我?”春风问。

“别咬着筷子说话，”姜俊赫手伸到一半又放下，说，“当心戳穿喉咙。”

他的紧张劲儿把春风逗笑了。

一直到洗澡的时候，春风才放松下来，她在浴缸里放满了水，闭着眼睛沉下去时，水温的灼烫让她全身颤栗，她的思绪又回到一两个小时前，裴自诚差点儿扯断了她文胸的吊带，他还打开灯欣赏了一下她的内衣，手指拂着蕾丝花边笑着说："我早就猜出来，你是外冷内热的闷骚女生。"

她又羞又恼，在他的肩头狠狠地咬下去，像一个钢戳印进他古铜色的皮肤。

春风洗完澡进房间，姜俊赫放下手里正在读的小说，目光追随着她："看看你——"

春风看了看自己："怎么了？"

"这么年轻，这么漂亮，"姜俊赫感慨地说，"我愿意用我所拥有的一切去换你所拥有的。"

他把春风往怀里拉，她往后躲了躲："今天累死了——"

"我知道怎么能让你放松。"姜俊赫脱掉了她的浴衣，坐起来替她按摩肩膀，"做义工还那么拼命。"

"你的皮肤好像能渗出水来，"按了一会，他的手放平，在她的肌肤上面游走，嘴唇也跟着贴了过来，"我一整天都在想你。"

春风把脸转到一边。

"——怎么了？"姜俊赫用手把她的脸轻轻扳过来，"怎么哭了？"

"——你爱上我了，"春风哽咽着说，"傻瓜！"

"你真放肆！"姜俊赫笑着说，"竟敢这么说我。"

"你本来就是傻瓜嘛，"春风提高了声音，说，"爱上别人是件很危险的事情。"

"说的也是啊，"姜俊赫说，"尤其是你这样的小妖精。"

"你使劲儿欺负我吧，"春风翻过身，把姜俊赫拉向自己，"就像对待你最恨的仇人那样。”

姜俊赫回首尔总公司开会的时候，春风跟裴自诚到郊外玩了一次。

在路上的时候，姜俊赫打了电话过来：“你没在家里？”

“我去书店转转，”春风说，“买完书，还想去淘碟。”

“一个人去吗？”

“当然不是，是跟我们学校最帅的男生一起。”

那边有人在跟姜俊赫打招呼：“改时间再跟你联络。”他匆忙放下了电话。

“是我妈妈。”春风对裴自诚说，“我住在外面她有点儿不放心，一天打好几个电话。”

“我也不放心，”裴自诚说，“不如我搬过去跟你一起住吧？”

“——我妈会杀了你的。”

他们到达一个叫“吊水壶”的地方，买了门票，这个地区是长白山山脉的一支，从地图上看，像一只胳膊伸了出来。昨夜下了一场小雨，树木葱绿，树林间游荡着丝丝缕缕的白雾，空气沁凉沁凉，肌肤摸上去像涂了一层冰蜡。他们顺着水流方向走，一会儿在溪流这边一会儿在溪流那边，几十座栈桥没有重样儿的，溪流遇见陡立的岩石形成小瀑布，飞跃而下，溅起白花花的水沫，像有无数的猫在往下跳，水里面游动着很多虹鳟鱼，橙色的鳞片和水波的光影混在一起，让人目眩神迷。

“你不想拍照吗？”裴自诚问。

“一拍下来就死了。”春风说，“不拍下来的话，它们就总是游动着的。”

“你给我的就是这种感觉，”裴自诚牵住了春风的手，她抬头看他，“是游动的，抓不住的，总处于要逃走的姿态。”

她让他说得怔住了，好半天说不出话来，她低头打量他们紧握的手，像扣子的两半吻咬在一起。

在路边凉亭，春风从背包里面掏出旅行暖水瓶和两个玻璃杯子，还有用塑料袋包好的垫子，他们坐了下来，春风又拿出茶叶和几包茶食，“我的天啊——”裴自诚做了个惊恐的表情。

上次春风和姜俊赫一起来玩的时候，姜俊赫最遗憾就是不能在这里喝杯茶，看着虹鳟鱼游动的溪流，闻着树木的清香，“如果有杯好茶，这一刻就是完美的。”他感慨说。

春风带的茶叶是姜俊赫从韩国带回来的，他的老家就是茶乡，“这茶叫雀舌茶，”春风对裴自诚说，“有一个很会品茶的朋友说，春天的时候第一次喝雀舌茶，当口腔里回味起植物鲜嫩的气味儿，总仿佛能听见云雀在林中歌唱。”

裴自诚喝了一口茶，仰脸望着树梢，树梢上面挂着水珠，连成串，一坠一坠的，像随时会散开的水晶珠链。“我们这样喝茶，”他“扑哧”一声笑了，“多像一对老伴儿啊。”

“很可笑吗？”春风有些恼怒。

“老气横秋的。”裴自诚说，“你不觉得吗？”

春风冷笑了一声：“早晨起来绕着操场跑三千米就朝气蓬勃了？”

“我告诉你什么是年轻人该干的事儿，”裴自诚不管旁边是不是正有游人经过，也不管春风比鱼扑腾得还厉害，硬把她拉到了自己的腿上，用胳膊把她铐得动弹不得，他的眼睛凑到了她的眼睛上面，鼻子尖儿顶着她的鼻子尖儿，她几次想开口说话，都被他用嘴唇封住了。

春风挣扎了几次挣不脱，闭上了眼睛，任凭裴自诚把她当成饮料，一口接一口把她吸空。

姜俊赫从首尔回来后，变得沉默寡言。

他很长时间坐在沙发里面，不看书，不看电视，不看窗外的风景，也不看春风，仿佛又回到他独自生活的状态中。这让春风很不自在，他这么静，她弄出的任何声音都显得粗鲁，“怎么了？”她问他。

“没怎么。”他说。

“有什么烦恼的事情吗？”

“——人生总是烦恼的。”

夜里她主动抱住他，他也用手臂搂住她，但没有再进一步的动作。春风惊恐不安，她依偎的这具身体现在更像一件被脱掉的衣服，她不知道真正的他到哪里去了。

春风越来越确信，姜俊赫知道她跟裴自诚的事情了。有一天她跟裴自诚去“打边炉”吃火锅，隔着几张桌子，一个中年男人不停地打量她。她没戴隐形眼镜，而且当时她以为问题出在自己的吊带背心上，没认出他是姜俊赫的朋友。

他什么都知道，但他什么也不说。“也许，”春风想，“他在等我开口，或者等我搬走。”

可春风不知道她应该去哪里，回学校宿舍？只剩半个月就放暑假了，再说，跟裴自诚怎么解释呢？

裴自诚现在当着人，“老婆”、“老婆”地叫她，半夜给她打电话——姜俊赫有应酬不在家——让她去“白宫”，她过去之后才发现，他所谓的“十万火急”，是让她把他，以及另外三个男生送回家。

四个大男生，差点儿把她的车挤爆了。没喝完的半瓶“真露”被带上了车，接力棒似的在几个男生中间传来传去，他们在车里说起学校另外一个开私家车的女生：“白天开车，夜里被人当车开。”

他们的笑声像因台风涌起的巨浪，张牙舞爪地扑向春风，她开得再快，也无法把它们甩掉。

最后送裴自诚，到他家小区楼下，“你在这里等着，”他对她说，“如果我爸妈睡了，我给你发短信，你再悄悄地上来。”

“好啊。”春风说。

裴自诚刚走进楼门，她就把车开走了，深夜的大街上，因为流泪，她把车开得像弹子球。回到小区，她擦干了眼泪看了看停车场，没有姜俊赫的车，春风松了口气，上楼打开门，家里也黑着灯，她鞋也懒得脱，一屁股坐到玄关处的地板上。

电话响起来，是裴自诚。

“你现在上来吧。”他压低的声音听上去很可笑，“902，我已经把门打开了。”

“我已经回家了。”春风说。

“你为什么回家，我们不是说好了吗？”裴自诚说，“那你再回来吧，反正开车也用不了几分钟。”

“你把我当成什么了？司机，还是三陪小姐？”春风听见自己的话音在房间里面回响，散发着霜气，“我不会去你家，也不会去任何别的地方，我只想在我自己的家里待着。”

“谁把你当三陪小姐了?!”裴自诚口气也变了，“你是三陪小姐我会让你来我家?!”

春风把电话放到地板上，裴自诚的声音像球似的从地面上弹起来：“你发什么神经啊?! 我最讨厌女生跟我耍脾气——”

“我不想跟你说话了。”春风的泪水流了满脸，低头对着手机喊，“我要关机了——”

“关机就分手。”裴自诚冷冷地，一字一字地说，“别怪我没提醒你，开弓没有回头箭。”

“没有就没有，”春风说，“分手就分手。”

春风不只关了手机，还把电池卸下来扔到一边，啪地扔了出去，她用手抹了两手泪水，往落地窗那边看，月色皎洁，窗前滴水观音叶片阔大，反射着月光，像一面镜子。姜俊赫与其说是从长沙发上坐起来，还不如说，他是从镜子里面走出来的，他的脸孔隐在黑暗中，慢慢地从灰黑色中间浮现出来，把春风吓呆了。

他们在黑暗中对峙着，春风等着他质问，谩骂，甚至挨上几下子，但姜俊赫一言不发地上楼去了。

春风翻出自己搬来时带的背包，楼上楼下走了几趟，她找不到也想不出什么东西是自己的。她以前的那些衣服早都当成垃圾扔掉了，护肤品都是后来新买的，她忽然意识到，自己像婴儿一样生活在姜俊赫这里。

她找到姜俊赫最早送她的那瓶香水，每隔几分钟就喷一下。房间里面香气袭人，浓稠得仿佛能结成露水。

“半夜三更不好好睡觉，”姜俊赫出现在楼梯上，“香水瓶子摔了？”

他的语气很温和，春风一时不知如何是好，举起香水瓶冲他喷了一下：“好闻吗？”

他深吸了口气，连着打了两个喷嚏。

“——睡觉吧。”他转身往卧室走。

她没动，他走了几步在门口停住，回头看了一眼，“怎么不来？”他过来牵住她的手，把她带进卧室。

起初他们背靠着背躺着，各盖各的被子，后来他转过身来问她：“你嘟嘟囔囔地说些什么呢？”

“我在背那瓶香水的说明书。”她说，“清新活跃的柑橘前调，浸透阳光的葡萄柚，马鞭草的精致格调，还有香柠檬和橙子热情的气息。水果糖浆的甜蜜，令优雅苍兰和莲花更加生动。之后是珍贵柔和的檀香木的温暖感性。”

“真是的——”他笑了。

“那瓶香水，”她问，“真的是别人送你的吗？不是你想送我特意买来的吗？”

“——有什么区别吗？”

“你说呢？”

“——睡觉吧。”他又翻过身去。

“从来没有人像你对我这样好过，”春风对着姜俊赫的后背，说，“我们分手都是因为我不好，你骂我，打我，都是应该的。真的，”她从后面推他，摇他的胳膊，“你骂我一顿，或者打我几下吧，这样明天我离开的时候，心里就不会那么难过了。”

“别胡闹了。”姜俊赫转过身，抓住她的手。

春风哭了起来，一开始没有声音，后来不管不顾地放大了扯开了嗓门儿，鼻涕眼泪蹭脏了姜俊赫的睡衣。

“好了，好了，我们讲和吧。”姜俊赫把她搂进了怀里，长长地叹息，“你年纪小，我不欺负你，你也别因为我年纪老，就欺负我。”

在敦煌

天亮前，家祥醒过来。他觉得自己的头像瓦罐，裂成了好几块，从床上下来时，他能听见脑浆流动的声音。

“20岁！”凌晨的时候他和强哥在酒吧露台上喝酒，黑黢黢的鸣沙山变成座糖山，融化在夜色里面。

“20岁的时候我换过好几个女朋友啦。”强哥说。

室友们的呼吸声清晰可闻，污浊、沉闷的空气像一床浮荡的棉絮，与青灰色的光线编织、纠结在一起，八张床排得很近，每人一个蚊帐，随着每天时间不同，蚊帐有时候像倒置的漏斗，有时候变成舞台追光，做噩梦的时候，它又像无影鬼手的袖子——从房顶直抓下来。

家祥半闭着眼睛去厕所，在洗漱间门口撞上了一个无脸鬼，整个人冰在原地，人一下子清醒了。

那鬼把黑瀑似的头发拢起来，一撩，他才发现是王葵。

“吓了我一跳——”王葵惊魂初定，嗔怪他。

王葵穿着小吊带衫，一手把头发拢在脑顶，一手拎着盆，在模糊的晨光中露出白水水的腰身。

家祥的手摸到她腰上，她肌肤冰凉，玉一样柔滑，他整个人欺身过去，想把王葵压在墙边。

“干什么你——”王葵腰一扭，躲开了他，发梢处甩出一串水珠，落到家祥脸上身上。

“——今天是我生日。”家祥看着她朝女生宿舍方向逃走，无奈地叹了口气。

“关我什么事?!”王葵伸手推门，转过脸来，冲家祥一笑，“生日快乐。”

家祥上完了厕所，没回房间，顺着走廊走到院子里面，夜幕像件淡灰色的丝绸纱巾缓缓地、缓缓地被扯脱下来，古堡似的酒店、酒店的庭院、庭院里的树、树下面的长椅、长椅下面的鹅卵石地面，以及院子外面的公路、远处绵延起伏的鸣沙山，凉沁沁、新崭崭地裸露在家祥的眼前。

家祥再醒过来的时候，房间里只剩下他一个人了。他把蚊帐系好，掖到床栏后面，被子叠方正，床单四角拉直抻平。新牛仔裤是他送自己的礼物，紧巴巴的，家祥觉得屁股像被两只手牢牢地握住了。他希望能早点儿把这条裤子穿松，强哥的那条牛仔裤就既合身又松松垮垮的，颜色暧昧，强哥说那条裤子从他两年前穿上身那天起从来没洗过。

早餐正在被撤掉，家祥往餐厅里进的时候，王葵和另外一个女服务员在收拾剩下的饮料、西点还有果盘。他刚想过去跟王葵说话，听见有人在身后叫："哎哎——"

昨天在酒吧里面泡到半夜的新婚夫妇坐在靠窗的位置上，面前摆着喝空的酸奶瓶子，新郎冲着家祥招手："你过来一下。"

家祥走过去。在上午的阳光中，新郎新娘虽然仍旧穿着色彩鲜艳的情侣装，但不像昨天夜里那么漂亮抢眼了，新娘的皮肤有些黑，还有些小红痘痘，妆化得太浓，人看上去假假的。

"我们起来晚了，没赶上观光的大巴。"新郎说。

"我非投诉旅游公司不可，"新娘恨恨地说，"飞机还得等拿了登机牌的乘客呢。"

昨天夜里他们说起今天要去雅丹魔鬼城，途经玉门关，新郎摇头晃脑地吟咏："羌笛何须怨杨柳，春风不度玉门关。"

两人还梦想着，能在玉门关拣到块玉什么的。

"在地下埋了一两千年，"新郎说，"刚好在我们经过的时候，被一股风吹出了地面。"

"没错儿没错儿，"新娘咯咯笑，"千年等一回，有缘千里来相会。"

"找玉?!"强哥用鼻子哼一声，"找屎差不多。"

"除了雅丹魔鬼城，"新郎安抚了一下新娘，问家祥，"现在这个时间，我们还能上哪儿去玩儿?"

家祥想了下，"可以去鸣沙山看月牙泉"。

“那是我们明天的旅游项目。”新娘说。

“别的地方呢?”新郎问，“没写到旅游手册上，又好看又好玩儿的地方，有吗?”

“我不是本地人，”家祥说，“我不知道。”

“都是你，”新娘打了新郎一巴掌，“我说去丽江你非来敦煌——”

“说喜欢飞天喜欢佛的不也是你嘛——”

“有个韩国艺术家，”家祥说，“她也住在咱们酒店，她今天在鸣沙山月牙泉那儿搞行为艺术。”

郑真永来了一个星期了，每天晚上都来酒吧喝酒，跟家祥和强哥混得像老朋友。她烟抽得很凶，数码相机很高级，镜头一圈套一圈，能拉出老长，像个新型武器或者玩具什么的，她要么抽烟，要么“咔嚓”“咔嚓”按着快门，有时候，她同时做这两件事。

她去雅丹魔鬼城那天，清早出发，傍晚才回来。走的时候皮肤还像牛奶一样白，回来就变成了咖啡色了。她的身体里吸饱了阳光，从里往外散发着热量。她给家祥看相机里的照片，一张接一张，像放小电影。

那些石头很动人，各种各样的形状。像金字塔的，像狮身人面像的，像布达拉宫的，像教堂的，像茅屋的，还有几十个连成一片，组成一个石化的“小镇”，有一只“孔雀”，更是形神兼备。

“在那里还是一片大水的时候，这只‘孔雀’在水下，水草在它身上像绸带一样飘舞，各种各样的贝壳类生物寄生在它的翅膀上面，五颜六色的游鱼从它身边来来去去——”这位韩国女郎读大学时在中国待了五年，汉语说得比中国人还好，“你能想象吗?”

郑真永眼睛细长，单眼皮，长得像孔雀，她的身体从吧台上面朝他倾斜着，家祥可以从她T恤衫的领口处瞥见她的乳沟。

“确实是——”家祥口干舌燥地说，“很美!”

强哥在吧台那边喝啤酒打量着他们，听见家祥的话，他笑出了声。

“你们在敦煌多幸福，莫高窟啊，魔鬼城啊，”郑真永感慨，举起相机对着家祥“噼啪”“噼啪”拍了一阵子，“——我们走了就不容易再来了。”

她低头看了看相机里面，示意家祥过去看。

家祥不敢相信那是他自己。

“靓仔哦!”连强哥看了都夸。

“她看上你喽。”郑真永离开酒吧的时候，强哥打量着她的背影，对家祥说，“小白脸就是讨女人喜欢。”

“哪有。”家祥笑笑。

“不过这种女人瘦巴巴的，没什么啃头儿，”强哥从冰箱里拎两瓶啤酒出来，把两瓶啤酒对到一起，一拧一扳，瓶盖就启开了，“玩艺术？早晚让艺术玩死。”

“还是王葵好，”强哥把一瓶酒递给家祥，“这里那里鼓鼓的，像装得满满的荷包，随便你掏!”

强哥这样说王葵，让家祥有点恼火，不过跟老板他也是想怎么说话就怎么说话。

强哥是老板从香港带来的调酒师，他来敦煌这个“闷死人”的地方，是讲义气，给老板“撑场面”的。再说了，难得强哥看家祥顺眼，把他从厨房调到酒吧里来，还教他调酒。

家祥跟新婚夫妇说完话，回头再找王葵，她已经走了。家祥看了眼墙上的钟，他不想像往常一样去员工食堂吃饭，几十个人围着几张长桌子密密麻麻地坐着，强哥说活像监狱里的囚犯。

吃的东西也单调，无外乎米饭馒头，土豆白菜。

家祥正犹豫着要不要打电话给王葵，王葵上楼找他来了："经理叫你。"

"干吗?"

"我哪儿知道?"

他们顺着楼梯下楼，家祥紧走两步，蹭到王葵身边，试图牵她的手："早晨见到你之后，我睡回笼觉时梦见你了——"

从楼梯上上来几个人，扛着行李，嘻嘻哈哈说话，脚步轰隆隆响，他们像一股上流的河水，把家祥和王葵分开，一直到走到大堂，家祥再也没找到给王葵讲梦的机会。

大堂里面挤着更多的人，天南海北的口音，有人在说笑打闹，有人手里拿着一大把房卡，边叫名字边往下分。

"哪儿来这么多人?"家祥问。

"都是大学生，"王葵停下脚步，说，"好像有个重走'丝绸之路'的活动。"

"什么'丝绸之路'，不就是戈壁滩从中间豁条路嘛。"家祥顺口说道。

强哥整天发牢骚，他都背下来了。

“吃饱了撑的。”

王葵斜睨了他一眼：“你跟老板说去啊。”

“哎，说正事儿，”家祥在厨房门口拉住王葵，说，“过十分钟，我在门口等你，我们出去吃饭。”

王葵犹豫了一下。

“就这么定了。”家祥说着，推开门，经理迎面过来。

“家祥——”

“你开到门口，我马上就来。”家祥把藤编的箱子“嘭”地放到车上，跟司机大明打了声招呼，朝大门跑去。

敦煌山庄大门旁边，有个铜铸的飞天雕像，王葵站在飞天前面，飞天身上衣带飘飘，仿佛王葵生了翅膀。

“没法儿出去吃饭了，”家祥叹口气，“经理让我去给那几个韩国人送饭。”

“是那个女人点名要你去的吧？”

“你说什么呢？”家祥笑了，“人家干吗点我的名？”

“你自己心里清楚。”王葵笑了。

“我们晚上出去吃饭吧？”

“恐怕不行啊，”王葵扭头朝酒店大堂那边看了一眼，“一下子来了这么多学生，经理说，中午自助餐的菜要做平时的三倍——”

家祥骂了句脏话。

王葵往家祥手里塞了个东西，转身回去了。

家祥跑到面包车前面，坐到副驾驶的位置上，打开盒子，里面有一个钥匙链一个手机链，黄铜的，铸出骆驼图案。

大明看到里面的卡片：“你生日？”

“哦。”

家祥把东西塞到牛仔裤里，硌得屁股不舒服，他又掏了出来。

“过生日还这么蔫不唧的？”大明搡了他一把。

大明车开得飞快，绕过旅游品市场，直接进入鸣沙山月牙泉景区。一对骑着骆驼的游客从面包车边上经过，驼铃叮当，女人们把脸捂得像巴基斯坦人。家祥没见过巴基斯坦人，但他见过一些印度人。有两个印度女孩子让人印象深刻，她们披着沙丽，皮肤黝黑，在角落里悄言细语，研究敦煌英文版的地图。家祥送啤酒过去时，她们收敛笑容，头一抬，黑白分明的大眼睛，眼波如雾如烟。

在一个沙坡上面，九十九朵莲花摆成了一个莲花形状。郑真永在酒店后院做这个模具的时候，家祥被派去给她帮忙，起初，她没找到趁手的工具，让家祥从餐厅找来几个大小不一的汤勺。那些汤勺一落到她手里，就有了十八般武艺，让家祥大开眼界。

泥塑做完之后，郑真永指挥家祥调石膏浆往泥塑上面一层层泼洒，过了一天，石膏模具从泥塑上取下来，她又修理调整了大半天，家祥看着她直接用手在模具上磨来磨去，也不怕皮肤会变粗糙。这些沙子莲花就是用石膏模具翻制出来的。

“从早晨到现在，拉了几十桶水上去，”大明在山下跟家祥说，“我懒得再上去了，在这里等你。”

家祥提着藤箱往上走。他白天在餐厅里工作，往窗外一抬眼就是鸣沙山。每天晚上回宿舍睡觉前，他跟强哥在露台上喝瓶啤酒，闲聊几句，面对的，也是鸣沙山。他早就听熟了风吹流沙的声音，但跟鸣沙山亲密接触，这还是第一次。

登山的木梯嵌在沙里，远看像一排锯齿。家祥在半山腰处往敦煌山庄的方向看，只看见连绵的沙山，以及沙山形成的光影。在峡谷底部，月牙泉如一块弧形碧玉，温润地镶在金色沙漠中间。

郑真永坐在遮阳伞下面抽烟，身上的衣服被汗水洇得湿答答的，她脸涨得通红，头发拢到脑后面胡乱挽成个发髻。

“全是你一个人翻制的？”家祥问。

“当然了，”郑真永说，夹着烟的手朝前一指，“一举一动都要拍下来的啊。”

两个摄影师举着摄像机对着那朵大“莲花”拍摄，从中心处往边缘，小“莲花”的颜色逐渐加深。

郑真永用韩语叫他们过来吃饭，他们的脸也都晒得红通通的，冲家祥笑着点头，说了几句话。家祥听不懂，但知道他们在跟他客气。

郑真永跟摄影师一样，狼吞虎咽地吃盒饭，咕咚咕咚地喝矿泉水，她对家祥说，她和他们会一直待在山上，共同记录这些莲花产生，在阳光下面曝晒变干，最后被流沙吹散直至掩埋的全过程。

“我们这么可怜，”她调皮地说，“请厨师们多给做点儿美食吧！”

回去的时候，大明拉着家祥去了莫高窟，他要顺便把几个游客接回敦煌山庄。

莫高窟前面游人密密匝匝，各种肤色，各色发色，各种口音。

大明没想到家祥居然没来过莫高窟，他找了个认识的导游把家祥带进去参观。

“我接到那几个游客后给你打手机，”大明在门口嘱咐家祥，“你看见我的号码，直接出来就行了。”

家祥混在一群游客中间，导游向游客们强调，为了保护壁画和雕塑，洞窟内禁止拍照。进入洞窟以后，他们发现，洞窟里面连灯都没有，导游边讲解边用小手电筒照着某幅壁画或者某个塑像，示意大家注意观看。

“这么鬼鬼祟祟的，像看艳照。”有人感慨。

大家笑起来，跟着导游往下一个洞窟走。

家祥独自留下，在一尊佛苦修像前站了一会儿，这尊佛比其他的佛像清瘦一些，锁骨突出，四肢修长。洞窟里面光线很暗，佛低眉垂眼，沉吟着，仿佛一直看到了家祥的内心深处。

家祥觉得自己的灵魂变成一缕烟，佛手指一动，会像挑起一缕细丝那样把他的灵魂从身体里面挑出去。

他跟佛对视着，他们的目光是活的，纠结在一起，无声胜有声，可这时另外一队游客在导游的引领下走进来，佛还是佛，又变成了泥塑木雕。

其他的洞窟也大同小异。无非是塑像、壁画。壁画上面的内容也无非是佛，观世音菩萨啦，飞天、伎乐天，胡旋舞，反弹琵琶什么的，有一些像镶着金边，被偷走的金丝引起大家的感慨，依旧留在壁画上面的金丝也让人唏嘘。几拨儿游客经常混成一片，挤在同一个洞窟里面，导游们的讲解此起彼伏。随着讲解结束，游客们像游鱼习惯了固定口味的鱼饵，跟着各自的导游继续前行。

家祥觉得索然无味。敦煌山庄里面有好几尊青铜塑像，壁画挂得哪哪儿都是，内容跟这些洞窟里面的一样，图画倒比这里更加鲜艳、清晰。酒吧的墙上就挂着好几幅佛像，海报大小，装裱在玻璃镜框里面。

有个南方女人眯着眼睛看家祥身后的镜框，好半天一动不动，“佛好美哦——”她对老公说。

那个男人抬眼看了一眼墙上，没说话。

“那些一两千年前的人从五湖四海跑到敦煌来，挖了那些洞窟，住在里面，就是因为佛太美了，他们天天看也看不够，日思夜想也想不够。他们全都爱上了佛。”

那个男人笑笑，仍旧没什么话。

南方女人先离开酒吧回了房间。她一走，她老公变了个人似的，神气活现起来，他跟三个刚走进酒吧的女孩子很快就打成了一片，他请她们喝酒，几个人又说又笑，闹到半夜，他还亲了其中的一个。

厨房里面乱成一团，下午三点钟了，几个厨师还在灶上煎炒烹炸。王葵和另外几个服务员坐在厨房外面的走廊里面，面前摆着案板和竹筐，她们把洗好的青菜切成段。

“有吃的东西吗？”家祥问，“我饿瘪了。”

“呶——”有个女孩子下巴朝旁边点了点，那两个筐里分别是剥了皮的元葱和一些切好的茄子条。

“我们也都是匆匆忙忙对付了一口，”王葵说，“午饭早就收了，你去买方便面吃吧。”

“你陪我去。”

“你没见我忙着呢吗?”

“什么伟大事业啊,”当着那几个女孩子被拒绝,家祥面子有些下不来,“没有你敦煌山庄还玩不转了?!”

“哪有你伟大?”王葵抬起头,脸也拉了下来,“你是艺术家嘛,还跟韩国人一起‘行为’,你多了不起!”

几个女孩子笑起来。

“你吃醋啊?”

“吃醋?”王葵哼一声,“我还喝酱油呢。”

女孩子们笑得更厉害了,有人拿刚切好的柿子椒打朝王葵扔过来。

家祥把脚前的一个等着剥皮的土豆踢飞,动作很响地转身,穿过厨房烟雾水雾和浓重的煎炸气息,回到了前台大堂。

几个大学生清清爽爽地迎面过来,他们穿着一样的 T 恤,上面印着“丝绸之路”四个字。

“家祥——”大明站在门口抽烟,冲他招手,“去不去市里喝酒?你今天不生日吗?”

露天地摊儿一个接一个,紧挨着敦煌夜市场,一直延伸到 T 形路口,呈 Y 形再向两边街蔓延。每天从黄昏开始,这里是敦煌最热闹的地方。

家祥找厕所的时候,被兜售旅游纪念品的小贩拉住了。

“葡萄美酒夜光杯,”小贩说,“就是讲这个杯的。”

他还了一半的价,买下了那个夜光杯。

家祥回到小摊前面，大明约的两个女导游过来了，她们不像大明吹得那么漂亮，比王葵还差一截儿呢。不过她们态度友好，落落大方，什么玩笑都敢开，还跟大明拼酒。

家祥跟着他们笑，他们把酒喝光，他就替他们再倒满酒。

“你好乖啊。”一个女导游说家祥。

“长得也很帅呢。”另外一个说。

他们喝了好多酒，喝到夜空变成黑蓝色天鹅绒，星星像银色胸针钉在上面。夜市已经散了，各种飞虫迎着灯光飞。

家祥去买单，将近两百块钱，又不是跟王葵一起，他很心疼。

两个女孩子提议去她们那儿打扑克，醒醒酒。

“好啊。”大明意味深长地看了家祥一眼。

“我不行，”家祥说，“我得回去上班了。”

“家祥在酒吧里工作，是上夜班的，”大明跟两个女孩子解释，“改天我们去酒吧找家祥喝酒。”

她们笑着跟家祥摆手道别，跟大明走了。

家祥舍不得再花钱，步行回敦煌山庄。

街道上没什么人，家祥有点儿后悔。女孩子们的笑声像一件花边过多的外衣，刚才让他觉得燥热、俗气，甚至有点儿危险；分开后，似乎又不乏温暖和俏皮。

一辆出租车停在他身边。

“外地来的吧？”司机探出身子问他：“想找旅馆我给你介绍个好地方？”

在酒店大堂，家祥看见几百件行李蒙着沙尘，拥堆在一起，被一个渔网似的东西罩着。白天他走了两个来回，居然没注意到。

他往楼上走的时候，几个跟他差不多年纪的男生正下楼，这次家祥注意到，他们T恤衫上别了小牌子，写着某某大学。

“欢迎光——”王葵冲酒吧门口招呼，发现是家祥，她咬断了话头儿。

家祥在酒吧的玻璃门上照了照自己，他的新牛仔裤脏了些，T恤衫汗湿后，揉皱了，他喝了酒，脸色发红。

客人出奇地少，三个大学生都凑在吧台旁边。

他们拿出相机，挨个跟王葵合影。她穿着白衬衫，黑色小马夹，头发在脑袋后面吊了个马尾辫。王葵在酒吧的工作算是加班，敦煌山庄的人都知道她为了供弟弟上大学，赚钱不要命。

“我今天就把照片放到博客里。”其中一个人照完，对她说。

“敦煌美女。”另一个冲王葵挤眉弄眼的。

“敦煌美女，”他们离开后，家祥移到吧台前面坐下，“给我来瓶冰啤酒。”

王葵从冰柜里面拿出酒，启开盖子，放到他面前：“30块。”

家祥掏出一百块钱放到吧台上。

王葵瞥了他一眼，把钱推还给他，“他们请我客，酒钱已经付过了。”

“你去过莫高窟吗？”家祥喝了口酒，问王葵。

“没有。”王葵把几个大学生刚用过的杯子洗了，说：“——好看吗？”

“没有你好看。”家祥说。

“别的没长进，”王葵笑了，“先学会油嘴滑舌了。”

“我们来了三个多月了吧？”家祥想了想，“强哥说，如果我学会调酒，他带我们去香港混。”

王葵没吭声，把杯子放进消毒柜里。

“你不想去香港？”家祥问。

“香港了不起啊？”王葵说，“古代的时候，敦煌不也是特区，不也是香港？”

“对啊，我怎么没想到？！”家祥笑了，“敦煌特区的时候，香港连个鬼影儿还没有呢。”

王葵笑了。

“有没有人跟你说过，”家祥朝王葵身后的镜框里面瞥了一眼，“你长得有点儿像佛啊？”

“你觉得我是佛？”王葵扭头回去看了看，“那还不赶快跪拜我？”

“好啊。”家祥把酒瓶往吧台上一放，啤酒花咕嘟嘟蹿上来，直漫溢到吧台上面，王葵埋怨了一声，家祥径直从侧门绕进吧台里面，在王葵脚前“扑通”跪下了。

她吓得跳起了脚：“干吗？！”

“你不是让我拜你吗？”

“快起来，”王葵往外面看了一眼，咯咯笑，“神经病！”

家祥伸出手臂抱住了她的双腿，脸依偎过去。

“别闹了，快起来——”王葵想抬腿，但被家祥抱得死死的，他像个章鱼吸附在王葵身上，她越挣扎，他越抱得紧。

“快松手啊你，让人看见——”

他的手臂勒住她，一只手扳住她的身子，另一只拉开了她裙子的拉链。

王葵弯腰过来按住家祥的手，被他用力一拽，整个人跌进他的怀里。他的手撩起她的衬衫钻了进去，在她身上游走，她拉住他的手腕，他们较劲时，她衬衫的扣子崩脱了。

“你发什么疯——”她挥拳打过来，力道很重。

家祥放开了王葵，捂着眼睛坐到了地上。他的头晕晕的，同时又很清醒。

“你活该!”王葵嗔骂了一句。

家祥没吭声。

“——疼吗?”过了一会儿，王葵问。

不太疼，但家祥不想起来，他坐的位置黑乎乎的，灯光很暗，跟他现在的心情很配。他这么坐着，很舒服。

“哎——”王葵用脚尖踢了踢他。

他不动。

“强哥说，他的房间空着，他 2 点钟才回来——”王葵越说声音越低。

家祥抬起头看着王葵，黑裙白衫，吊灯灯光把她笼罩在一片光明中间，她轮廓美丽，光彩照人。

“我们现在就走。”家祥跳起来。

“哪能一起走?”王葵瞪了他一眼，她的纽扣崩飞了，用手捏着衬衫，“我先去缝扣子，你过十五分钟再来。”

“哎，”家祥看一眼王葵留下的房卡，“那你怎么开门——”

“我还有一个房卡。”

家祥飞快地把酒吧里面打扫了一下。他看了眼墙上的挂钟，再有几分钟，他的生日就过去了。他没想到临期末晚会收到这样的大礼，简直想高歌一曲。

他把杯子擦好挂上，刚要关灯，一群人拥进了酒吧。

“家祥——”老板招了招手。

“老板好。”家祥的心沉了下去。

“我正愁没人打下手呢，”强哥走进吧台，抻颈向外，问，“老板喝什么？”

“你随便搞点儿什么给我们喝喝就好了。”

强哥拿酒时，看见吧台上的房卡，他冲家祥挤了下眼睛：“我的生日礼物不错吧？”

“谢谢强哥。”家祥苦笑。他拿起房卡，房卡一面印着“敦煌山庄”几个字，另一面，观世音菩萨脚踩莲花，身上披戴着众多璎珞佩饰，双眉弯弯如月，衣带飘飘临风，两眼微微下视——

“家祥，”强哥一边开酒一边吩咐，“去取两桶冰块，再拿个柠檬过来！”

沿着吧台，家祥把房卡推向强哥那边，观世音菩萨的叹息声就像一朵白云，从九天之外，正缓缓地、缓缓地飘来。

甜蜜的“怀疑论者”

——金仁顺的七个短篇

程德培

金仁顺的短篇不说摄魄，但总有勾魂的魅力。几年时间，七个短篇外加一篇议论艾伟长篇小说《爱人有罪》的短文。这是我所能寻找到的文字。相比这些年小说界又长又滥的姿态，金仁顺无疑是一种逆向的行驶。这方面，产品的质量终于和资本脱离了原本难以摆脱的瓜葛。时间之于金仁顺的写作，占着如何的比例，是主项还是业余中的业余，这一点我不是很清楚。不管怎样，能做到又短又少又好这一点实属不易。金仁顺的短篇之所以写得好，全在于那心思缜密的叙述思维，不止是懂得该说什么，什么不该说，更重要是她懂得省略和删除也是一种必不可少的叙述和表达。

金仁顺的小说似乎也不怎么广阔，就机械复制而论，无非是饮食加男女，喝咖啡是他或她经常去的地方。《桔梗谣》写的是忠赫、春吉和秀茶之间以往农村生活的情爱往事，《霰雪》写的是廉建军和周晓南作为高中同学的一次聚会、一阵回首。喝咖啡依然不能省略，不同的是前者出现在开篇，后者则出现在结尾。《桃花》的篇幅更长些，事情进展也更曲折，于是饮食便成了一个重要的“角色”，夏蕙和母亲季莲心的关系因父亲老夏意外逝世而变得陌生。但往来依旧，“没有演出看的日子，季莲心带着夏蕙去喝咖啡。她总能找到新开的咖啡馆。有五星级的咖啡馆，有会员俱乐部，也有几次是在小巷里头，开车左弯右绕的折腾了半天，最后在黑暗中看到一串闪耀的霓虹灯，廉价的彩色珠子似的，在夜色里欢快地跳跃着”。喝咖啡成了小说中人与人产生联系的不可或缺的场地。很容易使我们这样的读者联想起，那过去电影中经常出现地下交通站和联络点。

饮食是生活之必需，男女自然也是生活之日常。金仁顺似乎坚定地向男男女女倾斜，向日常生活中庸常的一面致敬，但又能以过人的胆识悄悄地对它们进行改写，从诉说饮食男女那最不经意的疏漏中找寻意义，而人们津津乐道的爱情意义之中她使用否决权，摒弃那先入为主的关于幸福的预设。她那种对细节细致入微的解读的另一面包藏着一种普遍的“怀疑论”。怀疑与肯定拉开距离，但与否定又不站在同一立场，怀疑是一种不信任，一种质询，一种对缺口的寻觅。是一次远离其曾经信任过的目的地的旅程。工于心计，擅长玩弄的安次、最终让赵莲的身体实实在在进入臂弯，但“心却空落落的”（《爱情诗》）；那不屑于世俗最终被世俗所算计的夏蕙（《桃花》）；还有那闲散的梦想与一个虚荣的世界彼此游戏，又是如何走向自我戏仿的陷阱（《云雀》）。没有最好的结果，也没有最坏的结果，有的是没有结果。男人女人都走在路上，相对东西南北，顺行与逆行都是同时的存在。关于男女之关系，我们总能从其布局，令人失望遗憾的结局中找出其怀疑的目光。对金仁顺来说，怀疑是爱情、理想婚姻的解毒剂，心存爱意，但圆满的实现总在遥远的别处。

说是从疏漏中收拾点意义，其实能有多少意义。九十年代始，文学仿佛在一瞬间被突然剥夺了意义，转向娱乐性成了疏离意义的手段。有一种说法，将意义太多和太少意义分别命为天使和魔性。天使过分填充意义，对意义的态度过于严肃认真，魔性反其道而行之，对意义采取玩世不恭的态度，倾覆进入虚无主义。弗洛伊德认为，无意义处在意义的根部。这实际是一条线，这是一条我们每次张嘴都会跨过的线。创作心存怀疑，疏离意义，而批评则对漂浮的能指施以一往情深的追逐。天使与魔性成了彼此的需求。创作不屑于批评，和批评对创作心存失望，其实说的都是一回事。

金仁顺的小说有着短篇艺术的节制与和谐之美，但其文本所散发的意义之声却不总是和谐的。得到的却空落落的，好不容易出走最后又一次回到原地，经历曲折的再次婚姻却又是前次婚姻的重复……不错，也有和谐之音的尾声，比如《仿佛依稀》，比如《桔梗谣》，但那是经过漫长的对抗、分离、抵触之后抵达的和谐之地，其和谐之音也是以谅解、原谅、怜悯、同情来作为交换之物的。她无非告诉我们的也只是“最好待在原处的信念”。彼此都认可了不和谐的现状，以内在性的付出以达到某种妥协，以换取和谐，从而在某种程度上损伤以怀疑论的精神作为代价。最终的和谐、理解、彼此的呼应并不重要，重要的是暂时中断怀疑的进程。

除了这些牺牲之外，金仁顺的小说更多的是植根于“怀疑论的土壤”。怀疑始终是它固执的母题。与其说是理想之爱的失落，还不如说它从未出现过。怀疑或许是一种破坏性的进取、或许也是面对自我的一种迷失、或许更是一种对曾经拥有的迷恋产生了不信任。金仁顺的笔墨注重经营的是关系学，而且很多时候做的都是男人女人的单项营生。《云雀》可以看作《玩偶之家》的当代生活版。它改写的地方在于，出走往往意味着更可怕的“回家”，家的意义和出走的意义同时出现在意料之外的变更。身处笼中，没想到走出笼中便进入了一个更大的陷阱。这里没有谴责，也没有意义上的出路。当然，带着某种自责回到原地也是一种出路，甚至没有出路也是一种小说意味上的出路。金仁顺的小说都是对人们早已习惯了的，或阅读期待早已轻车熟路的那套圆满之情持有一种怀疑的立场，那温情脉脉的有色之镜被掀掉了幻觉的面纱，露出的裂缝塞进了问号，如同“爱情诗”的结尾处：“安次轻轻把赵莲从怀里推开，转过身，把花洒插回到墙上那个酷似半个手铐的卡子里。”真实情境，行为动作，寓意象征，微风拂面似的反讽、嘲弄都堵塞在一个窄门之口，让人欲吐为快，却又有口难言。这很像其同时期的作家叶弥的《马德里的白衬衫》中马德里那一开始的心情：“他长长吸了一口气，仿佛是惆怅的、又是欣喜的，心里装着的幸福好像是满满的，一转念又空了。”

根据拉康的观点，女人是男人的症状。事实上男人又何尝不是女人的症状，人都是他人的症状。对金仁顺来说，他人未必是地狱。但也有例外，夏蕙这样一位表面上极其傲慢，多少有点冷漠，而实际掩盖着其无法摆脱的自卑。她多少有点恋父的情绪，父亲过早地因车祸而去，在母亲季莲心的身上发生了情绪性的颠覆。结果《桃花》演绎的是一场母女间的对抗，两个女性间为争夺第三者的心理之战。也可以说，这是一部因莫名而无法扫除的嫉妒之心引发妄想症的故事。这是故事也是精神分析的一个案例。此故事叙述的跌宕起伏、波澜不断，日常生活因心理变故而变得不同寻常，以至最后那浓墨重彩的凶兆也有点不像金仁顺所为。如果说《桃花》通过反衬，如影随形般的手法道出女儿对父亲的情感。那么《仿佛依稀》则是一场直面的叙述了。早熟善良懂事脾气倔的新容和清高儒雅从容脱俗的父亲苏启智的情感故事。从小新容就崇拜信任父亲，“为他是她的父亲自豪”。后因父亲的婚外恋而伤了父女间的感情，更因父亲和母亲黄励离婚，娶了学生辈的徐文静后而中断了父女间的来往。这是一次创伤性遭遇，改变了这新旧家庭中每个人的生活。不过，这些经历和故事在小说中都成了断断续续的插入和不时涌现的记忆。小说的现在时态却是因为父亲得了晚期胃癌，父女间的重逢。一头是生命即将走到终点，一头是裂缝得到修复，父女间的情感又回到了起点。《仿佛依稀》在《作家》杂志上发表时被列为不常见说情“小中篇”，我似乎有一个大胆的猜测，此一段时间的作者是否有着长篇的作业在进行？一个写短篇的高手，猛然进入长篇的叙事思维，这无疑是一种精神折磨。

还是拉康关于爱情的说法：“爱情表现出来时很少是真的，就像我们每个人都知道的，爱情只会维持一段时间。”婚姻如果指的是家庭契约的话，那么爱情则经常表现为解除契约的危险。爱情这种最为理想的情感方式在现实生活往往又是以相当脆弱之物开始的。《彼此》作为短篇佳作，无疑是2007年短篇艺术的代表作。我有点不敢相信，在短篇这种文学样式不断衰败的岁月里，竟然还会有这样的精心之作出现。《彼此》故事很简单，作为医生的男人和女人各自的家庭，“丈夫有外遇了，或者自己有外遇了；不再相信爱情，或者开始相信爱情”。一个文静、优雅的女人，女人中间的另类，寡言少语的“大理石美人”黎亚非，让四十五岁的主刀大夫周祥生再次演绎了关于爱情不信任中获取了信任的故事。爱情无疑是存在的，但通往爱情的道路经常是错误的。我们现在必须聆听一个个反讽的故事，内容是爱情如何产生出其反面，如何在过程中包括曲折、分歧、无谓的尝试、没有余地的死胡同。我们似乎只有在检讨这个过去，才能最终认识到爱情在不知不觉被遗漏了。“女人是玫瑰，漂亮的花朵，还有那些刺——千万别忘记那些刺”，《彼此》中周祥生那颇有男子沙文主义的想法，自然令我们想起弗洛伊德那具有同样性质的格言，“女人实在令人难以忍受，是永恒麻烦的源泉，但她们依然是我们所拥有的那一种类中最好的事物，没有她们情形会更糟”。金仁顺将无谓的尝试写得那么有滋有味，把甜蜜的瞬间写得那么令人神往，而那周而复始的死胡同，连同那周祥生和黎亚非的再次新婚却写得冰凉冰凉的。不露声色轻松流畅的叙述和难以承受的重负，多少让有点窒息的结尾成了彼此的镜像。冷酷是这一代诸多优秀作家的特征，单一个冷酷的问题就简单了，麻烦在于冷酷还包裹着诸多与冷酷并不兼容的东西，对甜蜜的回忆多少是对甜蜜存在的证明，但对甜蜜的怀疑则是甜蜜如何走向异己的推论。鉴于爱情只有借助失去自我的线索才能显现自我的面目，为了回归这一理想的自我而落入“怀疑论”的世俗土壤，从认识论的角度来说这多少是一个悲剧性的结构。

事实上并不是情感生活的话题只和理想和圆满有关，它完全可能存活于另一种艺术谱系，诸如庸常与妥协、简单与消耗、疑惑与宿命。毕竟，小说仅仅是虚构，它所被准予运用代理的权力都是我们可以容忍的。我们自己在实在世界遭遇所受的压抑，在这并不实在世界中或许会得到巧妙的缓和与舒展，或许这是无奈和必需的并存。我们在审美领域得以一瞥的东西并非惊世骇俗的新天地，有时恰恰是与我们熟视无睹的现世生活的重逢与巧遇。世俗的甜蜜并不那么生离死别，并不那么理想，但却必须是我们大多数人能够触摸的，能够企及并加以接受。虽然平凡的生活是那么琐屑，其周而复始的圆圈在更高层面的认知上同样遭遇另一种怀疑论，那生活在其中的男人女人还是不能公然放弃这个世界。那么文学呢，放弃这样的世界成就一种理想主义，还是紧追不舍而成就一种现实主义。金仁顺大部分属于后者，值得庆幸的是，她还有“怀疑论”，多少夹带着前者的剩余之物。《云雀》是值得商榷的。它究竟是指涉一个包养二奶无可奈何的终极命运，还是隐语着一个年轻的女子，在一个拥有稳定社会地位和富裕物质生活的中年男子的怀抱中会获取更多的利益呢？是否作者还想走第三条路，揭示出甜蜜生活那温情面纱下的残酷和无奈，故事整个就是反讽。也许，作者什么想法都没有，她只是叙述一个多少有点意味的状态，仅此而已。甚至，很有可能所有这些歧义都是那些坐在安乐椅上，无事可做的批评家们的想入非非。同样，《彼此》是可以质疑的，倘若说金仁顺惯于在甜蜜的俗世中进行叙事旅程的话，那个两次婚前所出现偶尔性“告密性”的举报，作为一种多少有点宿命的破坏性符号的插入却是非世俗和日常的，郑昊前女友得意洋洋的告密性叙说和周祥生无法诉说，默默等候的那倍受煎熬的一整夜无疑都是有目的精心布置，这些小玩意犹如定时炸弹令人忐忑不安，令剧中甜蜜幸福之人顷刻间进入他途，也令剧外人在阅读现场像领受一张红牌一样被惩出场外。宿命般的惩戒这样一张王牌究竟归属于意料之外还是意料之中，不同的人可以各取所需。但是，这种“精心”既作为这篇优秀之作不可或缺的组成部分的同时，多少也露出了和金仁顺惯于经营的甜蜜世界难以弥补的裂缝。在这里，一场并不宏伟的剧情突变被日常意义所包裹，如同纸包不住火一样。我们终于发现小说审美有意识的远行与世俗日常无意识的漫游之间一直处于争执之中，彼此互不相让而不得不共存一处。前者因叙事而突现，后者则自生自灭而被人忽略。爱确实是一种疾病，它是我们本能中最邪乎，最不稳定，最容易出错，而且其神圣与亵渎方面如同精神与物质一样不可区分。相反，从某种身心的角度解读，疾病可能是经过转化的爱，作为一种可以辨认的症候，是否经常性表现为这同一类型的裂缝呢！

在过去相当长的时间，我们经历过思想的机械复制的时代，其代价失去的是思想本身；而今，我们同样在经历着类似书写的机械复制的年代，大多数人都在商品生产中拼命赶工，长篇是紧俏商品，短篇创作趋于被淘汰的境地。很多短篇创作都是长篇创作的剩余之物，甚至是残渣残孽。金仁顺则是为数不多的短篇守望者。倘若是以写作为生的话，金仁顺很可能会掉落至“生活的底层”。但其怀疑的精神却是富裕而活跃的，敢于将“甜蜜”从理想的国度中拉入世俗的土壤之中，让其结出日常的“幻象”之果，可谓是一种妙不可言的镜中之像，盗用并重复作者的小说书名来说，真是“彼此彼此”。

2008年元月16日于上海

创作年表

出版作品目录

《春香》（长篇小说）（中国妇女出版社）

《春香》（时代文艺出版社）

《彼此》（小说集）（山东文艺出版社）

《松树镇》（小说集）（新星出版社）

《云雀》（小说集）（中国言实出版社）

《爱情冷气流》（小说集）（珠海出版社）

《月光啊月光》（小说集）（吉林人民出版社）

《时光的化骨绵掌》（散文随笔集）（浙江文艺出版社）

《仿佛一场白日梦》（散文集）（安徽文艺出版社）

《绿茶》（影视作品集）（北京出版社）

《绿茶》（中篇小说集）（韩国版）

《僧舞》（英文版）（对外翻译出版公司）

《僧舞》（小说集）（中国出版传媒有限公司）

《爱情诗》（小说集）（台湾版）

《爱情诗》（小说集）（山东文艺出版社）

《妈妈的酱汤馆》（影视作品集）（作家出版社）

《失意纪念馆》（新世界出版社）

发表作品目录

1996 年

《爱情试纸》（短篇），《作家》12 期

1997 年

《冬天》（短篇），《花城》3 期

《秘密》（短篇），《作家》5 期

《外遇》（短篇），《作家》5 期

《五月六日》（短篇），《收获》6 期

1998 年

《好日子》（短篇），《作家》1 期

《名叫马和》（短篇），《漓江》1 期

《月光啊月光》（中篇），《作家》7 期

1999 年

《玻璃咖啡馆》（短篇），《钟山》1 期

《伎》（短篇），《钟山》2 期

《冷气流》（短篇），《大家》2 期

《一篇来稿和四封来信》（短篇），《作家》4 期

《谜语》（短篇），《时代文学》2 期

《鲜花盛放》（短篇），《山花》4 期

《啊朋友，再见》（短篇），《长城》4 期

《恰同学少年》（中篇），《小说界》5 期

《高丽往事》（短篇），《长江文艺》12 期

2000 年

《爱情进行曲》（短篇），《文友》1 期

《酒醉的探戈》（短篇），《当代小说》1 期

《1995 年》（短篇），《时代文学》3 期

《盘瑟俚》（短篇），《作家》7 期

《小城故事》（短篇），《文学世界》6 期

《电影院》（短篇），《上海文学》12 期

2001 年

《去远方》（短篇），《大家》2 期

《引子》（短篇），《长城》3 期

《蛇》（短篇），《天涯》4 期

《芬芳》《中篇》，《作家》9 期

《你还爱我吗》（短篇），《时代文学》5 期

《铤而走个险》（短篇），《钟山》6 期

2002 年

《水边的阿狄丽雅》（短篇），《作家》2 期

《我们去打仗》（中篇），《布老虎中篇小说》

《人说海边好风光》（短篇），《作家》10 期

《绿茶》（电影）

2003 年

《拉德茨基进行曲》（短篇），《作家》2 期

《城春草木深》（中篇），《长城》3 期

《莫莫格》（短篇），《人民文学》10 期

2004 年

《爱情诗》（短篇），《收获》1 期

《未曾谋面的爱情》（短篇），《作家》2 期

《乱红飞过秋千》（短篇），《鸭绿江》2 期

《霰雪》（短篇），《人民文学》10 期

《他人》（话剧），《戏剧文学》3 期

2005 年

《桃花》（中篇），《作家》11 期

2006 年

《仿佛依稀》（中篇），《作家》11 期

2007 年

《彼此》（短篇），《收获》2 期

《云雀》（短篇），《花城》5 期

《桔梗谣》（短篇），《作家》10 期

2008 年

《春香》（长篇），《收获》3 期

《时尚先生》（电影）

《松树镇》（短篇），《小说选刊》5 期

《秋千椅》（短篇），《作家》7 期

2009 年

《三岔河》（短篇），《作家》1 期

《在敦煌》（短篇），《上海文学》10 期

2010 年

《梧桐》（短篇），《民族文学》1 期

《神会》（短篇），《小说界》6 期

2013 年

《僧舞》（短篇），《作家》1 期

《喷泉》（短篇），《民族文学》3 期

《基隆》（电影）

2014 年

《猿声》(短篇),《长江文艺》10 期

《游戏》(舞台剧)

2015 年

《纪念我的朋友金枝》,《人民文学》10 期

《画皮》(舞台剧)

2016 年

《画皮》(剧本),《作家》3 期